La vida es un baile

María José Aguayo

COLECCIÓN
milamores

La vida es un baile

ISBN: 9788418962295
ISBN ebook: 9788418962790

Derechos reservados © 2022, por:

© del texto: María José Aguayo
© de esta edición: Colección Mil Amores.
Lantia Publishing SL CIF B91966879

MIL AMORES es una colección especializada en literatura romántica y libros sobre amor publicada por Editorial Amoris - Lantia Publishing S.L. en colaboración con Mediaset España.

Producción editorial: Lantia Publishing S.L.
Plaza de la Magdalena, 9, 3ª Planta.
41001. Sevilla
info@lantia.com
www.lantia.com

IMPRESO EN ESPAÑA – PRINTED IN SPAIN

A mis hijos Alice, Emma y Liam Mac Gregor.

PRIMERA PARTE
APRENDIENDO ALGUNOS PASOS

Prólogo

No quería seguir en ese lugar.

Era tormentoso, agobiante, desolador. Había sido un sitio muy especial, tenía buenos recuerdos, momentos inolvidables, sensaciones mágicas, olores cautivantes, música impactante.

Todo fue perfecto, demasiado bueno... y de un momento a otro se derrumbó. Aunque no estoy tan convencida de que haya sido de un momento a otro; mejor dicho, se fue cayendo poco a poco y no quise verlo. Fue como si un castillo de naipes se dejase caer para dejar un gran desastre frente a mis narices. Así lo sentí en aquel momento y es por eso que decidí irme, sin pensar en nada más.

Mi cabeza estaba llena de imágenes que iban y venían sin parar; me dejé llevar por el impulso. Corrí antes de arrepentirme y ceder de nuevo por el convencimiento externo que siempre me hacía flaquear y cambiar de planes.

Ya había sucedido en otras ocasiones y estuve dispuesta a escuchar la versión oficial de las cosas, para verlo con la mente abierta; pero esta vez, eso no sería posible. Había sobrepasado todos los límites, al menos para mí. En realidad, para cualquiera. Era algo que no tenía ninguna excusa para nadie, había sido una situación escalofriantemente desgarradora. Se me cayó todo en un segundo, se me vino el mundo encima. Todo lo que tenía, lo que había construido, lo que quería, acabó destrozado.

Al final solo necesitaba huir de todo, era como si hubiese caído un balde de hielo sobre mis hombros. Acabé por entender que, si quería cambiar los resultados, estaba obligada a cambiar mi forma de actuar de manera radical. Tuve que dejar gente buena en el camino, demasiadas personas que marcaron mi vida en distintos momentos y circunstancias, gente que me había calado hasta el fondo de mi corazón, que quería con gran intensidad, pero no seguiría así. Esta vez no podía permitírmelo. No me quedaba opción, estaba acabada.

Comencé a hacer las maletas, metí una a una las cosas deseando encontrar la calma en la tormenta que vivía. Como era obvio, no la encontré; por más que lo intenté, no pude. Era demasiado emocional y humana como para encontrar la luz en esa oscuridad. Por una vez, tenía que salir adelante y no dejarme llevar por las historias con explicaciones que tantas veces me habían dado, las que nunca me habían convencido al completo.

Esta vez no era tristeza, era ira o rabia mezclada con una sensación de odio que no había experimentado jamás. Esos sentimientos duraron solo un rato hasta que, de un momento a otro, sollozaba con hipo las lágrimas que me invadían, estaba consumida en el tormento y la decepción. Me sentí tan miserable, tan poca cosa, tan estúpida, tan vulnerable... pequeña e ingenua; una *niñita*.

Esta vez lo había comprobado, no habría excusa alguna que me hiciera cambiar de opinión. No me volverían a tomar por tonta, como tantas veces me pasó. No volvería a pecar de ingenua; debía hacerlo por mí.

¿Decisiones sin tiempo de pensarlas?

MACARENA

Ámsterdam
Enero 2016

Siempre en los momentos complicados, mi amiga de la adolescencia, Isabella, había estado a mi lado. A pesar de los kilómetros que nos separaban, logramos mantener una amistad sólida. Ella era de esas amigas de verdad, como pocas en la vida y que sin duda son una especie de bendición; en realidad, más que eso, son una consagración completa.

En esos momentos, la situación era mucho más que una simple complicación, era un torbellino, un tsunami, un alud, un caos de proporciones desorbitadas. No tenía idea cómo iba a hacer para lograr superar lo que me atormentaba tanto y me tenía tan dañada. Era un instante de completo agobio, estaba todo oscuro, desilusionada, me sentía sola y abandonada.

Era tal el tormento que a mi mente vino Isabella. No dudé ni un segundo y la llamé.

Le dije que necesitaba que me recibiera por unos días, ya que no pasaba por un buen momento, ocultando la verdad. Isabella quería saber qué había pasado, pero no lograba hablar. En ese momento, no podía decir más palabras que las justas y necesarias; nada más salía, no podía hablar, no lograba armar frases coherentes. Me sentía ahogada con el pecho cerrado.

Le dije que en ese momento no podía contar lo que me pasaba, solo esperaba que me recibiera en su casa.

Su voz detonaba angustia, estaba preocupada por mí, seguía preguntando qué pasaba. Deseaba decirle, era una persona bondadosa, buena y empática, lo entendería, pero yo no lograba hablar.

—¿No me vas a decir qué está pasando, Macarena? Vamos, tienes que decírmelo, ¿por qué necesitas que te reciba aquí, a kilómetros de donde tienes tu vida? Es lo mínimo que necesito saber —dijo con seriedad.

—No puedo, por favor... —supliqué—. No puedo hablar de ello, solo dime si me puedes tener un par de semanas —pedí, llorando desconsolada—. ¡No ahora! Por favor, te lo ruego. Te prometo que te lo explicaré, pero si lo hago ahora, no podré.

—Es que no entiendo nada —dijo, igual de confusa que yo.

—Amiga, hay veces que no es necesario entender para ayudar —expliqué seria y segura—. Siempre has dicho que estarías para mí. Y es ahora cuando te necesito. Ya te lo contaré; no puedo hacerlo ahora o terminaré tirada llorando en plena calle, en vez de irme a la estación de trenes —dije con un hilo de voz.

—Vale, Maca, ven. Sabes que siempre tendrás tu casa aquí, siempre lo has sabido. Perdóname por presionar, quizá no es el momento. Te espero y te ayudaré a salir adelante, sea lo que sea —exclamó con seguridad y convicción.

Me sentí apoyada a pesar de los kilómetros de distancia que nos separaban. Hizo sentir que me abrazaba, aun sin entender qué era lo que pasaba. Era como si sus manos me recibieran con cariño, en la distancia. Sentí alivio.

Sabía que estaría para mí, que me iba a recibir. Siempre fue incondicional desde que fuimos compañeras en colegio, cuando solo teníamos quince años. No era esa amiga que tienes desde el primer día de clases cuando solo tienes cuatro años y que te acompaña por esa etapa tan bonita que es el colegio. Por el contrario, nos conocimos cuando ya éramos mayores, en los últimos años de instituto, cuando llegué a Milán para vivir por el trabajo de mi padre. Allí estuve dos años y abandoné para irme a la universidad a Holanda. No importó el poco tiempo que fue, marcó muchísimo para ambas. La amistad entre nosotras —a pesar de los kilómetros— era férrea. Siempre agradecí encontrar gente como ella en mi camino.

Hasta el último momento dudé de mi decisión. Para ser sincera, hasta que puse un pie en el tren, una parte de mí sabía lo que hacía; la otra, no tenía siquiera capacidad de análisis. Estaba bloqueada en un laberinto sin saber hacia dónde dirigirme y qué pasaría con mi futuro. Pero mantenía en mi cabeza que, para lograr nuevos resultados, debía tomar acciones distintas y concretas.

Me obligué a autoconvencerme de que, sin duda, era la mejor opción, que en realidad no había otra. Después de eso, era imposible quedarme en Ámsterdam. Debía alejarme del apartamento que había sido mi casa, de la ciudad que me había acogido... de él.

Trece horas después, había llegado a Milán. Tuve que hacer tres trasbordos: Frankfurt, Basilea y Zúrich, con un tiempo entre veinte y cuarenta minutos entre uno y otro. Había sido agotador, además de triste, decaído y lloroso. Tenía una sensación de una espina en el pecho, en la garganta, en el estómago y un cansancio insoportable producto del estrés y el largo viaje.

La ira se había esfumado. Mi dolor era tan grande, que ese sentimiento de odio y rabia ya no se marchaba. Era una desolación completa, me traspiraban las manos mientras me tiritaban sin poder tener control sobre ellas. Recuerdo que en el viaje escuché música para tratar de desconectar, pero no fue posible.

Me acompañó Dire Straits, y aunque solo quería dormir, no era posible; mi mente revivía una y otra vez lo que había sucedido, y peor aún, a cámara lenta, mostrando detalles desagradables que no quería tener en mi memoria. Deseaba borrarlos de mi vida para siempre, sacarlos de mi mente, como una excavadora que saca la tierra mala. Luego, decidí poner algo más alegre para ver si lograba cambiar mi estado de ánimo. Puse Soda Stereo, un grupo argentino de *rock* de los 80 que me gustaba muchísimo. No hubo éxito, nada me movía del estado de congelamiento en el que me encontraba.

Milán y el Colegio Americano de la ciudad, marcaron gran parte de mi adolescencia. Aunque suene increíble, con Isabella no me veía desde hace más de dos años, específicamente, cuando tuvimos una reunión de exalumnos tras cinco años de graduarnos. Asistí y fue una inyección de energía al ver a algunos de mis amigos que formaron una parte importante de mi historia, de mis vivencias, del viaje de mi vida, esa que había tenido varias escalas por el camino.

Con mi amiga era como si el tiempo no pasara. Aunque suene increíble, existe ese tipo de amistad, y puede ser algo mágico. Quizá en otra vida fuimos hermanas o tuvimos una relación de madre e hija, quién sabe. A veces podíamos pasar meses sin hablar o quizá años, pero sabía que, en este momento de mi vida, me tendería una mano sin dudarlo. No tenía dudas de su preocupación y empatía, aunque sabría que me bombardearía de preguntas. Era su esencia, siempre fue muy preguntona, le gustaba tener todas las variables arriba de la mesa antes de emitir un juicio y entender las circunstancias en profundidad.

Llena de tristeza llegué a Milán. Debía comenzar de nuevo. No tenía idea de cómo lo haría, no sabía por dónde comenzar. No tenía anotado en mi agenda este viaje fugaz, pero debía intentarlo.

Los seres humanos somos demasiado complejos y con demasiadas capacidades desconocidas, solo esperaba encontrar algunos de esos talentos ocultos para lograr sobreponerme a todo lo sucedido. ¿Cómo podía cambiar tanto la vida de un momento a otro? Además, esa misma vida me había mandado algunas alertas y yo no supe interpretarlas, no supe leerlas.

No podía perder la capacidad de tomar decisiones. Se suponía que era una mujer que terminó una carrera universitaria con buenas calificaciones y muchos amigos, por lo que me obligué a partir, era *todo o nada*.

Era la única forma de avanzar: salir de la vida de él. Esta vez sería para siempre, sin vuelta atrás, tomando una acción extrema y no irme del departamento que compartíamos por una o dos noches para luego volver y ceder ante sus mensajes, llamadas, flores y acciones con las que me rogaba que volviera, con las que yo, tontamente, siempre caía. No me hacía respetar.

¿Cómo podría volver a establecer una relación basada en la confianza? Después de lo ocurrido, no creía que fuera posible. Estaba tan desilusionada que no me importaba verme sola por el resto de mi vida, eso era mejor que quedarme ahí.

Hablé con Isabella cuando estaba en el tren; insistió en ir a buscarme a la estación Central de Milán y, aunque no era necesario, lo hizo. Estaba preocupada por mí, en mi caso hubiese actuado de la misma forma si hubiese sido la situación inversa. Siempre estaría para mi amiga. Lo que necesitara de mí, lo tendría en el momento que fuese. Sobran los amigos para salir de fiesta, para tomarse unas copas y pasarlo bien, pero de esas amistades verdaderas, hay pocas.

Al llegar, me bajé con una sensación extraña en el pecho, aliviada por un lado y angustiada por otro. Estaba exhausta física y mentalmente. Dejaba todo atrás, todo lo que tenía hasta ese momento.

Mi *todo*.

Él me destrozó la confianza.

Estaba segura de que me mintió tantas veces... ¿Cómo pude aguantar tanto? La base emocional de una relación de cualquier tipo está basada en el amor y el respeto. Herman, después de tanto tiempo, no me había respetado y menos aún, amado. Una triste realidad que empezaba a asumir; me daba cuenta de que no había sido capaz de leer los mensajes anteriores o peor aún, no quise leerlos.

¿Me hice la ciega y sorda? Al fin y al cabo, no era nada *avispada* como tantas veces estuve segura de serlo.

Un nuevo comienzo, ¿qué sería de mi vida?

Milán
Italia
Enero 2016

Reencontrarme con Isabella fue emocionante. Nos fundimos en un abrazo, uno de fraternidad incondicional, ese que te apoya y te hace sentir querida, te sostiene, al que te arrimas como si fuese el tronco de un árbol de sólidas y grandes raíces. Justo lo que necesitaba en ese momento de mi vida.

Por dentro, estaba en una especie de espacio cerrado, una angustia, miedo, enfado conmigo misma y una sensación de desesperación que me atrapaba por completo, como si cada célula de mi cuerpo sintiese todas estas emociones combinadas armando una bomba. Tenía el cuerpo compungido y me costaba respirar. Qué desgraciado fue ese hombre al que le había regalado tantos años de mi vida y a quien quise con tanta intensidad, con tanta profundidad, con tanto amor.

¿De quién había sido la culpa? Esa pregunta fue una constante en mi mente. Me puse por mi cuenta la soga al cuello, nadie me obligó, la decisión había sido solo mía.

Al verme bajar del tren, Isabella se dio cuenta de que las cosas eran bastante serias; mi cara lo transparentaba, no cabía duda. Aunque saqué un espejo y traté de arreglarme unos minutos antes, no logré ocultar las ojeras del cansancio y los ojos llorosos; solo conseguí arreglar mi pelo en una coleta y me puse mi perfume favorito, ese cítrico de Calvin Klein que me gusta tanto. Al menos así, no olería a pena, porque creo que cuando una está sumergida en una profunda tristeza, puedes verte y oler a dolor.

Bajé la escalera del tren junto a mi maleta de unos veinte kilos, una mochila con mi ordenador, *tablet* y una cartera con documentos y otras cosas. Todo aquello trasladándolo, subido y bajado en las tres escalas que había hecho.

Me sentí querida, una luz dentro de la tormenta sentía mi corazón agradecido en medio del caos y las turbulencias.

—Maca, me alegro de que hayas llegado bien —me recibió mi amiga con emoción y preocupación evidente.

—Gracias por venir a buscarme —le dije mientras volvía a agarrar mi maleta para comenzar el rumbo a su pequeño apartamento, sin saber cómo comenzar y cómo pasarían los días.

—¿Cuáles son tus planes, Maca? —me preguntó con curiosidad y una visible preocupación que leía en sus ojos—. ¿Qué es lo que está sucediendo? Me tienes que poner al día, necesito saberlo.

—Por ahora solo quiero vivir el día a día, no tengo nada planificado. No sé qué me tiene preparada la vida para mañana, pasado o en una semana. Solo necesitaba irme de ese lugar —expresé con tristeza y resignación. Me dolía hablarlo.

—Prepararemos algo y ya me contarás qué ha pasado por Ámsterdam. No entiendo nada de lo que está sucediendo. Tienes los ojos hinchados. Te pondré unas gotitas que tengo en casa para que se alivie esa inyección de sangre que traes en ellos. Sea lo que sea, saldrás adelante y te ayudaré a hacerlo. Lo lograrás —afirmó.

Escuchar estas palabras de mi amiga me daba fuerza. Necesitaba saber que todo estaría bien. El poder de las palabras de Isabella me reconfortaba, cuando se pasa por una situación difícil, esas palabras tienen un gran efecto, son poderosas y te ayudan a tratar de ver algo de luz en el desastre y el caos.

Y así, sin plan alguno, estaba en Milán, sin saber qué pasaría con mi vida. No tenía nada pensado; cualquier actividad me vendría bien, cualquiera, siempre que fuese digna. Estaba dispuesta a comenzar en lo que fuese, ya que mis pequeños ahorros no eran ni suficientes, ni mucho menos, infinitos.

Vería qué sucedería, solo el tiempo lo diría. Con cero planificaciones, en otra ciudad, con algunas de mis cosas, dispuesta a volver a comenzar, tratando de avanzar.

Nos subimos en un taxi, era por la mañana muy temprano. Nunca creí volver a aquel lugar de un momento a otro, pensé mientras el coche avanzaba por las calles de Milán.

Es verdad eso que dicen de que los lugares habitados por personas son un reflejo de quien son; el apartamento de mi amiga lo ejemplificaba. Era cálido, acogedor, abrazaba... eso fue lo que sentí cuando puse un pie en su casa. Aunque suene raro, de alguna forma me sentí protegida, cuidada.

—Isa, este lugar es precioso.

—Es que me encanta la decoración. Me siento muy satisfecha con el resultado. Al final es donde paso la mayor parte de mi día. El trabajar desde casa te obliga a estar en un ambiente que te motive, sobre todo en mi caso, que siempre estoy creando y tengo que imaginar espacios, lugares, colores y formas. Era el momento de decorar algo muy femenino —aclaró con una sonrisa.

Todo estaba en el lugar indicado y bien colocado, provocando esa armonía perfecta: un sofá en tonos gris claro, con cojines rosa pálido y una manta gris oscuro con estrellas blancas. Sobre él, unos cuadros de madera natural, todos en blanco y negro. Una mesa de vidrio con dos cajas de *pallet* bajo ella y, sobre la misma, una piel blanca con una maceta de mimbre y unas hojas de color verde grisáceo. Una butaca sin respaldo, de patas de madera natural y piel blanca. Y un pequeño sofá con una manta en tonos rosa pálido, sumado a una lámpara de pie de aluminio, que le daba un toque moderno. El suelo de madera un poco más oscura daba un ambiente muy confortable.

—Me queda poco tiempo aquí, ya que Dante y yo nos iremos a vivir juntos en unas semanas. En realidad, yo me mudaré a su casa. Me llevaré algunas cosas y el resto creo que las venderé. Él tiene todo decorado y su apartamento es precioso —dijo con alegría.

—Te felicito, Isa. Estarás muy contenta —exclamé con felicidad, aunque mi cara delataba lo triste que me sentía en esos momentos.

—Sí, estoy feliz —replicó con sus ojos luminosos, emocionados, contentos.

La abracé con todas mis ganas, feliz por ella. Llevaba unos meses con Dante y todo iba de maravilla. Lo conoció porque la contactó como diseñadora de interiores para que le decorara su apartamento. Todo comenzó como una relación de cliente-proveedor, por llamarlo de una forma, y terminaron muy compenetrados. El resto era historia.

Estaba radiante y me alegraba mucho por ella, por el paso que daba y por lo contenta que se la veía. Isabella irradiaba energía positiva, esa alegría que viene desde el alma.

Tras contarme con detalles los planes con Dante y de lo feliz que estaba junto a su compañía, me aseguró que era el hombre de su vida y que lo sabía, ya que lo sentía desde su interior, que estaba en lo correcto al comenzar una vida con él.

El interrogatorio comenzaría, el bombardeo de preguntas no iba a esperar mucho más. Conociéndola, tendría que soltar lo sucedido, no me quedaba otra opción. Desde que la conocí, fue insistente hasta descubrir qué había pasado.

Isa es una mujer de estatura media, cerca del metro setenta, castaña, con ojos color azul verdoso que definían su personalidad dulce y empática. Aunque recuerdo que cuando se enfadaba, lo hacía con todas sus fuerzas; lo bueno era que no lo hacía por pequeñeces. En una ocasión, la vi perder el control con un chico que trató de sobrepasarse con ella cuando teníamos diecisiete años. Sabía que, lo que tenía que contarle, podía sacar fuera ese enfado que pocas veces manifestaba. Si no se lo contaba, podía llegar a conocer esa chica enfadada que se transformaba y perdía toda la calidez y dulzura.

La tomé de las manos invitándola a sentarse en uno de los sofás y comencé a hablar.

Tiempos pasados que marcarían quien sería en el futuro

Ámsterdam
Holanda
Noviembre 2011

A Herman lo conocí en la universidad. Estaba dos cursos más arriba, estudiaba la misma carrera que yo, Ingeniería financiera. Siempre me gustó, pero no me hacía mucho caso, al menos, en un comienzo. No estaba en su radar y menos aún en sus pensamientos. Pasó más de un año en esta misma situación, no lograba cruzar ni una palabra con él, solo me contentaba con poder mirarlo en alguna parte del frío campus. Yo lo tenía tremendamente identificado, desde que lo vi por primera vez cuando caminaba hacia la cafetería del campus de Ingeniería.

Desde ese día, lo seguía con la mirada cada vez que lo veía en cualquier sitio de la universidad. Luego lo buscaba, me sabía su horario y soñaba con toparme con él en algún pasillo, cara a cara.

Me imaginaba como en las películas, que quizá podría llegar a hablarle en cualquier situación, aunque fuese la más estúpida posible; chocar con él y que se me cayeran los apuntes, abrir una puerta y encontrármelo en una sala de clases, o que fuese ayudante de alguna asignatura. Jamás tuve la suerte que me tocara algo así. Aunque él ayudaba en algunas aulas, nunca le tocó en la mía. Era excelente alumno y, además, delantero del equipo de fútbol. Se comentaba por los pasillos lo inteligente que era, las tenía locas a todas y era la admiración de muchos.

Muchas chicas se fijaban en él. Era uno de los mejores deportistas del campus, un goleador innato, ese tipo de chicos con que las universitarias buscan tener una relación, el que llama la atención a tantas e irrumpen sus sueños nocturnos. Un tipo alto, con cuerpo deportista, fibroso, de ojos claros y pelo bien oscuro. Acostumbraba a llevar una gorra negra del revés, le daba un toque especial, solo unos pocos mechones se le salían al nivel de la oreja, dándole ese aspecto *sexy*, una especie de modelo en potencia. Él se daba cuenta de que lo seguían con la mirada y se le tiraban encima; ese nivel de popularidad que a algunos les gusta tanto, así era él. Sabía a la perfección lo que producía en las chicas.

Herman destacaba por ser buen alumno, de esos que estudian lo mínimo y siempre les va bien. Seguro que nació con más neuronas que el promedio. Estudiaba en la universidad con una beca, y no se sabía si era por excelencia académica o deportista; siempre salía como ejemplo al tipo completo en todas sus facetas. Recuerdo haberlo visto varias veces en la biblioteca mientras daba clases a otros alumnos, en especial, a chicas. Lo mismo pasaba en la cafetería de la universidad y en la cancha de futbol, hacía movimientos de magia con la pelota entre sus piernas.

Verlo desde fuera y sin conocerlo, se notaba que no le costaba nada. Brillante en los estudios y en el deporte. Mis compañeras siempre hablaban de él y de algunos de sus amigos del equipo. Eran como esos inalcanzables y populares que las chicas buscan.

Cuando ya casi finalizaba el segundo año de carrera, un día en la cafetería mientras estudiaba, fue cuando nuestras miradas se cruzaron por primera vez. Demasiados meses después de haberme fijado en él, cuando ya me había robado muchas noches de desvelo.

Recuerdo que estaba sentada con mi amiga Joyce mientras él compraba un café. En el momento que se lo entregaron, pasó al lado de nuestra mesa; lo seguí con la mirada como tantas veces lo había hecho, mientras Joyce seguía con sus explicaciones sobre cómo sacar el valor actual neto de un caso que hacíamos. Un caso bastante complicado que me tenía absorta (si venimos al caso y sin querer desviarnos del tema Herman) y que mi amiga me explicaba al detalle, ya que dentro de unos días tendríamos un examen final y flaqueaba en esa asignatura. O me dedicaba a cien por ciento, o suspendería, cosa que no me podía permitir.

No estaba acostumbrada a los fracasos académicos, siempre fui muy buena alumna y un orgullo para mis padres, si bien no pensé nada más que en ese momento.

Mi amiga desapareció y todo lo que me rodeaba cuando nuestras miradas se cruzaron y se dio cuenta por la forma en la que lo miré. Claro que lo notó, ya que me tendió una sonrisa cálida y luego salió del lugar sin dejar de sonreír. Seguro que estaba acostumbrado a que las chicas lo miraran constantemente, porque así era. Había como un *fan club* que lo seguía, y es que tenía demasiadas admiradoras. Además, al terminar el semestre, pasaría al último año de la carrera, por lo que era de los mayores del campus. En realidad, no entendía por qué a las chicas les gustaban tanto los que estaban a un año o menos de salir.

—Ya has visto que no es tan complicado. A veces te cierras y entonces te complicas más de la cuenta. Ya te he dicho que tienes que tomar aire, parar un rato, despejar el *no entiendo* y seguir —replicó Joyce.

No contesté nada, seguía en un mundo paralelo, en donde solo tenía ojos para él. Me había teletransportado de ese lugar a mis sueños, con él como protagonista.

—Vale, gracias, Joyce —contesté ausente, en otra galaxia tal vez.

—No has entendido nada de lo que te he dicho. ¿Estás en Marte? ¿Qué es lo que te pasa? —preguntó—. Ha sido ese chico, siempre lo miras. Me he dado cuenta, Macarena, cada vez que está cerca te quedas embobada, eres muy evidente. Pero aléjate de él, es un mujeriego, además de tener novia. Siempre tontea con otras, es un secreto a voces —dijo ella en tono amenazante y enfadada.

—No es eso —contesté confusa—. Es guapo, muy guapo. Pero solo eso. ¿De dónde sacas tantas cosas, Joyce? Parece que tantas series te tienen mal. —Traté de despistarla.

—No sabes mentir, Maca. Te conozco muy bien, eres una chica transparente, ¡no me engañas! Pero en serio, a ese chico vétalo de tu radar emocional, de verdad. No tiene buena reputación. Todos dicen que engaña a su novia y que ella es tonta por aguantarlo. No entiendo a las mujeres que son así —agregó con cierto enfado.

—Sé que tiene novia. De hecho, Estella va a las mismas prácticas de voleibol que yo. Solo que me quedé pensativa en otras cosas. —Traté de desviarle la atención, esperando que me resultara.

—¿En qué cosas? Vamos, cuéntame —me desafió.

—En nada —zanjé—. En realidad, solo estoy un poco cansada, creo que es eso, además de la presión por esta asignatura que me está agobiando.

—Qué mala actriz eres. Nunca serías convincente en ese papel. Te echaron del taller de teatro del colegio, ¿cierto? —dijo, entre risas—. Maca, en serio, dejando a un lado el tema de la actuación, ese tipo no te conviene, no es para ti. Por favor, tenlo presente y métetelo bien en la cabeza, grábatelo en ese disco duro —me decía mientras me tocaba la frente con fuerza y decisión.

A pesar de todas las advertencias de mi mejor amiga, seguí sumergida en mis pensamientos. Ese chico... quería volver a verlo, buscaba encontrarme con él, pero nada daba resultado y varias veces lo vi con su novia.

Ella era una chica de su misma clase, muy linda y con mucho estilo. Alta, rubia, de ojos casi amarillos —era un color muy especial— y, además, una de las mejores del equipo de voleibol. Jugábamos juntas, y a veces conversamos muy por encima, por temas de planificaciones de entrenamientos. Nunca fuimos buenas amigas.

En varias oportunidades pensé que me lo podría encontrar después de las prácticas, pero eso jamás sucedió; nunca la fue a buscar. La chica siempre iba en bicicleta hacia donde vivía o en el coche de una de sus mejores amigas. En alguna que otra ocasión, lo vi cuando tuvimos alguna competición, pero no iba a todas; de hecho, iba a muy pocas.

Seguí con mi vida normal, aunque este chico siempre me robaba la mirada y los pensamientos, sobre todo por las noches. Él es quien ocupaba mi mente antes de cerrar los ojos para caer en un sueño profundo. Seguramente, mi cabeza lo idealizaba.

Ya terminaba el segundo año de carrera, fue duro y difícil, extrañamente se me había hecho más complicado que el primer año, aunque se supone que debía ser al revés, pero las cosas comunes no siempre van conmigo.

A pesar de que tendría que haber estado más acostumbrada, ese año en particular extrañé mucho a mi familia. Quizá el primer año fue con esa sensación de novedad de vivir sola lo que hizo que me viniera a pegar más duro después. Mis tiempos nunca fueron al mismo ritmo del de los demás. Por ejemplo, para Joyce, el primer año fue mucho más complicado en todos los sentidos. Muchas veces tuve que consolar sus llantos —por las noches, especialmente—, extrañaba horrores a sus padres y hermanos, mientras que yo estaba muy tranquila. Después, caí en la cuenta de que era probable que nunca volviese a casa de mis padres.

Mis padres vivían en Colombia hacía un tiempo, junto a mis hermanos. Habían vuelto a nuestro país después de años viviendo fuera. Ser la hermana mayor siempre había sido un desafío, una necesidad autoimpuesta de ser perfecta, sumado a que no había ocasión para poder conversar los detalles de salir de casa de nuestros padres, de la vida universitaria, de la adaptación a un nuevo país estando sola; consejos de ese estilo, que son muy necesarios. Por otra parte, tanto mi madre como mi padre habían estudiado en Bogotá toda la vida, no tenían la experiencia de irse a otro lugar para comenzar la universidad.

Mi segundo año en Ámsterdam había sido un año especialmente frío, mucho más que el primero, en varios sentidos. No había logrado acostumbrarme al clima. En ocasiones, mi estado de ánimo decaía como el nublado de los días.

Con mi familia habían sido días complicados. Varias veces llamé a casa llorando porque los echaba de menos; sí, lo hacía, sobre todo a mis hermanos, a los dos más pequeños. Extrañaba sus peleas cuando jugaban con algún aparato electrónico o cuando jugaban *online* con amigos y gritaban como locos y mi madre se ponía histérica para hacerlos callar, lo que acababa en un torbellino de voces enfadadas.

Pasé de una casa llena de vida, a estar sola con mi compañera de apartamento quien por suerte era una chica amorosa, dulce y empática. No nos conocíamos de antes. Justo coincidió que la madre de Joyce era una de las mejores amigas de la hermana de mi padre, y al saber que ambas nos iríamos a Ámsterdam, nos propusieron vivir juntas. Fue una decisión a ciegas, algo así como una apuesta. Tuvimos mucha suerte, ya que conectamos desde el primer día, a pesar de tener algunos intereses en común, pero también algunos gustos muy diferentes. Ella amaba ver películas, era adicta a Netflix; a mí no me encantaba, me gustaba más salir los fines de semana a recorrer la ciudad y tomar el aire.

Visité mucho junto a mi bicicleta y mi nariz roja por el frío, siempre que no lloviese o nevase. Para Joyce no había nada mejor que pasar el fin de semana viendo series sin asomar la nariz por la puerta del apartamento.

Mi amiga era adorable, tuve mucha suerte de conocerla, ya que dadas las circunstancias podría haber pasado cualquier cosa. Era muy guapa, de cabello oscuro, largo y ondulado en las puntas, ojos almendrados de color avellana. No era muy deportista, pero siempre me fue a ver a los campeonatos de voleibol. Aunque fuesen temprano, se iba conmigo y se quedaba junto a la barra de la universidad.

Su peor defecto era el desorden, su habitación siempre estaba patas arriba. Varias veces hablamos sobre ello y quedábamos en el acuerdo de que las áreas comunes debían estar ordenadas, pero ella con su habitación podría hacer lo que quisiese; lo cumplió a rajatabla. Aunque su cuarto era como si hubiese pasado el huracán *Andrew* por él, montaña de ropa en una silla sin poder reconocer qué estaba limpio y qué no, lleno de cuadernos y libros por todos lados, colillas de cigarrillos, envases de yogurt, latas de bebidas y mucho más.

Sí había algo que me gustaba de su cuarto: la música; era increíble. Con ella aprendí mucho y empecé a tomarle ese gustito que no me abandonó nunca más, esa música pop que no había escuchado desde pequeña. En cambio, en Colombia la música y los bailes son en español predominando la salsa, bachata y merengue.

Así era mi vida en esos primeros años universitarios. Una invitación a la madurez, a los sentimientos más profundos y a los riesgos y sus consecuencias.

Más recuerdos

Durante las vacaciones de verano, al cerrar el segundo año universitario, fui de viaje a ver a mis padres y hermanos. En esa ocasión, nos juntamos a pasar el verano completo en Miami en casa de mis primos, donde nos quedamos toda la familia.

Mi padre viajó varios fines de semana a vernos y, en ocasiones, unos días más logrando alargar su estancia. El vuelo desde Bogotá a Miami duraba un poco más de tres horas. Vistamos varios lugares y recuerdo haber disfrutado de la playa como nunca. Extrañaba el cálido atlántico caribeño y la sensación de paz y alegría que sentía de estar de nuevo con mi familia, en esa zona de protección que solo te dan tus padres, la burbuja donde no pasa nada, aunque ya seas mayor.

También fuimos a visitar los parques de Disney y Universal, lo pasamos estupendo. Me subí a todas las montañas rusas con mis hermanos. Mi hermana nunca se animó, siempre temía a ese tipo de emociones que producen adrenalina, que sube de los pies a la cabeza.

Lo único malo de ese verano fue el calor intenso al que no estaba acostumbrada. A pesar de eso, nos montamos más de tres veces en la montaña rusa de Hulk, en Universal, y disfrutamos de los simuladores de Harry Potter. Hasta mi padre se animó y nos acompañó en algunas de las aventuras. Mi madre y Gabriela no dieron opción ni siquiera de probar, se estresaban demasiado, por lo que nos esperaban mientras charlaban, no sé cómo tenían tanto de qué hablar.

A pesar de llevarme igual de bien con mi madre, siempre fui bastante reservada respecto a contarle mis cosas. Gabriela y ella siempre estuvieron más unidas, la necesitaba más que yo desde pequeña, debido a que fue mucho más dependiente; mi madre la llevaba a terapia con la psicóloga y estaba muy pendiente de ella.

Durante esas vacaciones, compartí mucho con mi hermana, Gabriela, con quien siempre estuve muy unida. Tuvimos un vínculo muy fuerte debido a la poca diferencia de edad que teníamos, éramos muy afortunadas. Esta buena relación no acostumbraba a verla entre mis amigas y sus hermanas, eso era algo de lo que mi madre se sentía muy orgullosa. Eso sí, ella, desde que éramos pequeñas, siempre fue muy miedosa, no le gustaba la oscuridad y fue muy insegura. Eso siempre me preocupó y no es que yo fuera la más segura de todas, ¡para nada!, también tenía mis fantasmas y demonios que me atormentaban; muchos.

El caso de ella es que siempre se apoyó en mí, desde que fuimos pequeñas y se le notaba mucho más. También peleábamos a veces, pero siempre nos hemos adorado y jamás ha sido por un tema importante. Mi vida en la universidad y la distancia nos había afectado a ambas, pero más a ella, ya que le tocó volver a Bogotá para la secundaria. Estaba algo desorientada después de tantos años fuera del país. Me contaba que era como volver a ser la expatriada de siempre, pero en tu propio país. No se identificaba con nada de Colombia, ese año no fue fácil para ella, y creo que le dio el impulso para volver a irse.

Gabriela se fue a estudiar *Business* a Londres. Al menos estaríamos un poco más cerca. Esperaba poder ir a verla de vez en cuando para que no se sintiera tan sola. Sabía lo duro que era estar lejos de casa, el cambio es muy grande cuando dejas la casa de tus padres para comenzar sola tu vida. Sabía que para ella podría llegar a ser más difícil aún.

Tras las excelentes vacaciones familiares, nos fuimos juntas a Londres; la acompañé a lo que sería su nueva vida. La ayudé en todo, lo necesitaba, estaba muy ansiosa. Mi madre no quería dejar a mis hermanos, porque estaban en una edad complicada. Estaban muy rebeldes.

Cuando me pidió que lo hiciera yo, lo acepté de inmediato. Recuerdo cómo lloraba Gabriela cuando despegamos de Miami, peor aún, cómo lloraba en los brazos de mi madre en el aeropuerto antes de pasar la policía internacional. Fue de película; yo me hice la dura, la fuerte, como si no me dañaran las balas. Aunque la tristeza también me embargaba, me la tragaba. Yo trataba de mantener la calma y la estabilidad, pero en el fondo estaba muy angustiada de dejar a mis padres otra vez, y peor aún, de ver a mi hermana en ese estado. Estaba sumida en la tristeza, no sabía si sería capaz de asumir este nuevo cambio sola.

Londres
Agosto 2012

Gabriela lloró durante gran parte del vuelo. Mi corazón se encogía al verla en ese estado. No importaba que le dijera, no consolaba la pena que sentía en esos momentos.

Recorrimos la ciudad juntas y nos quedamos unos días en casa de nuestra prima por parte de padre. Era bastante mayor que nosotras, se había casado con un inglés que conoció cuando se fue a estudiar a la universidad de Bath. Vivía en un apartamento junto a su marido. Se situaba en el centro, era pequeño, con lo justo, pero muy acogedor. Por suerte, tenía una segunda habitación no muy grande, pero cómoda, que fue donde nos quedamos esos días con Gabriela. Ella se quedaría con ellos la primera semana hasta que se fuera a su residencia. Estaba asustada.

Ale fue muy amable con nosotras, aunque no la vimos tanto como quisiéramos, ya que trabajaban ambos. No tenían hijos y llevaban varios años casados. En la familia se comentaba que se dedicaría a su carrera, encontraban inconcebible que no tuviesen familia. A veces sentía que en mi casa se metían más de la cuenta en la vida de los demás, juzgaban sin saber el contexto.

—¿Es muy difícil, Maca? —me preguntó, angustiada.

—Es distinto, hay que tratar de tomarse las cosas con calma y no presionarse. Los extrañarás, pero luego te acostumbrarás.

—Sabes que yo soy mucho más débil de carácter que tú.

—Siempre te he protegido con mucho cariño, pero ahora vas a estar sola y tendrás que ser fuerte.

—Maca, me hubiese gustado ser una chica segura, como lo eres tú. Siempre estoy intranquila.

—El mejor remedio para la ansiedad es salir. Vamos de paseo.

Ese día fuimos a la Torre de Londres, visitamos el lugar que tanto me había gustado años atrás cuando fuimos con mis padres; el gran castillo histórico ubicado a los pies del río Támesis. La Torre representó un destacado papel en la historia de Inglaterra, fue sitiada en varias ocasiones, y poseerla era importante para dominar el país.

Vimos las joyas de la corona, nos hicimos varias fotografías con el puente de la Torre tras nosotras. Esa imagen tan típica de postal inglesa. Luego subimos a un barco y fuimos por el Támesis hasta el puente de Westminster, donde nos bajamos para seguir a pie. Estuvimos en el parlamento, Big Ben. Recorrimos mucho tiempo la abadía de Westminster, donde despidieron a Lady Di, trabajaron políticos como Margaret Thatcher, Tony Blair o Nelson Mandela, *royals* como Noor de Jordania, artistas como Tom Hanks, Steven Spielberg, George Michael, Luciano Pavarotti, Tom Cruise y Nicole Kidman.

Caminamos por Hyde Park, tomamos un café y recorrimos los destinos que vivimos junto a nuestra familia, que hizo que los recuerdos se disolviesen entre risas y lágrimas.

Sin duda, me llenó de satisfacción haberla acompañado; era lo mínimo que podía hacer por alguien a quien quiero tanto.

Ámsterdam
Agosto 2012

Me fui a Holanda, preocupada por Gabriela. Aun así, apostaba a que estaría bien. De alguna forma tendría que acostumbrarse a su nueva vida. La notaba un poco deprimida, pero mi madre me aseguró que todo pasaría. Me aseguró que se acostumbraría. Hablaríamos constantemente y le prestaría toda mi atención en la medida de lo posible.

Ya me quedaba menos, puesto que había conseguido adelantar algunos créditos. Fue como si en tercer año ya lograse sacar la mejor parte de mí, académicamente, y todo empezó a ir de maravilla en el aspecto estudiantil.

Las vacaciones con la familia habían terminado. Al llegar a la universidad, seguía buscando a ese chico como lo hice años atrás, con quien solo había logrado cruzar una mirada, como mucho. Hasta que, al cabo de más de una semana de clases, al fin lo divisé. Estaba con el pelo más largo.

En esos años, fui a varias fiestas con amigas y al cine con chicos en alguna ocasión, pero nunca tuve nada serio. Había salido con algunos sin pasar a mayores compromisos. No puedo decir que lo había pasado mal los primeros años de universidad, ¡para nada! Fue muy entretenido, solo que este chico que me robaba el corazón, hacía que estuviera cerrada a abrirme a algo más con algún otro compañero. No me faltaron oportunidades, es que me había enganchado a él.

Ámsterdam
Noviembre 2012

Recuerdo un día en la cafetería, cuando casi terminaba el primer semestre de tercer año de carrera. Se comentaba que había terminado con la novia hacía un tiempo, incluso yo había visto llorar a Estella junto a sus amigas en uno de los entrenamientos de voleibol. Me había dado pena verla tan desconsolada porque, aunque no la conocía mucho, siempre había sido amable conmigo.

Herman se sentó a mi lado de la mesa donde estudiaba; recuerdo a la perfección que estaba metida en un caso de finanzas internacionales. Apoyó sus brazos en la mesa atento en cada uno de mis movimientos, no podía creer lo que me sucedía. Llevaba más de un año que lo seguía con la mirada, era un chico inalcanzable para mí.

—¿Cómo te llamas, bonita? —preguntó con una sonrisa, esa sonrisa que había mirado desde lejos hacía meses.

En ese momento sentí que el mundo me daba vueltas.

—Macarena ¿y tú? —Me hice la tonta, sabía su vida casi al completo: nombre, apellidos, cumpleaños, curso en el que estaba, con quién vivía... ¡todo! Había sido una psicópata de sus redes sociales, una especie de investigadora privada.

—Herman —me respondió—. Siempre te he visto por aquí. Parece que eres fanática del café, ¿me equivoco? —Volvió a sonreír y me mató de nuevo, esta vez lentamente, ya que no podía creer que hubiésemos cruzado palabra.

—Sí, me encanta. La verdad es que soy muy cafetera —dije sonriendo, tratando de mostrarle atención y que mis nervios no me delataran.

—¿De dónde eres? Está claro que no eres holandesa y tu acento no lo logro reconocer —dijo con curiosidad.

—Colombia. —Respuesta escueta. No podía hablar más, estaba en otro planeta y en este a la vez.

—Oh, con razón eres tan buena para el café. Siempre te veo por aquí —exclamó con una leve sonrisa. Sus dientes eran aún más blancos de cerca. Tenía la sonrisa perfecta, seguro que había usado *brakets*—. Espero que no seas buena para otras cosas que producen en Colombia —me dijo en forma de broma. Me enfadó que me dijera eso.

—¡Qué pesado! Los colombianos no estamos orgullosos de ese tipo de cosas, pero sí del café, entre las miles de otras cosas buenas que tenemos.

—¡Pero tampoco te enfades por eso! —exclamó serio para luego morderse el labio inferior.

—¡No estoy enfadada! —dije con nerviosismo. Me seguía dando vueltas todo, era como estar en otra dimensión.

—¿Cómo comprobar que no está enojada la chica colombiana? ¿Apellido?

—Del Pino.

—Bueno, Macarena Del Pino, para comprobar que no te has enfadado... ¿Saldrías conmigo mañana?

—Lo pensaré. —No sé ni cómo dije eso. Aún estaba molesta por lo que había dicho. Me enfadaba que me hablaran de la época terrible que vivió mi país.

—Un poco enfadada sí que estás —aseguró.

—Es que tu broma no fue de muy buen gusto —concluí seria.

Seguro que abrí mucho los ojos, me pasa cuando suelo enojarme, menos mal que esa mañana me había puesto máscara de pestañas.

—¿Qué es lo mejor que tienen los colombianos? —preguntó desafiante.

—Además de tener unas playas que no hay aquí, la alegría de su gente. Eso es lo mejor de Colombia. Somos un pueblo alegre y vibramos con el baile, cosa que aquí no se ve por ningún lado.

—Sí, es verdad que aquí no somos tan alegres. Somos más fríos, lo que no significa que no lo pasemos bien.

—No he dicho lo contrario. Lo que he querido decir es que somos más felices.

—Seguro que es el clima —concluyó pensativo.

—Absolutamente. Este clima es duro para el estado de ánimo.

—Ahora entiendo.

—¿Qué entiendes?

—Lo guapa que eres. Siempre me han gustado las latinas.

—No soy la típica latina —aseguré.

—Eres mejor que las típicas —exclamó con esa sonrisa preciosa. Nunca había visto unos dientes así, simplemente perfectos.

Ese mismo día me pidió el teléfono, y yo no me quedé atrás, se lo pedí también. Sentí una ilusión increíble. Seguimos conversando un poco más, me contó que sus padres vivían en otra ciudad, que ya estaba casi terminando la universidad. Me habló de fútbol, de su fascinación por el Ajax y me interrogó de varios temas más.

Pasamos un rato bastante agradable, y antes de irse, no dejó de sorprenderme ya que, al ver que ya me había tomado mi café, me compró otro de regalo junto a un *muffin*. Me lo dejó en la mesa y se fue, como si supiese que mi adoración son los *muffins*.

Antes de acabar el día, me escribió para invitarme a salir, y de alguna forma, ese día fue cuando me cambió la vida. O al menos comenzó a cambiar.

Unos días después, por la noche, fuimos al cine, y después, a comer unas pizzas. No volvimos a separarnos más. Él era mi amor, me había enamorado a primera vista y comencé a conocerlo más en el camino, aquellos detalles que no podía encontrar en sus redes sociales.

Pero si vamos al caso, en ese momento deseaba creer en el amor a primera vista, necesitaba esa ilusión de que con él otro sería perfecto. Me aseguró que me había *echado el ojo* desde hacía tiempo, que esperaba que fuera a las fiestas y nunca coincidíamos, solo una vez me vio cuando me marchaba y él llegaba. Yo me acuerdo a la perfección de ese momento. Si lo hubiese visto llegar antes, quizá las cosas hubiesen sido distintas. Solo por un par de segundos no se alinearon los astros. Sentí una gran frustración y lo pasé muy mal el resto de la noche, ya que mi cabeza seguía en la fiesta anterior, mientras mis amigas estaban con los chicos disfrutando de la noche.

Salimos durante más de dos semanas, casi todos los días, hasta que nos besamos por primera vez. Al principio pensé que Joyce estaba celosa porque se enfadó mucho y no paraba de repetirme lo mismo una y otra vez, que ese chico no sería una buena persona. En ese momento, ella no estaba comprometida con Dylan, solo eran amigos, comenzó su relación después.

Joyce estaba molesta por estas salidas con él, se le notaba, se mostraba distante conmigo hasta que al fin hablamos. No me agradaba estar lejos de la persona que mejor se había portado conmigo desde mi llegada a la universidad.

—Ya sabes cómo es él, ya te lo he dicho, pero ¡no me haces caso! —comentó furiosa, molesta y con la cara roja de rabia.

—Es muy cariñoso conmigo, Joyce. Yo solo juzgo cuando he visto las situaciones o las he vivido. Se preocupa por mí, me busca y me encanta estar con él —dije, honesta.

—Ojalá no sufras, aún estás a tiempo de pararlo —murmuró más seria aún. Por mi mente solo pasó la palabra celos, incentivándome a seguir.

—Ya soy mayorcita y sé lo que hago. Estoy dispuesta a asumir el riesgo.

—Yo ya te he advertido, no quiero llantos después. Debo decirte, Maca, que eres muy dura y que a veces no quieres entender.

—¿Estás celosa? ¿Te gusta? Podemos hablarlo —sugerí.

—¿Qué? ¡No! Claro que no me gusta. Y tampoco me gusta para ti. ¿Cómo me puedes decir eso? Sabes que mis intereses van por otro lado —exclamó enfadada.

—Disculpa, Joyce —me retracté.

—No quiero volver a hablar de este tema. No me digas que no te lo advertí.

Y así, asumiendo el riesgo, comenzamos a tener una relación.

Nunca tuvo buena relación con Joyce, se notaba que se toleraban poco, pero ninguno de los dos era descortés o mal educado con el otro. Tampoco salimos nunca con Joyce y su novio. Simplemente, cuando él llegaba a verme, ella se encerraba en su habitación o nos íbamos Herman y yo a la mía. No había interacción más que un cordial saludo que se notaba que era por educación.

La primera vez que nos besamos fue en su casa. Recuerdo que estábamos viendo una serie de Netflix en su cama. Me abrazó, me puso de lado para que me quedara mirándolo y me mordió el labio. Mi piel se erizó por completo. Luego, me besó hundiéndome en su cálida e irresistible boca.

De alguna forma, esperaba ese beso desde el día que hablamos por primera vez, y en mis sueños desde antes. Su beso fue húmedo, profundo, intenso, apasionado. Mientras me besaba, me acariciaba el pelo y me apretaba más y más a él. No sé cuántos besos nos dimos esa noche, creo que hasta el infinito quedaría corto. Fue una de las mejores noches de mi vida, la primera acompañada de caricias.

—No sabes las ganas que tenía de hacer esto. Me has hecho aguantar mucho. Dos semanas es demasiado tiempo.

—¿No te atrevías a acercarte? —le pregunté risueña.

—No quería cagarla. Sabía que contigo tendría o tendré que ir con calma —exclamó seguro.

—Ahora ya no debes aguantarte. Bésame todo lo que quieras —pedí en éxtasis, como si volase. Me sentía flotar, contenta y feliz.

—Lo haré, que no te quepa duda. No perderé el tiempo. Debí hacerlo hace meses.

Esa noche fumamos marihuana. No sé por qué razón me dejé llevar. Pienso que pudo haber sido como para tener algo más en común en esos momentos. Luego de terminar el caño de marihuana, tenía una sensación de relax, aunque creo que fue de las pocas veces que pasó algo así, porque las siguientes, me hizo sentir náuseas y mareos, por lo que nunca más fumé. Me mantuve fiel a los cigarrillos de vez en cuando, en compañía de alguna bebida. Era mucho mejor una buena copa escuchando algo de Pink Floyd y sumergirme en mi mundo, pero sin sentirme angustiada.

Herman me hacía feliz, al menos al comienzo de la relación. Solo tenerle cerca, sentía una atracción que jamás había experimentado en toda mi vida. Sus besos me cautivaban y lograba que experimentase lo que nunca antes sentí con nadie. Podría decir que fue mi primer *crush*. Sentir su cuerpo cerca del mío era excitante, una especie de atracción fatal, porque en ocasiones pensé que me iba a morir a su lado.

Recuerdo con exactitud la primera vez que hicimos el amor; me marcó, sabía que jamás lo olvidaría y no se iría nunca ese recuerdo. Honestamente, no era muy experimentada en la materia. Fue un día en mi apartamento, Joyce no estaba y Herman se quedó conmigo; fue algo que no tenía pensado, pero era como una necesidad, mi cuerpo lo pedía. Era la primera vez que me enganchaba a alguien a ese nivel. Me estaba enamorando, o más bien, ya lo estaba, sin saber qué era en realidad el amor. Ese amor del bueno, el que te hace ser mejor a ti y también a quien está a tu lado.

Pensaba que llegaría con él a ese amor de las series con un final feliz. Hasta ese día nunca había escuchado a mi cuerpo con tantas ganas, porque me hablaba, me pedía estar cerca de él. Mi educación tan convencional, de alguna forma me lo prohibía, era demasiado rápido. La familia de la que venía era extremadamente correcta y, además, católicos conservadores.

Mi madre siempre me dijo que tendría que saber muy bien con quién llegar a intimar, ya que el arrepentimiento podía ser casi fatal. Nunca le hablé a mi madre de mis temas personales e íntimos, pero su voz resonaba en mi cabeza. No nos conocíamos tan bien, llevábamos menos de un mes saliendo, pero me arriesgué casi sin medir las consecuencias. A esas alturas tenía claro que todas las acciones podrían tener un desenlace complicado.

Varias veces se lo planteé a Herman. Le expliqué que veníamos de culturas muy distintas, necesitaba estar segura. Pero su forma de ser me impidió ver más allá, era romántico, dedicado y cariñoso. Me llevó a mi cama, me besó sin parar, su boca se hundía en la mía con intensidad, era como un delirio. Comenzó a tocarme los pechos en círculos, una sensación que alguna vez había sentido, ya que no era una santa, pero con ese nivel de intensidad ¡jamás!

Sin darme cuenta, me los estaba besando, luego me comenzó a tocar y acariciar por todo el cuerpo. Era como si cada mínima parte de mi cuerpo tuviese vida propia, podía sentir todo como si no perteneciese a este mundo. Sin darme cuenta, entre besos, estaba desnuda. Me aseguró que sería cuidadoso y así fue.

En ese momento me sentí como una niña en una primera experiencia, tiritaba de nervios y placer a la vez, una curiosa mezcla que me enloquecía. Tomó de su cartera un preservativo, lo abrió con la boca y me pidió que se lo pusiera. Nunca había hecho algo así, pero las cosas fluyeron y lo logré sin problemas. Lo hice casi como una experta, disfrutando cada segundo que vivía con él. Por un lado, no quería que terminase nunca, quería vivir cada etapa con intensidad; por otro, solo quería que por fin estuviese dentro de mí.

Creo que este tipo de contradicciones se dan cuando te enamoras de la persona que tienes al lado y yo creía estarlo en ese momento. No hay otra explicación para poder entender estas incoherencias que se producen a veces.

Se puso sobre mí, besándome con más intensidad que antes, y así, poco a poco, fue hundiéndose. Me preguntaba si estaba bien, sus ojos demostraban seguridad, me sentía tan querida por él... Era difícil de explicar. En un momento me preguntó si bajaba la intensidad y era lo que menos quería, solo deseaba sentirlo. Le dije que no, moviendo la cabeza, asegurándole que estaba bien. Quería que siguiera, mi cuerpo pedía que lo hiciera. Sus movimientos fueron los adecuados y yo logré moverme a ese ritmo increíble que solo se logra cuando hay una cohesión absoluta entre dos personas.

—¿Sabes que te amo? —preguntó mientras hacíamos el amor.

—Yo también te amo.

—Dime que solo seré yo, jamás nadie te tocará.

—Solo eres tú y serás tú, Herman.

Desde que fuimos novios, íbamos a todas partes juntos. Lo acompañaba a los partidos de fútbol, tras los entrenamientos venía a casa, comía algo y luego se iba. Fuimos a varias fiestas, conocí a sus amigos y lo acompañé en algunas oportunidades a un gran cobertizo donde tocaba con unos amigos. Herman tocaba la batería.

Conocí a sus amigos y a las novias de ellos. Hice una especial amistad con Diana, novia de Paul. Con ellos, ese verano, tuvimos la suerte de poder viajar. Mis padres no estaban muy contentos con la idea de que nos fuéramos como casi de luna de miel, pero no me importó.

En ese viaje, recorrimos algunas de las playas de la Costa Azul. Alquilamos una furgoneta y emprendimos el camino junto a nuestros amigos; fue muy divertido, lo pasamos muy bien y estábamos pasando por una muy buena etapa. Nos bañamos en cada playa en la que estuvimos, hicimos turismo y fuimos a bailar varias veces. Era un amor muy fuerte, y corrí el riesgo de ir.

Recuerdo haber peleado con mi mamá por teléfono, estaba preocupada porque llevábamos poco tiempo y no lo conocían. Para mí no fue fácil tomar la decisión, pero Herman me presionó hasta que lo consiguió. Siempre lo conseguía todo, fue muy insistente. Con el tiempo entendí que no descansaba hasta conseguir lo que quería.

Después, nos fuimos a vivir juntos. El viaje consolidó nuestra relación y me propuso que estuviésemos en pareja siempre. No tenía sentido vivir en lugares distintos. Todo iba muy bien, estábamos realmente contentos los dos y poco a poco decoramos nuestro apartamento.

Herman salió antes de la universidad y yo seguí estudiando. Él comenzó a trabajar en una empresa grande de consumo masivo, en una multinacional. Estaba muy contento, aunque no estuvo exento de polémica, empezando por Joyce. Y qué decir de mi familia en Colombia, todos opinaban, hasta mis hermanos pequeños. Francamente, se entrometían tanto, que acababa por no llamarlos durante días. Era mejor no ponerme la soga al cuello, eso me pasaba cuando hablábamos.

—¿No estás feliz por mí? —le pregunté a Joyce en tono serio y sarcástico a la vez.

—Si tú estás feliz de irte a vivir con él, perfecto —contestó seria.

—No pareces estar contenta, cuando yo estoy viviendo uno de los momentos más felices y esperanzadores de mi vida —dije molesta.

—Ya sabes que él no me convence.

—La idea es que me convenza a mí y lo hace con creces —contesté muy decidida.

—Bueno, entonces ¿para qué pides mi opinión? —preguntó más seria aún. No se le movía ni un solo pelo.

—Yo siempre te he apoyado en todo.

—En esto, Maca, no te voy a apoyar. Considero que es un error. No es sincero.

—¿Por qué dices eso, Joyce?

—Porque lo han visto coquetear con chicas. No me creo su cuento.

—¿Lo has visto tú?

—No, pero me han dicho.

—Si no lo has visto ¡calla! Herman es un tipo muy popular, siempre les inventan cuentos a los chicos como él.

—Como digas. No seguiré conversando contigo, Maca, porque no se puede. —Se notaba que Joyce trataba de controlarse... le costaba, lo notaba en su respiración.

Con Herman tuvimos una relación bastante buena, con altibajos, como todas las parejas, pero nada grave. Al inicio, fue cariñoso, protector y un gran amante; al final, las cosas estaban cada vez peor, me costó demasiado darme cuenta.

Todo comenzó a complicarse cuando empezó con las drogas duras y el exceso de alcohol. Es algo de lo que no me gusta hablar. No lo noté hasta que encontré en el bolsillo de su pantalón unas bolsitas con cocaína y ahí ya no había duda. Pensé que sería algo pasajero y lo hablé con él para que recibiera ayuda y que así saliera adelante. Me lo prometió en varias ocasiones, pero no cumplió. Siempre tuve la esperanza de que lo haría, sobre todo cuando comenzó a ir a un centro de desintoxicación, pero desafortunadamente solo duró un tiempo y volvió a recaer.

El comienzo fue una verdadera luna de miel en todas sus formas. El tiempo cambió las cosas y los celos eran un tema habitual entre nosotros. Se descomponía cuando salía con alguna amiga o cuando llegaba más tarde de lo que él esperaba. Comenzamos a tener peleas y mis amigas no lo querían por las constantes discusiones que presenciaban, ya que él no se callaba, y si algo no le parecía bien, me lo decía en el momento. Siempre le pedí que no lo hiciera, pero fue algo que nunca aprendió a controlar.

De un momento a otro ya no quería que usara faldas cortas y, menos aún, escotes. Yo le aseguraba que nadie me miraría más que él, pero que, como mujer, me gustaba arreglarme y sentirme bien conmigo misma. Nunca lo entendió. Al final, acabé por no arreglarme tanto para evitar peleas y malentendidos. A pesar de esto, yo lo amaba con gran intensidad. En algunos momentos, me cuestioné, ya que el nivel de celos era algo enfermizo, pero me autoconvencía que no sería para tanto.

Fuimos a Colombia en agosto de 2015, donde estuvimos en Bogotá unos días en casa de mis padres, ya que tuve algunos días de vacaciones en la empresa en donde comencé a trabajar luego de terminar mis estudios. Allí, mi madre no tuvo ningún inconveniente en decirme que lo encontraba demasiado posesivo conmigo.

—Mamá, no te metas. Ya soy mayor para tomar mis propias decisiones. A veces te entrometes demasiado y eso me molesta.

Preocúpate de mis hermanos, que ellos te necesitan más que yo —reproché enfadada.

—Soy tu madre, no lo hago por molestarte. La base del amor está en la confianza. No me faltes el respeto, Maca; me ha costado tener este momento para hablar contigo porque está todo el rato pegado a ti —comentó preocupada, afirmándose en la mesa de la cocina mientras ordenábamos luego de una cena.

—Yo confío en él. Y respecto al resto, es porque no entiende español —exclamé convencida.

—Bueno, solo te digo que es demasiado celoso y quiere controlar tu vida. Me doy cuenta, Macarena. Espero que puedas controlar todo eso. Con el tiempo, los defectos se agudizan —dijo con seguridad—, además, todos hemos hablado en inglés para que él no se sienta mal. No somos unos maleducados, ya lo sabes.

En el fondo, lo sabía. Claro que nos preocupábamos con las visitas y no harían que se sintiera mal. En cambio, Herman no se despegó de mí en todo el viaje. Fue agotador, no lo disfruté como esperaba.

Ámsterdam
Diciembre 2015

Ya llevaba más de un año trabajando en el área financiera de una empresa de consumo masivo nacional y casi dos años que vivía con Herman. La empresa donde trabajaba no era muy grande, pero sí con muy buenas proyecciones y posibilidades de crecimiento laboral. Lo mejor de todo es que éramos casi todos exalumnos de la universidad. Nos quedamos después de finalizar la carrera y hablábamos en inglés, lo que nos ayudaba mucho respecto al trabajo y la comunicación en ese país, con un idioma tan complicado y a veces inentendible, a pesar de dominarlo en un bajo porcentaje.

Estuve a punto de volver a la casa de mis padres a Latinoamérica cuando salí de la universidad, pero no quería dejar a mi novio con quien llevaba un tiempo, a pesar de la insistencia de mi madre para que comenzara mi vida laboral cerca de ellos; era su máxima ilusión, pero no quise hacerlo. Estaba enamorada y no era una opción dejarlo, por lo que fui tajante a pesar de las insistencias de mi familia. No lo hice, aunque sus constantes llamadas y mails eran para que volviera con ellos.

Los extrañaba, y muchísimo, siempre fuimos una familia muy apegada, pero mis prioridades eran otras; volver a mi país de origen no me llamaba la atención, ya que llevábamos demasiado tiempo moviéndonos en distintos lados lejos de él; al final había vivido muy poco tiempo en ese lugar y hacía ya demasiados años.

Mi felicidad fue mayor cuando Gabriela me llamó para avisarme de que vendría a pasar la Navidad con nosotros. Fue de las mejores noticias que recibía en bastante tiempo. Estaba super feliz con la idea de recibirla en casa, no nos veíamos hacía tiempo por las responsabilidades, el trabajo y las miles de cosas que había que hacer.

—Qué bien que estés aquí —exclamé contenta mientras me sumergía en un abrazo profundo con mi hermana, emocionadas por encontrarnos a la salida del aeropuerto.

—No puedo creer que al fin estemos juntas. Menos mal que este semestre no me ha quedado nada pendiente y he podido venir a verte. ¡Qué alegría! —respondió con el mismo entusiasmo que yo; se alejó para contemplarme—. Estás muy delgada, Maca.

—¿Eso es lo primero que vas a decirme? —pregunté molesta, pero entre bromas.

—Estás en los huesos. ¿Todo bien? —Me molestaba escuchar ese comentario constantemente.

—Sí, bastante bien. —Notó que mi respuesta no fue lo bastante convincente.

—Siempre que andas regular, bajas de peso.

—Estoy bien y tranquila.

—¿Tranquila o feliz?

—Tranquila, ¿qué importancia tiene eso? Ahora estás aquí y pasaremos una bonita Navidad juntas. No me hagas filosofar sobre la vida. Solo te puedo decir que estoy super agradecida de que estés conmigo. Es lo mejor que me ha pasado en bastante tiempo —le conté mientras la abrazaba con delicadeza y cariño entre maletas y bolsos.

Llegamos a casa y Herman no estaba. Por un lado, me aliviaba, ya que cada vez estaba más posesivo. A veces me acordaba de esas palabras que me dijo mi madre, esas que decían que con los años los defectos se acrecentaban; parecían ciertas. En esos momentos, solo me apetecía estar con Gabriela, la única pena es que solo pude pedir dos días libres en el trabajo.

Los días pasaron rápido. El fin de semana nos dedicamos a recorrer la ciudad, a pesar del frío que era punzante. De alguna forma, era parte de nuestras vidas, ya que Gabriela, al estar en Londres, también estaba acostumbrada a estos bajos grados que nos azotaron en esos días.

Fuimos a visitar la casa de Ana Frank, nos tomamos un café cerca para lograr entrar un poco en calor. Otro día fuimos al museo de Van Gogh, incluso nos animamos a hacer un *tour* en bicicleta por la ciudad. Era un día frío, pero por fortuna, no estuvo mal; fuimos preparadas para el clima y nuestro recorrido fue por lugares rodeados de las casas de cuentos de colores de tres pisos y sus techos en punta.

Paramos varias veces a sacar fotografías, incluso llamamos a través de una videollamada a nuestros padres, quienes estaban dichosos de vernos juntas disfrutar como lo hacíamos tantos años atrás. Al hablar con ellos, mi mamá rompió en lágrimas emocionada mientras las dos hablábamos casi al mismo tiempo y nos reíamos de la situación.

—Estoy tan contenta de verlas juntas... Las echo mucho de menos a las dos. Para una madre no hay nada más bonito que sus dos hijas se lleven tan bien y estén unidas.

—Hiciste un buen trabajo —exclamé.

—Demasiado bueno, mamá —dijo Gabriela.

—Sigan disfrutando y aprovechen para ponerse al día. Las quiero, las amo a las dos. Espero que pronto podamos volver a estar todos juntos. Teneros lejos no es fácil.

—Tranquila, mamá, estamos bien las dos —dijo Gabriela.

Colgamos la llamada y fuimos a comer algo en un local que encontramos de camino. Todo esto fue sin planificación alguna. Fue agradable y se sentía bien en el corazón.

Al entrar al local, nos pedimos algo para comer. No éramos muy ávidas para comer, pero ella estaba muy preocupada por mi bajada de peso —cosa que se debía al estrés y el trabajo—, por lo que empecé a comer más.

—Maca, estoy preocupada, sigues demasiado delgada.

—Desde pequeña fui así. Bajo de peso cuando estoy con demasiadas cosas en la cabeza.

—Bajas de peso cuando estás afectada emocionalmente —comentó con seguridad.

—No es el caso ahora. Solo es que estoy con varias cosas encima. Háblame de tu experiencia en Londres —le pedí para desviar la incomodidad que comenzaba a sentir—. ¿Estás saliendo con alguien?

—Sí, he conocido a un chico que me encanta. Se llama Peter, es de una clase más que yo. También estudia *Business*. Hemos salido un par de veces, pero no es nada serio, de momento. Hablamos mucho, y creo que he empezado a enamorarme de él —comentó con sus ojos verdosos con un brillo especial, como brillo de amor.

—La próxima vez podrías venir con él.

—No sé qué pasará. Tú sabes que soy bastante insegura en las relaciones. Es algo que no he logrado poder controlar, me cuesta mucho confiar.

—Todo depende de la persona que tengas al lado. Escúchate y mira sus gestos. A veces, ese tipo de cosas dicen más que mil palabras —comenté segura de eso.

—Hablas como si supieras muy bien de todo esto —dijo risueña.

—Bueno, por algo tengo dos años más que tú. He vivido un poquito más —dije convencida, como si veintiséis meses marcaran una gran diferencia. Ni yo me lo creía.

—Hablando de eso... No te veo muy bien, Maca.

—No sigas con el tema de la delgadez. Tú también eres un palo. Es la genética de mamá. —Estaba segura.

—No es eso. Es que no te veo bien, Maca. Estás con mala cara, no brillas, no te ríes como antes. Eras tan alegre... Es raro lo que veo.

—Bueno, es que estoy más vieja y con más responsabilidades.

—Estás todo el rato conteniéndote. Como pensando antes de hablar, ausente. No sé cómo describirlo, pero estos días me han bastado para darme cuenta. No me quiero meter, pero Herman es demasiado especial contigo. ¿Estás segura de que es lo que quieres para tu vida?

—Por favor, Gabriela, estoy bien y soy feliz con él. No te preocupes —dije deseando terminar la conversación.

—¿Has ido al doctor? Es que estás demasiado delgada. ¿Sigues con anemia?

—Sí, sigo, por eso tomo hierro y otras vitaminas —contesté con la intención de tranquilizarla y zanjar el tema.

—¿Cómo podemos ser hermanas? Yo siempre peleando con los kilos para bajarlos y tú para subirlos. No entiendo.

—¿Qué te pasa, Gaby? Eres delgada.

—Sí, lo sé, pero me esfuerzo como una loca para lograrlo. Si no lo hiciera, hasta con el aire subiría de peso —comentó entre risas—. En cambio, tú siempre estás peleando por subir de peso. No es justo.

—Todos los extremos son malos. Cuidarse para subir o bajar es igual de estresante. Siempre me tienen vigilada por el bajo peso y la anemia. Es desagradable.

—De todas formas, preferiría eso a estar siempre contando las calorías, lo que es bastante agotador —dijo con humor y verdad a la vez.

Siempre había sido agradable compartir con Gabriela todo y nada a la vez. Era una forma de reírnos de las cosas que nos sucedían. Siempre fue maravilloso estar juntas.

Pasamos Navidad los tres en casa. Cocinamos y decoramos juntas la mesa. Quedó sencilla, con algunas cosas que compramos en un mercado de Navidad. Lo pasamos muy bien e hicimos los intercambios de regalos. Mi hermana tenía un regalo para la casa, de manera que fuese para mí y Herman. Nos compró un juego de toallas con nuestros nombres delicadamente bordados. Siempre fue de ese tipo de detalles, mucho más preocupada que yo en ese aspecto. Yo le compré un regalo en nombre de los dos: una cadena de plata con unos aros en forma de rayo. Al abrirlo, estaba feliz y aprovechó para agradecernos a ambos por haberla recibido esos días.

A Herman le había comprado unas zapatillas de deporte, ya que las de él estaban algo antiguas y él me regaló unos auriculares Bose para que pudiese escuchar música mientras trabajaba en casa, para no molestarlo. Siempre tuvimos problemas porque a mí me gustaba poner música mientras leía o escribía en mi *notebook*. A veces llegaba a ser un poco intransigente con sus deseos, sin dejarme muchas opciones de interacción.

Luego, en el día de Año Nuevo, estuvimos en casa de unos amigos de Herman. Los conocía hace años, pero nunca llegué a ser buena amiga de ellos. Eran amables, pero cada vez que íbamos a su casa, Herman acababa fatal excediéndose con todo.

Yo no quería ir a ese lugar, prefería pasarlo con Joyce y su novio, Dylan, ya que habían venido a pasar las fiestas con él desde Londres. En cambio, Herman no me dio opción, era muy autoritario y a final siempre hacía lo que él quería. No quise insistir, sabía que sería una lucha perdida.

Pasamos el Año Nuevo con ellos, pero volvimos pronto a casa con Gabriela.

Pasó el tiempo volando y Gabriela volvió a Londres el dos de enero. No pude ir a despedirla por temas de oficina, pero me aseguró que se iría en un taxi. Dejé todo organizado esa mañana antes de irme a trabajar.

Comenzando a levantarme

Milán
Italia
Enero 2016

Llevaba ya unos días con Isabella en su casa, ubicada en el precioso barrio Navigili. Era un lugar impresionante y uno de los más emblemáticos de la ciudad, compuesto por varios canales de cientos de años, donde hay muchos restaurantes y lugares donde ir de copas y disfrutar de los mejores aperitivos.

Me maravillaba la historia de Milán, especialmente esos canales construidos con el fin de llegar al mar desde el centro de la ciudad. El proyecto comenzó en el siglo XII, para transportar materiales y pasajeros hasta la ciudad, llegando a tener más de 90 kilómetros de largo.

Por estos canales se trasportó el mármol para la construcción del maravilloso Duomo, la Catedral de Milán. Fue Leonardo Da Vinci quien en el siglo XV logró mejorar el funcionamiento, incluso extenderlos hasta el Lago de Como. Mientras era estudiante, tuve la oportunidad de ver los bocetos y diseños realizados por el genio italiano, quien propuso la mejora de las presas que convirtió esos canales, poco navegables, en verdaderas rutas de acceso al centro de la ciudad, en el Museo de los Navigili. Los canales dejaron de tener su importancia con la llegada de los trenes y del tranvía. Durante tres o cuatro siglos, los canales fueron fundamentales para la comunicación de Milán con el mundo.

El apartamento de Isabella era antiguo, rememoraba la época de oro italiana. La vista era bellísima desde la ventana, incitando a salir y recorrer, pero no tenía planes de caminar ni ver nada.

Sabía que no podría seguir haciéndome la loca con el tema. Tendría que contárselo, aunque hablar de lo sucedido era como volver a vivir ese recuerdo con todos los detalles, a cámara lenta, lo que provocaba más daño, más dolor, más desilusión. No era agradable, sino insoportable para mi alma.

Lo había intentado cuando llegamos aquel día, pero las lágrimas fueron más fuertes haciéndome sollozar en su regazo y mi amiga apiadándose de mi sufrimiento por un tiempo. Aunque siempre insistía, como en ese momento.

—Quiero saber qué ha pasado. ¿Cuándo me lo vas a contar? —preguntó Isabella con cariño, pero a la vez con decisión de no dejarme otra alternativa.

—Solo puedo decirte que después de lo que viví, no podía seguir en ese lugar. —Lloré al acordarme de todo lo que había pasado. ¿Cuándo se acabarían las lágrimas?

—Ha sido otra vez Herman, ¿no? ¡Ese tipo es un desastre! Te lo he dicho tantas veces, Maca... pero hablar contigo es demasiado complicado, no sabes escuchar —dijo con cariño, pero también con enfado y desilusión—. Te cierras y no aceptas las críticas, aunque vayan dirigidas con todo el cariño.

—No quiero hablar de él, es lo único que te pido. Te lo ruego.

—Vas a tener que enfrentarte a lo que sea que te haya pasado. El primer paso es contar lo sucedido —habló seria, sin querer dejarme salida. Sabía que me haría una encerrona hasta que soltara todo.

—Sé que vas a insistir hasta que hable, como siempre lo has hecho desde que éramos unas *enanas*.

—Enanas no éramos. Adolescentes, sí. Y es verdad, no permitiré que no me cuentes qué es lo que ha sucedido, esta vez no —aseguró poniendo los ojos en blanco—. La amistad está basada en la confianza. Sin vergüenza y sin miedo, vamos, dime qué pasó.

—Veo que no me queda otra. —Comenzaba a resignarme.

—No, cero opciones. Anda, dúchate, te preparé el desayuno y hablaremos. Necesito que me expliques. De todas formas, Maca, aquí estás en un lugar seguro. Me parte el alma verte perdida, es como si no fueses tú. Tus ojos son otros, reflejan tristeza. ¡Estás muy delgada!

—Ahora tengo que salir a flote. No soy yo y creo que algo en mí va a cambiar para siempre —dije segura.

—No será así, el tiempo lo cura todo —dijo mi amiga con una sonrisa de cierta lástima en su cara. Quería creerle en eso de que el tiempo lo arreglaría.

Me di la ducha que tanto necesitaba. Estaba demasiado cansada, aun sin hacer nada, pero los recuerdos me hacían sentir sucia. Me puse ropa ligera y fui a la pequeña cocina para tomar el desayuno, nos sentamos en la mesa de granito. Isabella había preparado un zumo de naranjas natural, manzana picada en cuadraditos, un café con leche en un tazón y una tostada de pan integral.

—Habla, Maca. Te he preparado todo esto para que desayunes. Espero que logres recuperar algo de energía. Vamos, te hará bien. ¿Qué ha pasado? No guardes los sentimientos, no es sano. —Con afecto tomó mi mano—. No te juzgaré, solo quiero que te desahogues. Jamás te he visto en este estado.

—No sé cómo comenzar, Isa —dije con los ojos llenos de lágrimas, agobiada, consumida por la miseria que estaba viviendo. Tomé aire y comencé a hablar—. No había duda de todo lo que encontré en Herman. Esos mensajes que vi me causaban tantas dudas... que no quise asumirlos, a pesar de que eran recurrentes. Es que me quería engañar.

—Lo recuerdo. Me llamaste y me contaste que eran de una chica, que, según él, era una amiga del trabajo que lo necesitaba porque tenía problemas, ya que su marido abusaba de ella y que tuvo que rescatarla. Dijo que eran amigos, pero...

—Siempre me quedé con la duda, sobre todo cuando encontré preservativos que nosotros no usábamos y cuando me llamó mi amiga, Joyce, para decirme que lo había encontrado en Tinder, mi mundo se desmoronó. Nunca hice caso a Joyce, me lo dijo siempre y nunca le escuché. —Me sentía fatal de haber sido tan dura en ocasiones con ella. Me había tratado de abordar por todos los medios y nunca le hice caso.

—Lo de Tinder no me lo habías contado. ¿Qué te dijo de eso? —preguntó, ansiosa—. Y cuando no quieres escuchar, te cierras en banda y no hay forma de que logres ver las cosas con otra perspectiva.

—Me dijo que, entre los amigos del fútbol, habían hecho una broma subiendo la foto con otro nombre para ver quién tendría más seguidoras o citas posibles. Una especie de apuesta. Dijo que fue solo una broma entre ellos.

—Y tú, tan inocente, le creíste.

—Quise creerle —dije con las manos tapando mi cara.

—¿Qué ha hecho ahora? —preguntó con cierta decepción.

—Por la mañana salió a trabajar. Todo marchaba normal y desayunamos juntos. Fue cariñoso, me deseó suerte en el trabajo, que tuviese un buen día y se despidió diciéndome que me amaba. —Tuve que tomar aire para seguir—. Me di cuenta de que se me había quedado el informe de trabajo y tuve que volver a buscar el *notebook*. Fui estresada por la hora, por no llegar tarde, pero jamás pensé lo que pasaría. Cuando entré —expliqué llorando con más fuerza—, estaba en mi cama tirándose a la compañera de trabajo, la misma del abuso del marido. La vi sobre él, gimiendo. Fue lo peor. Mi mente repite esa dolorosa imagen que tanto me duele. Ha sido lo peor que me ha tocado vivir.

—Dios, es idiota. ¿En vuestra cama? ¿En tu apartamento? Hay que ser muy desgraciado. ¿Qué hiciste? Yo lo hubiese castrado ahí mismo —explotó enfurecida.

—Eso hubiese querido hacer de haber tenido capacidad de reacción. ¡Algo! Pero no hice nada, no pude —dije decepcionada conmigo misma.

—¿Ni siquiera le gritaste algo al muy imbécil? —gritó enfadada, roja de la rabia.

—No, no fui capaz. Salí del apartamento y me fui. Llegué al trabajo, presenté lo que tenía preparado y renuncié. Se lo conté a mi jefa, que es mi amiga desde que estuvimos en la universidad y me ofreció unas vacaciones. Luego fui a casa, procurando que él no estuviera, hice mi maleta y vine. No dejé nota, no dejé nada. Estaba desesperada. Ha sido el peor día de mi vida. Ella está casada, tiene un hijo y se estaba follando a mi novio, ¡en mi cama! —dije con asco, rabia y, sobre todo, tristeza.

En ese momento, Isa se acercó para consolarme, pero nada lograba sacar lo que me destruía. La desilusión era tremenda.

—¡¿Cuántas veces habrá estado con ella en mi cama?! —grité enfadada y llena de asco.

—Maca, sin duda es de lo peor que te podría pasar en la vida. Pero sabes que soy honesta y con todo el cariño, te digo que ese tipo siempre hacía cosas muy raras. Te llegaron mensajes que no supiste leer —indicó con seguridad y pena al mismo tiempo. Y yo lo sabía, no había escuchado como corresponde.

—¡Estaba enamorada! —dije, tratando de justificar lo injustificable—. ¡Estoy enamorada! —grité entre sollozos desconsolados mientras mi corazón se debilitaba, se seguía partiendo.

—Nadie se ha muerto de amor, Maca. Tendrás que salir adelante, recordarás todo esto como una mala experiencia, nada más. Ahora debes ser fuerte y salir adelante, no tienes otra opción. Vamos, ven aquí, saca todo lo que tengas dentro. Tienes que superarlo, esa será tu tarea. No hay opción de que vuelvas con él. Solo te queda seguir —me animó con cariño y autoridad—. Ese tipo nunca me gustó. Cuando viniste a la celebración de los cinco años de terminar las clases, lo noté obsesivo. Hasta tuviste que irte antes que los demás. Nosotros nos quedamos hasta mucho más tarde, pero él te mandaba mensajes a cada rato para saber cómo estabas. Era enfermizo y te lo dije en ese momento.

—Sí, lo sé, es muy celoso. Seguro que siempre me puso los cuernos, por eso pensaría que en cualquier momento podría hacer algo yo también, aunque jamás hice nada con nadie. Es más, no me imagino en pareja. No sé si podría volver a confiar en una persona y sin confianza, no hay nada.

—No es el momento para pensar esas cosas y no todos son iguales. Sé que ahora no te imaginas con nadie, pero no sabemos qué te depara el futuro, solo sabemos que no sería una buena opción volver al pasado después de lo que has vivido. Es lo único que tenemos por ahora —explicaba entre lágrimas. En ese momento, llorábamos las dos.

—No sabemos qué me tiene deparado el futuro —dije pensativa—. Solo sé que mi vida sufrió un vuelco y ahora estoy en Milán. Sé que el tiempo y el olvido no siempre son los mejores amigos, puede que se lleven mal, hasta que por fin logren congeniar —exclamé, estaba temerosa de cuánto tiempo tardaría en pasar página. ¿Podrían ser años?

—Lo arreglaremos. Saldrás adelante, te ayudaré en lo que sea necesario. —Me abrazó como si fuese su hija—. Saldrás de esta y volverás a ser la Maca de siempre.

Así fue como comencé mi nueva vida: con un cambio de ciudad, sin planificación alguna, haciendo caso al impulso que me llevó a hacerlo.

Para mi sorpresa, contar lo que me había pasado me sentó bien. A veces es necesaria una catarsis extrema, ya que mientras hablé con Isabella, lloré y tras eso, me sentí aliviada y mucho mejor.

Al llegar a Italia, me sentí rara, pero feliz. Ese lugar fue mi casa durante un tiempo y me marcó en profundidad. No podía dejar de recordar las miles de buenas experiencias que viví en ese país que con tanto cariño me acogió, junto a mis padres y hermanos.

Llegar allí era cortar en seco una relación, la cual ya me había rendido en cuidar y tratar de retener.

Desde el mismo día en que escapé de Ámsterdam tenía el teléfono lleno de llamadas suyas y mensajes a rebosar. Según él, estaba desesperado porque no sabía dónde estaba. Se había dado cuenta que me había llevado algunas cosas, claro que, en una maleta no me cabía todo. Fue como partir con lo puesto, como si hubiese cometido un crimen, como si hubiese sido una loca delincuente. Huía con desesperación y angustia. Curioso, además, porque me fui yo, cuando el que debería haberse ido era él.

En ese momento no lo pensé y no sé si hubiese sido capaz de afrontarlo. No imaginaba pedirle que se fuera. Aunque hice lo que debía: agarrar mis cosas y partir. No estaba en condiciones de pensar, no podía hacerlo. Además, Herman era una persona tan cerrada en sus ideas, que era muy probable que no se hubiese ido. Tenía una personalidad demasiado complicada.

Gracias a que el contrato de alquiler lo tenía él y no yo, no tenía nada que me vinculara a ese lugar, al menos no bajo las normativas legales y eso fue un tremendo alivio. Aunque siempre tuve que cubrir el pago de la mitad del apartamento, para que él lo ocupara de motel, ¡qué asco! ¡Qué cerdo había sido!

Tras tres días de llamadas, que siempre rechazaba, miles de mensajes que no contestaba, mientras apagaba el teléfono por horas, para luego encenderlo y leer los nuevos mensajes escritos más unos cuantos del buzón de voz, entre lágrimas y sollozos de amor y de odio a la vez; le escribí:

> No hay nada que hablar ni que hacer, no hay nada que te vaya a creer, no esta vez. Te he visto con ella, en mi casa, en mi cama.
>
> No me busques porque no quiero saber nada de ti. He perdido el tiempo contigo y no quiero verte más. Respeta lo que te pido.

Luego, bloqueé su número. Un intento desesperado por olvidar.

Me sentí aliviada, dentro de mi tristeza. Fui cobarde, lo admito, pero cuando te rompen el corazón de esa manera, uno no tiene la reacción que pensaría que podría tener. Uno cree que reaccionará de una manera, pero en la práctica, eso no ocurre.

Isabella estaba todo el tiempo a mi lado. Trabajaba desde casa, por lo que al menos no me sentía sola. Se preocupó de mí como si fuese su hermana pequeña, dándome de desayunar, almorzar, cenar, insistiendo que estaba muy delgada y que ella cocinaba mejor que yo. Se aseguraba de que comiese, negociaba conmigo para que comiera al menos un tercio del plato, como si fuese una niña. Tuvo mucha paciencia, ya que pasé más de cinco días en ese estado. Me obligaba a ducharme ya que, por mí, hubiese estado todo el día en la cama. No quería tener conexión con el mundo, estaba destruida.

—Maca, estás en los huesos, tienes que comer. Sé que siempre has sido delgada, pero es demasiado. No hay otra opción, te voy a controlar.

—Pero sí como, poco, pero como. Es verdad que siempre fui así de delgada —dije tratando de justificarme.

Mi amiga Joyce me buscaba, al igual que Herman. Lo hacía incluso por *e-mail*. Los de Herman los dejé en la bandeja de *spam* y me negaba a leerlos. Me prometí a mí misma que nunca más revisaría un correo suyo. El daño que me había hecho cuando estaba a su lado era incalculable y no me permitiría volver a caer en la tentación.

De: Joyce Holmes

Para: Macarena Del Pino

Maca, estoy preocupada por ti. Te he escrito al móvil y no recibo respuesta. Entiendo que te hayas marchado y quieras olvidar todo lo pasado, pero quiero saber cómo sigues por Milán. Solo me llamaste el día que llegaste.

Los días han pasado y no sé nada de ti. No cambies de opinión, esta vez no, Maca. Se fuerte y sigue con tu plan adelante, aunque no tenga etapas ni fases.

Herman me ha llamado, quiere saber dónde estás, pero yo no se lo diré jamás.

Ánimo y avanza, «sempre andare avanti».

Te quiero mil. Besos.

De: Macarena Del Pino

Para: Joyce Holmes

Hola, Joyce. Gracias, amiga, por tu preocupación de siempre. Es que lo he tenido apagado, lo enciendo a ratos. Ya decidí bloquearlo, así que me puedes escribir por esa vía también. Ha sido complicado, pero ya saldré.

Isabella se ha portado de maravilla conmigo. Agradezco tener tan buenas amigas como vosotras.

Un beso grande.

Tras llevar casi una semana en casa de Isabella, donde había descansado para tratar de recuperarme del impacto, sin presionarme, me habló muy preocupada, pero a la vez con firmeza y decisión.

—Maca, llevas seis días en estado deplorable. Entiendo que haya sido terrible, pero ya es hora de tomar acción en esto. Tienes que hacer algo. Aquí puedes quedarte el tiempo que quieras y, si es necesario, te vienes conmigo a casa de Dante. Pero no voy a tener a una persona en estado vegetal en mi casa, eso no. Así que, te levantas con la frente en alto, con el convencimiento de que saldrás adelante y hacemos algo por tu futuro, vas a casa de tus padres a Colombia o vuelves a Ámsterdam para estar con ese cerdo. Pero así no te voy a tener —dijo decidida.

—¿Qué quieres que haga? Tú no sabes lo que es pasar por algo así —grité enfadada.

—Sí, es verdad que no lo sé, aunque puedo tratar de imaginarlo y sé que no es lo mismo que vivirlo. Pero ¡basta! Ya has tenido seis días para detener tu vida e irte a la soberana mierda, hundida en un túnel sin salida. ¡Se acabó! Eres joven y saldrás adelante. Ya es hora. Vístete y vamos a ir a tomar un poco el aire que falta que te hace. Así puedes ver, por fin, luz natural. A ver si los rayos del sol te iluminan un poco. Y arréglate, que no quiero que estés fea —dijo riéndose.

Ese día fue la primera vez que salí del apartamento, no había sido capaz de sacar ni siquiera la cabeza de allí. Además de no comer lo suficiente, me pasé dos noches con la mano en la botella de vino para tratar de ahogar las penas, vomitando en la alfombra del pasillo y también en la cocina, ahogada en la miseria. Era una vergüenza.

Cuando hablé con mi madre para contarle lo sucedido, me pidió que me levantara y que comenzara a hacer algo. Estaba impresionada, se notaba, podía leer el tono de su voz. Me aseguraba que nunca lo había querido, solo lo aceptó por mí.

—Maca, reconoce que a veces no escuchas —exclamó mi madre con firmeza.

—Mamá, creo que no es el momento para que me digas este tipo de cosas. Ya no puedo retroceder el tiempo.

—Lo sé, pero que te sirva de experiencia. Traté de hablar contigo varias veces para que no fueras tan rápido y lo conocieras más. Por algo hablamos las viejas. Más sabemos por viejas que por diablas.

—¿Qué sacas con decirme esto, mamá? No es lo que necesito escuchar ahora —dije seria y enfadada. No quería volver a escuchar ese *te lo dije*.

—Tienes razón, mi amor. Sé que saldrás adelante. No olvides que siempre tendrás abierta la puerta de casa, por si decides volver. Yo estaría tan contenta de que estuvieses con nosotros...

—Gracias, mamá, pero no, eso no puedo hacerlo. Me quedaré unas semanas o meses aquí en Milán —contesté con convencimiento y autoridad—. No me presiones, te contaré mis avances —añadí con optimismo.

—Vale, mi amor. Solo quiero que estés bien. —Sentía que sus lágrimas caían, al otro lado del teléfono.

—Mamá, tranquila —le pedí.

—Cuando seas mamá, me entenderás. Primero, Gabriela con problemas; ahora tú; y yo a miles de kilómetros de vosotras. No es fácil para mí.

—¿Qué le pasa a Gabriela? No hemos hablado mucho desde que fue a pasar la Navidad conmigo a Holanda.

—No sé muy bien qué le pasa. Está algo deprimida. Puede que vuelva en junio. No es muy clara cuando hablo con ella. No lo ha pensado bien, está débil y tan lejos... —su voz sonaba muy desesperada, podía imaginarla secándose las lágrimas.

—En unos días la llamaré, ahora no soy capaz de tirarme más cosas encima —comenté con sinceridad.

—Tómate tu tiempo y concéntrate en ti. Te quiero, Maca. No te preocupes por Gaby, que yo la voy llamando —dijo angustiada.

—Mamá, estará bien. Nunca ha sido nada grave. —Mi madre guardó silencio.

Al cortar la llamada suspiré, no sabía qué me traería Milán, ni por cuánto tiempo estaría ahí.

Esa tarde salimos a pasear, Isabella insistió mucho hasta convencerme. Fue buena idea cambiar de aire, aunque en un principio me cerré, pero no me permitió quedarme en el apartamento. Fuimos al bohemio Barrio Brera, salpicado de galerías de arte, restaurantes, bares y anticuarios. El clima era muy agradable a pesar de ser invierno. El frío no era demasiado y hacía demasiados años que no caminaba por sus calles adoquinadas, en el centro histórico de la ciudad.

Disfrutamos mucho y entramos a algunas tiendas y galerías. Era un lugar precioso, concentraba numerosos edificios del siglo XVIII. Le pedí a Isa que paseáramos por el Palazzo Brera, muy común cuando vivía aquí, sobre todo cuando recibíamos visitas. Me trajo muchos recuerdos, en especial, cuando nos visitaron mis abuelos y lo impactada que estaba mi abuela con este lugar que fue una universidad jesuita durante más de 200 años, con un estilo manierista, esencialmente italiano.

En ese lugar, encontramos el mayor museo de arte de Milán, el museo astronómico de Brera y el jardín secreto.

Tras estar feliz mirando las bellezas de la ciudad, comimos unas pizzas deliciosas, de esas que solo se comen en Italia, en un restaurante en la terraza. Era muy acogedor, con algunas plantas decorativas y unas velas en la mesa. En ese momento, Isa me habló.

—¿Has pensado qué vas a hacer, Maca? —Me increpó.

—¿Pensado? —le respondí irónica, con un completo signo de interrogación en mi cara, desorientada. ¿Se podía pensar en esos momentos? Mi cabeza solo repetía una y otra vez la escena en mi departamento, no miraba el mañana, no existía el mañana. No entendía cómo Isabella me podía hacer una pregunta así.

—Lo sabía, no has pensado en nada. Este es el plan: te vas a poner a trabajar. Si te quedas en mi casa de vaga, no te voy a tener. Una semana ha sido suficiente —zanjó con firmeza y sin titubear.

—¿A trabajar? —pregunté más desorientada aún—. ¿En qué? ¿Dónde podría ser un aporte en ese momento? Ni siquiera tengo currículum.

—Bueno, tengo una opción para ti, pero debes aplicarte y hacerlo bien, como la verdadera Maca, la alumna buena para todo lo que se propone. No esta que tengo sentada delante, que no es capaz de avanzar y que pretende pasarse el resto de su vida autocompadeciéndose.

Me dio rabia escuchar eso de mi amiga. No me entendía. Como ella estaba bien con su novio, no lograba empatizar con lo que me pasaba; era imposible que lo entendiera.

—¡No seas tan dura, Isabella! No es necesario —alcé la voz, furiosa—. Como tú tienes a Dante y es un buen hombre... es fácil criticar. No has vivido lo que me tocó a mí. Ver las cosas desde fuera es siempre más fácil —grité desesperada.

—Bueno, sí, he sido dura, pero contigo no hay otra forma para que entiendas. Siempre has sido muy reservada para tus cosas. Perdóname, solo quiero ayudar —dijo, sincera.

—Ya, discúlpame tú también. Debe ser atroz tener un *zombie* en casa —me sinceré, con tristeza y compasión.

—Vas a darle clases de inglés a la sobrina de Marco. Tiene siete años y está muy perdida: la acaba de cambiar al Colegio Americano y la han aceptado con la condición de que tenga un refuerzo diario del idioma. Su padre trabaja demasiado y no puede ayudarla. Dante pensó en ti y me pareció muy buena idea.

—¿Quién es Marco? —pregunté sin saber de qué me hablaba.

—El mejor amigo de Dante. La niña es hija de su hermano mayor. Ya está todo listo, empiezas mañana. Irás a buscarla al colegio cuando sea necesario, la traerás a mi apartamento y le darás clase en el comedor o en su casa. Luego la vendrán a buscar; tiene chófer y niñera. Se programarán día a día.

—Pero yo no soy profesora —dije confundida—. Jamás barajé la posibilidad de serlo, no había ni siquiera accedido a dar clases a gente de cursos anteriores al mío en la universidad.

—Pero pasaste por varios colegios americanos durante tu vida y estudiaste en una universidad en inglés cuando estabas en Holanda. Con eso basta. Mañana empiezas. La chica se llama Nicoletta, es adorable. Yo la quiero muchísimo. Te aseguro que te hará bien, es divina esa chiquitita.

—Pero, Isa, ¿profesora de una niña de siete años? Si a mis hermanos les terminaba tirando del pelo cuando mi madre me mandaba a ayudarles. Además, les gritaba como una loca. No sé si será una buena idea —me excusé confusa.

—Con los hermanos es distinto, te lo aseguro —dijo segura y con una enorme sonrisa—. Hay profesoras que tienen una paciencia increíble en clases, pero no en su casa con sus niños. ¿O te has olvidado de que mi querida madre es profesora? Y con nosotros no tenía nada de paciencia. Así que vamos, comenzarás sin excusa.

Mi primer trabajo en Milán

Milán
Italia
Enero 2016

Y así, sin pensarlo, al día siguiente estaba entrando al colegio al que yo misma había asistido hacía tantos años. ASM o American School Milan.

Isa me acompañó para así poder presentarnos y comenzar a trabajar de profesora con el alto desafío de no perder la paciencia. Nicoletta era una niña de dos coletas rubias, con unos grandes y expresivos ojos verdes, y personalidad dulce. Se notaba que estaba muy bien educada, desde el primer momento fue cariñosa y abierta a contarme sus historias diarias del colegio.

Tuve que familiarizarme con las plataformas de estudio que tenía, estudiaba matemáticas con un sistema *online* que se llamaba IXL. Leía en otra *web* llamada *RazKids* y estudiaba para los dictados en *Spelling City*. Toda una locura que tendríamos que aprender juntas.

Así empezamos, desde trabajar con ella de manera cibernética, hasta cortar papeles y hacer dibujos. Buscaba hacerle las clases entretenidas, me ayudé de YouTube para poder hacer algo que estuviese a la altura de las expectativas de sus padres y también para que la niña no se aburriera. Y lo más importante, para que aprendiera, avanzara y lograra ponerse al día.

Le contaba cuentos, su parte preferida, por lo que lo dejábamos para el final, como motivación una vez hechos todos sus deberes y lecturas obligatorias. Para ella era lo mejor ya que, algunas veces, me disfrazaba para contárselos. Justo en la esquina de la casa, había una tienda de alquiler de disfraces, así que no dudaba en hacerle las cosas más entretenidas.

Los viernes comíamos algo diferente que el resto de la semana y así se fue apoderando de mi corazón. Mi amiga Isa tenía toda la razón, la relación con ella fue muy distinta a la que tuve con mis hermanos. Tenía mucha más paciencia que con ellos, a quienes las pocas veces que les expliqué matemáticas, terminé pegándoles un coscorrón; era imposible, como hablarle al aire, no se concentraban nunca. En cambio, la niñita de coletas rubias se concentraba y quería aprender, era mucho más llevadero y me encantaba esta labor que jamás pensé que realizaría, y menos aún, a una chica tan pequeña. Me sorprendía de mí, era una versión que no había conocido y sentía una gran satisfacción.

Estar con esta chiquitita pasó a ser una terapia. Me olvidaba de las penas, me transportaba a su vida y a sus intereses, me invitaba al mundo de los niños puros e inocentes, a sus sueños y alegrías. Al final, no sabía quién ayudaba a quién. Es más, ella me apoyaba más a mí que yo a ella. Era una delicia esa niña, adorable y encantadora.

Mi madre me llamaba constantemente, si bien cada vez se escuchaba más calmada, tranquila por cómo llevaba mi vida, aunque nunca dejó de decirme de alguna manera lo malo que era Herman para mí. Una de las llamadas fue más directa con sus preguntas, quería que volviera a casa.

—¿Por qué no te vienes a Bogotá? Tu papá te puede ayudar a buscar trabajo con sus amigos del colegio. Tiene conocidos empresarios —insistió con cierta seguridad.

—Mamá, he vivido en todos lados más tiempo que en Bogotá. Allí solo los tengo a vosotros. Milán es como mi casa, es más, unos años lo fue. Me siento más cómoda aquí. En Colombia no tengo casi nada. No tengo amigos. Solo están vosotros, ¡que los adoro! Ya lo sabes. Pero en estos momentos de mi vida tengo que avanzar y aquí estoy feliz con las clases particulares.

—Lo sé, Macarena, pero es que estoy preocupada y espero que lo de las clases sea solo por un tiempo —dijo con angustia—. Quiero que te estabilices y para mí sería mejor que lo hicieras aquí.

—Mamá, eso es para ti. Pero ¿es para mí? —La dejé pensando.

—Tienes razón. Perdóname por ser tan posesiva, siento que la solución es tenerte cerca y ayudarte a salir adelante —repitió entre sollozos.

—Estaré bien, mamá —le dije en un tono no muy convencido, pero tratando de sonar lo más creíble posible.

—Herman me ha llamado. Quiere saber dónde estás —soltó sin preámbulos.

—¿Qué le has dicho? ¿Mamá? Te dije que no dijeras nada. Ese tipo estaba con su amante en mi cama, en mi apartamento, ¡follándosela! No quiero volver a verlo en mi vida. Te conté todo para que supieras lo que me pasó y para que estuvieses preparada por si llamaba. ¡Para que te callaras! —respondí desilusionada.

—Macarena, no le he dicho nada. No sabe dónde estás, solo le dije que no te buscara porque no querías saber nada de él. Fui dura y tajante, como debe ser una madre que quiere y protege a su hija.

—Ay, mamá. Aunque ya sea una mujer. ¡Te quiero!

—Para las madres, nuestros hijos son siempre como niños. Vamos, Maca, eres una mujer fuerte, vas a salir de esta —replicó segura. Sus palabras me ayudaban siempre.

Tal como dijo mi madre, cada día avanzaba un poco más, aunque la decepción había sido total, desgarradora y no habría opción a vuelta atrás.

Mantuve el contacto con las amigas que dejé en Ámsterdam. Había vivido años ahí conociendo gente muy buena, grandes personas con las que no podía dejar de tener contacto; no era posible desaparecer de sus vidas sin aviso, no se lo merecían; me querían y yo a ellos también.

Ninguno de mis buenos amigos quería a Herman, sabía que ninguno le daría mi dirección actual, estaba segura de ello, pero de igual manera nos le di mi ubicación exacta. Sabían que me encontraba en Milán, mas nada más; lo comprendieron y apoyaron.

En cada una de esas conversaciones, a pesar de que ellos no comentaban al respecto, recordaba las más de una vez que hablaron conmigo, algunos lo habían visto en situaciones insinuantes con otras chicas, me llegaron tantos cuentos con la intención que abriera los ojos... pero él tenía justificación para todo, y yo, ilusa, le creía. ¡Qué tonta era! o qué enamorada estaba. O que terrible combinación de ambas cosas.

A la que más extrañaba era a mi amiga del alma, Joyce. Lo que más pena me daba era que ella fue a Londres a vivir cuando salimos de la universidad y volvió a Holanda un par de meses antes de que yo partiera a Milán. No conseguimos cuadrar más tiempo juntas. Esa noche justo, me escribió. Fue como si me leyera el pensamiento.

De: Joyce Holmes

Para: Macarena Del Pino

Maca, amiga, quiero saber de tu vida. ¿Cómo vas? Espero que tengas novedades y que poco a poco vayas retomando tu camino.

Por aquí todo igual, aunque no es lo mismo sin ti. El trabajo va muy bien y con Dylan de maravilla juntos. Ha sido la mejor decisión venirme a vivir con él. Estoy muy contenta, amiga. La distancia fue buena en nuestro caso, esos meses en Londres hicieron que nos echáramos más de menos y valoráramos los momentos juntos.

Y por ti, Maca, aunque no me creas, estoy feliz. Puede que sea un poco dura contigo, pero lo mejor es que te hayas ido. Hay gente que no cambia nunca. Me ha llamado para saber de ti y también llamó a Ashley, pero no dijimos nada, tranquila. Sigue adelante sin mirar atrás.

Abrazos, Joyce.

De: Macarena Del Pino

Para: Joyce Holmes

Qué alegría de que estés bien, Joyce. Me siento feliz por ti. Siempre pensé que Dylan es muy buen chico, y lo más importante, ¡que se muere por ti! Al final, en eso se basa el amor: en la admiración recíproca, en la posibilidad de soñar juntos y así ir haciendo una vida el uno con el otro.

Por aquí bien, Isabella se ha portado genial. Poco a poco me estoy recuperando. Tengo un trabajo informal, pero Nicoletta de dos coletas (como la suelo llamar yo) me tiene cautivada. Es una chiquita encantadora, y ha sido una terapia estar con ella a diario y descubrir su mundo. Jamás pensé que con una pequeña me iba a entregar tanto, le estoy muy agradecida.

Te quiero, amiga. Maca.

Ese día, escribí en el cuaderno que siempre me acompañaba a todas partes con mis pensamientos y tareas pendientes que debía realizar. Sentí que sería un apoyo, una forma de impulsarme y concretar mis metas.

<u>Mi estancia en Milán: Enero</u>
—Muy contenta por las clases a Nicoletta; me he sorprendido favorablemente.
—La acogida que me ha dado Isabella ha sido insuperable. Es una amiga de verdad, lo he vuelto a comprobar.
—Debo comenzar a avanzar y no sé cómo lo haré. A veces me siento un poco asfixiada. ¿Lo lograré? Tengo que hacerlo. Volver no es una opción. Nunca lo será.

Nuevas y antiguas amistades

Milán
Italia
Febrero 2016

Dante iba a la casa a menudo. Era un tipo muy cariñoso y se notaba lo enamorado que estaba de Isa. La miraba con cariño, la abrazaba y trataba con mucho mimo. Era un chico bastante alto, cabello castaño claro, de ojos azules y delgado, a pesar de que comía más que nosotras dos juntas. Le encantaba el deporte, sobre todo el fútbol y era ingeniero. Trabajaba en una consultora de recursos humanos donde era dueño junto a un socio y amigo.

A veces, Isa se iba a su casa a pasar la noche, pero se sentía culpable de dejarme sola. Me lo decía y me recalcaba que, si necesitaba, se quedaría conmigo. A veces me sentía un estorbo, ya había hecho más que suficiente con recibirme y encontrarme un trabajo con Nicoletta; yo me sentía una molestia, aunque ella me aseguraba que no era así.

Por otro lado, admiraba esa relación que tenían juntos. Isa estaba tranquila cuando no estaba Dante con ella. No como yo en Ámsterdam, siempre pensando que Herman estaría con alguien. Eso me reafirmaba que algo intuía. En realidad, más que intuir lo sabía, solo que no lo quería ver. Y no solo eso, también me preocupaba de los excesos que con el tiempo se fueron incrementando.

Isa ya se iba a ir a vivir con Dante. El mes pasó más rápido de lo esperado. Me ofreció quedarme con el apartamento y hasta incluso irme con ellos. Como era obvio, ir no era una opción, seguir molestando cuando daban un paso tan importante... necesitaban y requerían de su privacidad.

Habían planificado todo con tiempo, solo esperaban a que el amigo de Dante se mudara fuera de Milán, ya que compartían apartamento. Él era tan buena persona como ella, lo tuvo en su casa durante un año, mientras el amigo hizo el MBA del Politécnico di Milano.

Decidí llamar a Gabriela para saber qué tal estaba. Quedé muy preocupada luego de reiteradas conversaciones con mi madre con el mismo comentario: «no está bien, algo está ocultando». Especialmente, luego de llamarla en más de una ocasión y no me respondió. Seguro que estaría muy ocupada, por lo que decidí escribirle.

De: Macarena Del Pino

Para: Gabriela Del Pino

Gaby, solo quería saber cómo vas. Mamá me contó que andabas medio tristona. ¿Todo bien? Yo, poco a poco haciendo mi vida en Milán. Isabella me recibió muy bien. Cuéntame, ¿qué es lo que te pasa?

Llámame. Te quiero.

De: Gabriela Del Pino

Para: Macarena Del Pino

Maca, qué bien saber que vas mejor. Me quedé muy preocupada cuando contaste en el WhatsApp familiar que estabas en Milán, pero luego, al hablar, me quedé más tranquila. Estoy bien, es que mamá siempre exagera, ya sabes cómo es. No te preocupes. Todo bien. Seguimos en contacto por el WhatsApp con los papás. Tranquila, todo bien.

A pesar de que mis padres me habían ofrecido ayuda económica, no quise aceptar. A esa edad, debía arreglármelas sola. No me quedaba otra que buscar algo que me diera más dinero, aunque el mes que había estado con Nicoletta había sido increíble.

Me había cautivado, era adorable, una niñita obediente, aplicada, con ganas de estudiar, divertida y muy cariñosa. Todos los días, en el trayecto del colegio al apartamento —lo hacíamos con su chófer, ya que el colegio estaba alejado del centro—, me contaba sus aventuras y sueños. Estaba enamorada a sus cortos siete años. Según ella, de Franco, quien era el chico más guapo de su clase.

Tras pasar la tarde juntas, estudiar y hacer deberes, la venía a buscar la niñera con el chofer y la llevaban a su casa. Con sus historias, me invitaba a soñar y a recordar tiempos de antaño. Las tardes junto a ella se me pasaban volando.

Nunca había pensado que me podría gustar tanto esta labor de profesora. Era algo tan diferente a lo que yo había estudiado... Ni siquiera me había planteado la posibilidad de dar una clase particular, me sorprendía a mí misma. Esta chiquita que me había robado el corazón ayudó a desconectarme por instantes de la vida, del día a día sumergida en su mundo, el cual es absolutamente curativo para los adultos.

Por suerte, encontré un trabajo que me permitía hacer las dos cosas. Caminando un día cerca del apartamento, vi un restaurante, una especie de *trattoria,* pero más grande. Tenía un aviso pegado en la entrada que decía que necesitaba administrador. No dudé, es más, no alcancé a pensar lo que hacía cuando ya estaba en plena conversación con el dueño. Era un tipo mayor, muy agradable. Junto a su señora, conversamos durante unas dos horas. Me ofrecieron almuerzo y me quedé con ellos mientras les contaba un poco de mi vida y de mi reciente llegada a Milán.

Omití parte de la información, aunque eran tan acogedores que, si hubiese tenido más confianza, les hubiese contado algo más. Sorprendentemente fueron muy cariñosos, me sentí como abrazada, fue tan agradable sentir algo así... sin darme cuenta, se transformó en noche de domingo. Pasé el día con ellos comiendo unas deliciosas pastas, de esas de las mejores, las italianas, y con una grata compañía que había encontrado en el camino.

El trabajo me iba perfecto. No quería encerrarme nuevamente en una oficina. Había estudiado una carrera que no me enloquecía como pensé que lo haría, en ese momento no estaba preparada para grandes desafíos y metas por cumplir, aunque suene raro; no tenía ganas y tampoco quería presionarme. Así que comencé a trabajar en el restaurante, como administradora. Iba por las tardes, después de que se llevaran a Nicoletta. Había estudiado una carrera que, sin duda, me ayudaría a llevarlo a la perfección.

Tomé la opción del restaurante, sin pensarlo y fue una decisión acertada. También pasaba varias veces a la semana antes de ir a buscar a la pequeña al colegio con el chofer y su niñera. Sabía que estaría en esas circunstancias durante un tiempo, probablemente no mucho, pero me serviría para mantenerme ocupada y así poder pagar mis compromisos financieros.

Nunca pensé que trabajar en el restaurante iba a ser estresante, incluso me reía, ya que estaba segura de que no quería estrés. Pero no todo era lo que parecía; existían demasiadas variables que había que controlar: las compras, los proveedores, la comida, los vencimientos de los alimentos, el recurso humano, las chicas que lloran cuando se sienten colapsadas, los clientes exigentes y poco tolerantes, el pago de facturas, el pago al personal, los permisos por salud, el lavado de los manteles y servilletas, el aseo, el chef y sus exigencias... Eran cosas que nunca había estado ni de cerca de administrar. Era una especie de malabarista que trataba de solucionar todos los temas en todos sus frentes. Al ser todos importantes, no podía dejar nada en segundo plano.

A veces me sentía un poco superada. Siempre tuve el respaldo del dueño, quien estaba muy presente junto a su esposa; iban muy a menudo. Creo que el secreto para que un negocio prospere, es estar encima. Una cosa era que tuviese una administradora, pero el dueño es el dueño, por algo el negocio llevaba más de treinta años, eso no es gratis, se gana a punta de esfuerzo y trabajo. Este matrimonio era un ejemplo de ello y me sentí muy agradecida de que llegaran a mi vida.

El dueño era un tipo con una vitalidad impresionante. A pesar de su robusta barriga, se movía como un torbellino y cada vez que necesité de su ayuda, estuvo siempre disponible. Su señora era más tranquila, menudita, de pelo canoso y brillante. Eran el complemento perfecto, uno que no paraba ni para hablar y ella muy tranquila y paciente. Eran dignos de admiración, se notaba una relación sólida.

Al verlos y analizar un poco mi historia, me di cuenta de que jamás hubiese llegado a algo así con Herman, no era posible. A veces me acordaba con tristeza y dolor por lo que había sucedido, pero cada vez era menos. No me permitía sentir lástima de mí misma, ya había caído una vez en verme vulnerable, pero con esta posibilidad de avanzar, el autoflagelarse no entraba en mis planes.

Esta admirable pareja siempre llevaba a los nietos a almorzar los fines de semana. Los sábados o domingos eran muy familiares y sus cinco nietos —todos menores de diez años—, tenían tanta devoción por sus abuelos, que se quedaban a dormir con ellos. Veía maravilloso tener una relación así con los abuelos, con un tiempo exclusivo de vez en cuando.

En mi caso, por movernos tanto de Colombia, no pudimos vivir cerca de los *tatas*, como los llamamos en casa. Cuando iban a visitarnos, era genial, ya que tanto mis abuelos maternos como paternos, se quedaban cerca de un mes, a veces incluso en un mismo viaje los cuatro. Fue duro no poder despedirse de ellos, ya que no pudimos ir cuando murieron porque solo viajaban mi mamá o mi papá. Eso fue difícil, una de las desventajas dentro de las innumerables ventajas que habíamos tenido por vivir lejos.

Recuerdo el sufrimiento de mi mamá cuando le avisaron de lo de mi abuelo. Por suerte, alcanzó a llegar a despedirse. Según sus hermanos, la estaba esperando, tal vez nunca lo sabremos, pero fue bonito y tranquilizador pensarlo.

Volví a mantener el contacto con mis compañeros del colegio que vivían en Milán. No había muchos en la ciudad. No fue algo planeado ni me puse a llamarlos a todos para contarles que estaba en la ciudad, igual que tampoco lo puse en el grupo de WhatsApp del colegio. Me volvieron a añadir hace poco ya que Herman me había pedido salir.

Fue todo lento, un día mientras comía en casa, sin saberlo, apareció Francesca porque Isabella la había llamado para juntarse como lo hacían de costumbre y nos dio una grata sorpresa a las dos. Al vernos, nos sumergimos en un abrazo. Estaba igual de bonita, era impresionante como se mantenía tan parecida a la chica de 16 años que conocí.

Compartí mucho con Francesca, otra de mis mejores amigas de la adolescencia. Siempre mantuvimos contacto por *e-mail*, al menos, para los cumpleaños y Navidad. Esperaba con ilusión los suyos en esas fechas, ya que no era un mensaje cualquiera; se encargaba de ponerme al día de su vida, yo hacía lo mismo con ella.

Francesca fue varias veces al restaurante y se quedaba a comer. Me esperaba y, cuando estaba más tranquila la cosa, salíamos de copas a algún bar cercano. Nos pusimos al día muy rápido, aunque jamás perdimos el contacto. Me ayudaron a avanzar y les estaré siempre agradecida por ello.

Fue una de las mejores cosas que me pasaron esas semanas. Siempre es bueno volver al núcleo de esas amistades que, a pesar de los años, seguían iguales, intactas, como por arte de magia. Es una sensación de otro planeta. Era una conexión completa no solo por mis amigos; en momentos, llegué a sentir que nunca me había ido de ese lugar, sus calles, el movimiento de la gente, sus paisajes inolvidables... Parecía que siempre había estado ahí y esa sensación me gustaba cada vez más.

Eso dejaba a Ámsterdam cada vez más lejos.

Francesca estaba en la misma situación que yo; sola, sin pareja, había terminado hacía unos meses una relación de más de dos años y estaba tranquila ya que sentía que no daba para más. En realidad, era así como deberían terminar las relaciones, no como una telenovela de una chica que, como una delincuente, partía en tren a otra ciudad una fría noche de invierno.

Francesca estaba llena de vida, sus ojos celestes y expresivos hablaban por sí solos. La acompañaba su pelo rubio platinado, con una figura esbelta y alta, una belleza clásica. Seguro que no le costaría encontrar un nuevo *partner* para su vida. Además, era transparente, divertida y trabajadora; una arquitecta muy exitosa en su trabajo.

Salí mucho con ella. Comió más de una vez en el apartamento. Quedábamos a tomar café entre semana; en los fines de semana, salíamos a tomar algo y conversar de la vida, de todo y nada a la vez. Lo pasábamos genial juntas, siempre terminábamos riendo. Ella era muy divertida y abierta, llena de vida y muy positiva.

<u>Mi estancia en Milán: Febrero</u>

—Sigo feliz con las clases con Nicoletta, cada día me enseña algo nuevo. Llega a ser terapéutico. Le debo mucho.

—He comenzado a trabajar en el restaurante. Además, está muy cerca de casa.

—He vuelto a entablar amistad con viejos compañeros, en especial, con Francesca.

—Isabella me ha dejado sus muebles, debo ahorrar para pagárselos.

Momentos que hacen mi historia

Una noche de viernes, cuando llevaba dos meses en la ciudad, después de ir a ver cómo iba el restaurante y supervisar que todo marchaba bien, nos juntamos con unos amigos de Francesca.

Ella trabajaba en una constructora muy prestigiosa de Italia. Se dedicaban a construir desde *malls* a apartamentos modernos tipo *loft*. De hecho, ella vivía en uno maravilloso que había decorado Isabella. Se podrán imaginar a las dos decorando un apartamento. ¡Una maravilla! Jamás había estado en un lugar así de completo, lleno de detalles que marcaban la diferencia a pesar de ser un espacio pequeño. Un lugar no muy grande, funcional y decorado a la perfección.

No es que lo diga porque lo hicieron mis dos amigas, pero era una belleza. Entrabas y llegabas a la sala, a mano derecha la cocina equipada, tenía unas repisas de madera con todo a la vista; se veía genial. Después, una pequeña mesa de granito donde había dos sillas altas en tonos turquesa claro, similar al de Tiffany, la empresa de joyería; era un color especial. En el segundo piso, el dormitorio y un rincón con un cojín turquesa y una lámpara de pie de aluminio al lado de una planta de grandes hojas, junto a un rincón de lectura. Si fuera mi casa, seguro que sería mi rincón favorito para sentarme a leer las miles de novelas que tanto me gustan, esas de amor que me acompañaron desde mi niñez.

En la sala, un sofá de dos cuerpos en colores crudos, una alfombra de rayas y una mesa de centro en tonos amarillos con algunos libros. En una esquina, su mesa de trabajo. Sobre la escalera, su habitación, donde estaba la cama, un baño y todo con tablas pequeñas para que no se viera desde el primer piso. Cuadros preciosos y modernos le daban un toque especial.

Después de admirar el trabajo de mis amigas, nos quedamos un rato conversando y tomando algo en su departamento y luego salimos a un pub con unos amigos de su trabajo. Ahí conocí a varios de sus compañeros, ya que fuimos a un cumpleaños que se celebraba muy cerca.

Esa noche había un ambiente de fiesta como no recordaba; se me había olvidado lo extrovertidos que eran los italianos. Todo lo celebraban, los vozarrones y carcajadas se oían desde bien lejos. En ese momento me sentí plena, feliz de disfrutar como una más, como lo había hecho tantos años atrás.

Recuerdo que, cuando llegué a estudiar a Holanda, el cambio, en este aspecto, había sido muy drástico. No obstante, debo reconocer que la efusividad era parte de mi vida y me sentía cómoda así. Seguro que era por mi sangre italiana por el lado de mi madre, a pesar de que los años del frío holandés me apagaron en cierto sentido.

Pensándolo bien, lo más probable era que no fuese culpa del frío, sino de otra persona: Herman y sus terribles celos. Me tenían controlada en todo momento. No le gustaba que saliera sola, llamaba a cada rato para saber qué hacía, me mandaba mensajes, no me dejaba poner faldas cortas o vestidos ceñidos. De todas formas, no me miraban como para tener ese tipo de reacciones. Recuerdo que hubo mucha ropa que tuve que dejar de usar, sobre todo cuando nos fuimos a vivir juntos.

Mientras éramos novios y yo aún vivía con Joyce, no se molestaba por esos temas. Sacó su carácter poco a poco, hasta que al final, siempre me sentía cuestionada. Curiosamente, esa ropa que no usaba fue la primera que metí en mi maleta para venirme. En ese momento no lo planeé, pero sin darme cuenta, así se dieron las cosas. Quizá fue una reacción de rabia, de querer ser yo misma, la Maca de años atrás.

En el cumpleaños conocí a varios chicos guapos, aunque en Italia eso no es muy difícil de encontrar, ya que tienen una genética bastante generosa; hay que decirlo. Muchos chicos son altamente atractivos e impactantes y los ves por todas partes.

Entre brindis y brindis conocí a Paulo, compañero de trabajo de Francesca. Un tipo alto, delgado, una mirada profunda de ojos verdes y bastante mayor que yo, siete años para ser exactos. Nunca había salido con un chico mayor, lo máximo fueron tres años y así ya sentía que era complicado.

Tras compartir varias copas, bailar bastante tiempo y reírme a carcajadas con sus historias, comenzamos a salir como amigos días después. Me divertía mucho, conocí varios restaurantes cuando el tiempo me lo permitía, gracias a él. Nos hacíamos compañía y era un gran apoyo emocional. Su nivel de optimismo era sorprendente y era imposible no contagiarse de esa emoción constante.

En ese momento no estaba preparada para asumir ningún tipo de relación y él lo tenía claro ya que, tras algunas salidas, salió el tema. Era inevitable cuando empiezas a conocer a una persona, se habla del pasado y de los ex. No le conté que lo pillé infraganti, eso ya era mucho detalle y no venía al caso. Entendió que necesitaba tiempo para tener una relación.

Era un tipo tan sociable, que tenía un montón de amigos. A veces salía conmigo, pero también lo hacía con otras chicas. Me contaba sus aventuras con unas y otras, disfrutaba de la vida sin ataduras; un alma libre y se notaba que era feliz de esa manera.

Vivía con Renzo y Bruno, a quienes conocí en su casa una noche de póker junto a Francesca; era lo que más nos gustaba hacer y casi todos los jueves teníamos partida. El apartamento era muy bonito y amplio, mucho más grande que en el que estaba yo. Tanto Renzo como Bruno eran menores que él, también muy simpáticos y fiesteros. Varias veces Francesca y yo nos juntamos con ellos tres en su casa. Recuerdo que un par de veces después de la ronda de póker, terminamos bailando y cantando juntos. A veces veíamos películas, salimos a comer y poco a poco comenzamos a quedar más veces los cuatro.

Bruno era muy divertido, un tipo alto, rubio, de ojos verdes y pelo castaño rizado y desordenado, igual que su forma de ser. Una vez me invitó a la boda de su prima en un pueblo al noreste de Milán, en Bérgamo. Bruno trabajaba en una agencia de publicidad, además, era uno de los directores. Cuando me propuso ir a la boda, no dudé ni un momento y le dije que sí de inmediato. Seguro que lo pasaría bien. Éramos amigos y me sentía muy cómoda con él.

El lugar de la celebración estaba a una hora de distancia desde Milán. Nos fuimos el fin de semana completo. Estuve en unos de los pueblos más bonitos que había visitado en mucho tiempo. Accedimos, a través de un funicular, al barrio antiguo llamado Città Alta. Me encantaron sus calles con adoquines rodeadas de paredes venecianas. Disfrutamos mucho del paisaje junto a nuestros amigos, Francesca y Renzo.

La parte baja de la ciudad también era de origen antiguo y conservaba sus barrios históricos, donde fue construida la zona residencial. Fue ideal para un fin de semana de completa desconexión, algo de tranquilidad y excelente compañía; un cambio de ambiente corto, pero que me vino excelente.

Nos fuimos en el coche de Renzo y escuchamos casi todo el viaje a Eros Ramazzotti, les encantaba y cantaban todas las canciones con mucha intensidad. Me daba mucha risa y me contagiaban su alegría, por lo que también terminé cantando. Eso jamás podría haberlo hecho con Herman, moriría si me hubiese puesto a cantar. Seguro pensaría que era para llamar la atención y que me miraran. No entendía cómo me dejé manejar tanto. A esas alturas, ya notaba que me había querido poco, era una desilusión verse en retrospectiva.

Francesca y Renzo siempre intentaban hacer planes solos, cosa que a Bruno y a mi nos causaba risa; cuando ocurría aquello, porque lograban escaparse de nosotros, tomábamos algún café solos los dos. A esas alturas yo no estaba segura si en realidad eran amigos o algo más, aunque estaba casi segura de que algo pasaba entre ellos. Francesca era bastante reservada que cada vez que le preguntaba, me decía que solo el tiempo diría lo que pasaría y cambiaba rápidamente de tema.

Ya en la celebración, mientras los chicos fueron a la barra, noté cómo Francesca miraba a Renzo. Esas miradas la delataban, no lo podía ocultar. Se evidencio sola, ya no cabía ni un ápice de duda de lo que pasaba entre ellos.

—¡Te he pillado! —exclamé con ilusión—. Ya no me puedes decir tu cuento del tiempo, que no te voy a creer.

—¿Qué has pillado? —preguntó haciéndose como la que no entendía nada de a qué me refería, con una sonrisa nerviosa y delatadora de lo que le pasaba.

—Cómo lo miras. ¿Por qué no me lo has contado? ¡Si te ríes sola! Me gustaría tener un espejo para mostrarte tu cara en estos momentos, no podrías engañar a nadie —dije entre risas.

—Es que no es nada formal. Él no ha terminado de superar a su ex. Me imagino que lo entiendes. No estoy segura de nada, pero sí que hemos pasado muy buenos momentos —declaró con una sonrisa mezclada con una sensación de ansiedad.

—¿Qué ha pasado? Los ex dejan huellas, pero pueden ser perfectamente superables —comenté con seguridad y decisión.

—Nos hemos enrollado un par de veces y ha sido increíble —confesó con una sonrisa y con ojos brillantes y expresivos.

Con eso, entendí que estaba más que enganchada de ese chico. Para ella no sería un simple rollo, al menos ya no. Renzo era un chico con una personalidad avasalladora, alto, de ojos almendrados color miel con espesas pestañas y una sonrisa cálida.

—¿Estás muy enganchada? —le pregunté sin anestesia, directo a la vena.

—La verdad es que me hago un poco la tonta. He intentado pensar que lo que siento no es para tanto, pero me estaba engañando a mí misma. Y sí, Maca, me encanta, es un chico muy completo y, sobre todo, me siento libre cuando estoy con él. Es algo que no me pasaba con mi exnovio; siempre tenía que pensar qué palabra decir, qué actitud tomar, era demasiado controlador, muchas veces me sentí ahogada.

—Te entiendo muy bien. Me pasaba algo parecido, siempre pensando en la crítica que te puede llegar, ya que algo malo iba a encontrar —comenté con pena.

—Exacto, es agotador. Conozco a Renzo hace mucho tiempo y siempre nos hemos llevado bien, aunque me conoció cuando yo estaba con mi exnovio y él con su exnovia. A veces nos juntábamos con ellos y con Paulo y la que estuviese de turno con él, terminábamos muertos de la risa los dos, mientras nuestras parejas se quedaban con cara larga enfadada. Era curioso.

—Curioso, pero encantador —comenté con alegría—. Las cosas pasan cuando tienen que pasar. Probablemente antes no era vuestro momento.

—No, no lo era. Espero que ahora se alineen los astros y que se den bien las cosas, porque me fascina. Además, nos conocemos tan bien que es un punto a favor. —Nos quedamos un momento en silencio observando a los chicos—. ¿Lo pasaste muy mal con Herman, Maca? Hemos hablado de esto, pero siempre pones barreras y cambias el tema. Soy tu amiga y me gustaría que por una vez no te cierres —comentó con seguridad.

—Hubo momentos y momentos. Ya te he contado sobre él. Al final la cosa estaba demasiado deteriorada. Era una forma de relacionarse algo compleja, toxica.

—Sí, ya me contaste, pero siempre sin ahondar mucho en el tema. Se nota que es algo de lo que no quieres hablar.

—Es que es lo que te he dicho, no podía permitir que me siguiera engañando. Ya es pasado. Cuéntame más de ti, que es mucho más entretenido que hablar del pasado —hablé con entusiasmo; estaba realmente feliz de que estuviesen juntos.

—¿Qué más te puedo decir, Maca? Estoy coladita por él. ¡Míralo! Es tan guapo... —Me dio gusto verle la cara, lo decía todo al mirarlo con detalle.

Renzo y Bruno eran compañeros de universidad, conocieron a Paulo por el fútbol de la universidad, a pesar de que les sacaba un par de años. Él había estudiado tres años de derecho, carrera que no le había gustado, por lo que cambió a ingeniería.

La novia de la boda era la prima de Bruno, quien había estudiado también con ellos; por esa razón también estaban invitados al evento. Paulo fue con una chica que no conocíamos; no compartí mucho con ella, ya que se enrollaron toda la noche. Era el perfecto don Juan.

Sofía, la novia y prima de Bruno, cautivaba con su sonrisa y emoción era contagiosa, con un vestido de crochet maravilloso de color marfil. Nunca había visto un vestido de novia de ese estilo, pero estaba ideal para la ocasión. Bruno contó que ella misma se lo había tejido, ya que tenía una tremenda habilidad para las cosas manuales.

Se veía guapísima, belleza clásica, peinada con una coleta alta llena de flores que caían por su largo cabello con ondas rubias y brillantes que, con el vestido que llevaba, hacía un conjunto perfecto. Su maquillaje no era recargado. Me encantó su *look* al completo.

Nos sentaron en la mesa de los compañeros de universidad, no de los primos. Era la mesa más entretenida que había, las risas eran constantes y según lo que decían, hacía mucho tiempo que no se juntaban todos.

El nivel de emoción era palpable. La decoración era bastante sencilla, pero muy bonita y diferente, sin tanta formalidad. Estábamos fuera de una casa señorial antigua de los abuelos de la novia. Las mesas tenían salvamanteles en tonos marfil, hechos a crochet con flecos al final del círculo, para que se viera la mesa rústica y unos platos de color blanco con labrado alrededor; la decoración era de unas flores en tonos blancos y café claros, rosas, y algunas florecitas naranjas. De los arcos que nos rodeaban, colgaban unas lámparas de mimbre que le daban el toque final. Además, había varias velas sobre las mesas. Era todo muy distinto a lo que había visto en otras celebraciones.

De alguna forma, el estar tanto con Francesca e Isabella, hizo que aprendiera temas de decoración que no sabía antes. Ellas, con sus constantes conversaciones, me metieron en ese mundo que no había imaginado nunca antes. Era cada vez más observadora y lograba entender la preocupación que había detrás de arreglos hechos con cierto cariño.

La música estuvo espectacular, bailamos bastante y también conocí a los compañeros de universidad de los chicos y sus parejas. Hablé mucho con una chica que estaba con uno de ellos, era chilena y se había ido a estudiar a Milán. Tenía unos primos colombianos, amaba Cartagena de Indias y las islas del Rosario, contaba que la ciudad amurallada era uno de los lugares más bonitos que había visitado nunca. Además, lo había pasado muy bien porque los colombianos éramos muy alegres.

Me trajo recuerdos de mi niñez, de las sensaciones de olores y colores que compartí en ese lugar con mi familia. Es tan agradable cuando te hablan así de bien de tu país... sobre todo cuando no sale a relucir el tema de la droga y el narcotráfico. Siempre que digo que soy colombiana me preguntan por Pablo Escobar, y de verdad me enfada, ya que esos tiempos en mi país fueron de intenso sufrimiento.

Mis padres me contaron detalles desgarradores de amigos que sufrieron muchísimo hasta llegar al estado de desesperación. Mi madre recordaba con especial dolor el vuelo Avianca 203 que en el año 1989 despegó en Bogotá. Ahí fue donde murió la hermana de una de sus mejores amigas del colegio. Una bomba introducida por el Cartel de Medellín, dirigida a César Gaviria, por entonces candidato presidencial.

Él, en realidad, no tomó el vuelo tras ser alertado por sus asesores de seguridad. Acabaron con la vida de todos los que viajaban en el avión, destruyendo familias y truncando los sueños de tantas personas. Un total de 107 muertos, y con ellos, una inmensa cantidad de gente sumergida en un tremendo dolor y desolación. Una tristeza profunda que mi madre llevaba clavada en sus entrañas hasta el día de hoy.

No quiero entrar en detalles de los varios y terribles acontecimientos que vivimos como país; era como estar en una zona de guerra donde las víctimas eran personas inocentes que no tenían nada que ver con temas políticos ni del narcotráfico. Es una pena que, cada vez que digo que soy colombiana, lo primero que me digan son este tipo de cosas, siendo un país maravilloso y del que siempre me sentiré orgullosa.

Volviendo a la celebración, Bruno se puso a bailar con sus tías y yo me reía de verlo disfrutar en la pista de baile. Las señoras bailaban felices mientras Bruno las agarraba de las manos y les daba vueltas entre risas. Les alegró la noche y seguro que no lo pasaban así de bien hace mucho.

Mientras miraba a Bruno con sus tías, se acercó un chico que jamás había visto, bastante guapo, alto, medio despeinado, rubio de ojos verdosos, muy penetrantes y con grandes pestañas.

—Hola. No me digas que Bruno te ha dejado sola. Siempre tan despistado —dijo con una mezcla entre seriedad y risa. No entendía mucho a qué se refería, ya que no importaba que estuviese bailando feliz con las sesenteras tías en la pista.

—Hola —No alcance a decir nada más cuando se presentó.

—Soy Luca, primo de Bruno, ¡ese idiota que te ha dejado sola! Qué maleducado es. Por más que he tratado de enseñarle, no entiende —dijo entre risas.

—Soy Macarena. —No quería seguir su comentario, además, su mirada era algo intimidante.

—¿Bailamos? —Me dejó helada la pregunta.

No alcancé a responder cuando ya estaba en la pista de baile con él. Me había agarrado de la mano sin darme opción a pensarlo. O es que, quizás, solo me había dejado llevar.

Bruno sonrió al verme bailar con Luca. Se acercó a él y le dijo algo al oído que no logré escuchar por la música alta. ¿Qué le habría dicho a su primo? Me quedé con la duda, las opciones eran demasiado amplias, podría haberle dicho cualquier cosa.

Bailamos mucho tiempo, ya que Bruno se dedicó a sacar a todas las mujeres de su familia. No era una molestia, me gustaba verlo interactuar con los suyos, además que solo éramos amigos, ¿qué iba a recriminarle?

Luca y yo bailamos casi toda la noche. Mientras lo hacíamos, me hacía preguntas acercándose a mi oído con bastante intimidad. Su olor era cítrico lo que me hacía olvidar la pregunta y tener que pedirle que me repitiera.

Ni cuenta me di como pasaba el tiempo. Mientras bailaba, sonreía todo el tiempo y cantaba las canciones con una mezcla de movimientos geniales. A veces hacía como que tocaba la guitarra; otras, apretaba la mano en un puño como si fuese un micrófono, mientras cantaba. Me relajó, me sentía como si siempre hubiera participado de esos eventos en familia y nos conociéramos de toda la vida. Seguro que las copas también ayudaron a alcanzar esa sensación placentera.

—¿Cómo es que has venido con Bruno? Si es muy mal partido —dijo con su cara llena de risa.

—Somos buenos amigos —aclaré de inmediato. En ningún momento me sentí mal porque me haya dejado por bailar con las tías. Además, estoy segura de que, si no hubiese llegado Luca conmigo a la pista, no hubiese estado tanto rato con las tías.

—Qué bien que seáis solo amigos —me dijo mientras mostraba su sonrisa casi perfecta y muy *sexy*.

—Es muy buen amigo.

—Lo es. De hecho, no solo es mi primo, sino uno de mis mejores amigos.

Mientras continuamos con el baile, no dudó en tomarme la mano y comenzar a darme algunas vueltas en la pista, hasta atraerme a su cuerpo con cierta fuerza y seguridad. Este chico me empezaba a poner nerviosa, algo que no me había pasado hacía demasiado tiempo.

Ya se me había olvidado esa extraña sensación que se produce cuando una persona te comienza a dar cierta curiosidad. Con tanto tiempo en una relación, ya no sabía ni cómo comportarme o cómo disimular lo que me producía después de unas cuantas canciones cerca de él. Es que uno pierde la práctica cuando está tanto tiempo con alguien.

En ese instante pensé «¡Para, Macarena! Es un desconocido, ¿qué te ha pasado?», aunque seguía el ritmo de la música y mis pasos se soltaban cada vez más. Mi sangre colombiana comenzó a aflorar y debo reconocer que bailamos bastante bien.

En Bogotá, donde cursé un par de años de primaria, recibí clases de baile —obligatorias— en el colegio. Crecimos siempre en un ambiente lleno de música; los colombianos nos caracterizamos por eso. Poco a poco me fui soltando, y mis pasos, junto a ese chico, avanzaban mientras nuestras miradas iban en la misma dirección. Me dejaba llevar.

—Macarena, bailas muy bien. No es común encontrar chicas por aquí con este don —dijo, con cierta emoción—. ¿Dónde has aprendido?

—En Colombia —le contesté entre los pasos y juegos de manos para las vueltas, al compás de la música. Me dejaba llevar por la melodía, a pesar de los tacones.

—¿Viviste allí? —preguntó con cierta seguridad—. ¡Te han enseñado muy bien!

—Soy colombiana.

—Pensé que eras italiana —dijo riendo—. Aunque aquí no bailan, no como tú. —Su mirada y movimientos eran penetrantes.

—Bueno, también lo soy —le contesté—, tengo el pasaporte, por la familia de mi madre. Y tú, ¿dónde has aprendido? Bailas muy bien —dije algo coqueta.

—En tu país —contestó riéndose con más ganas, mientras me daba vueltas. En ese momento pensé que seguro que me hacía una broma.

—¿Es una broma?

—Yo no bromeo, es verdad. Te daré una prueba. —Seguí pensando que se trataba de un chiste.

—¿Una prueba? —pregunté sin entender, algo descolocada.

—No es lo que imaginas, no es una prueba indecente o de mal gusto. Estudié unos años en Bogotá. Mi padre trabajó unos años en una multinacional y vivimos en Colombia, en Usaquén. Estuve de los trece hasta los dieciséis. Fui al English School.

—¿En serio? ¡No te puedo creer! —comenté impactada. Era demasiada coincidencia. Bailaba muy bien y era *sexy* mientras lo hacía. Su sonrisa era perfecta; podría hasta eliminar el *casi*.

—Así es. Tuve que aprender, si no, era imposible conquistar a una *rola* —comentó entre risas y en un espectacular español. Ahí sí que me quedó claro, ya que a los de Bogotá nos llaman rolos. Sin duda, al menos, había visitado Colombia, pero el español perfecto era la prueba de que era verdad; lo aprendió a la perfección.

—¿Te gustó Colombia? Tu español es perfecto. —Seguía muy impresionada de la coincidencia.

—Mucho, fueron muy buenos años, aunque ya ha pasado unos cuantos y no he vuelto a ir. En algún momento me gustaría volver de visita.

Al final, entre baile y baile, conversamos mucho. Nos fuimos a la barra, tomamos unas copas, y terminamos sentados junto a Bruno, Renzo y Francesca.

Luca se adaptó con facilidad, no tuvo ningún problema en sociabilizar con mis amigos, incluso me pidió el teléfono delante de todos. Me incomodó y me gustó a la vez, pero Bruno le dijo entre risas que él mismo se lo daría, y así hizo. Tras un buen rato, no lo vi más; ya era tarde, seguro que se habría ido. Nosotros, literalmente, cerramos la fiesta.

Al día, siguiente volvimos a Milán por la tarde. No me levanté hasta pasado el mediodía después de tanto baile al más estilo colombiano y lo bien que lo había pasado; estaba muerta, tenía los pies reventados por los tacones. En definitiva, se me habían olvidado esos tiempos de baile intenso sobre varios centímetros de tacón de aguja.

En el viaje de vuelta, estábamos cansados. Por fortuna, el trayecto era corto.

—¿Vas a salir con Luca? —preguntó Bruno. Lo miré extrañada—. Seguro te llama. Si te pidió el teléfono es porque lo hará —exclamó seguro.

—Primero espero a que llame y luego decido —dije entre una risa nerviosa.

No podía sacarme de la cabeza al simpático y altamente atractivo chico que había conocido, aunque sabía que estaba con cierto miedo de abrirme a tener algún encuentro con alguien, por fugaz que fuese. Me habían hecho daño.

—Amiga, tienes todo mi permiso para salir con él. Es un excelente tipo, no porque sea mi primo, sino porque es uno de mis mejores amigos.

—Esperaremos a ver si llama. —Quería que me llamara, ojalá esa misma tarde. Estaba nerviosa y la conversación me hacía sentir una adolescente.

—Es muy buen tío —gritó Renzo desde el volante—, claramente recomendable para una de las mejores amigas de mi Francesca.

—Mi amor, ¿estás seguro de que es buen tío? —preguntó Francesca. Ya se llamaban amor, estaba claro que se hallaban en otra etapa—. La recomendación de Bruno no es muy de fiar porque es su familia, así que tú tienes más peso que él —dijo entre risas.

—Así es, mi amor, lo conozco hace bastante y es un buen tipo. De hecho, no le conocemos muchas novias, solo Antonella, con la que estuvo unos meses. Yo creo que ya hace más de un año que eso se acabó y son amigos. Eso también es destacable.

—Ya está, dejen de vendérmelo, si lo más seguro es que no lo vea nunca más —contesté pensativa. ¿Quién sería esa Antonella?

Al abrir la puerta de mi departamento, sonreí. Era fantástico considerarlo mío luego de todo lo que había pasado en pocos meses; agradecía enormemente la bondad de Isa al dejarme la gran mayoría de sus cosas y permitirme pagar de a poco los muebles y el espacio.

Ese lunes fue a comer conmigo, preparé una lasaña y nos tomamos una botella de vino; en esta ocasión fue sola, ya que Dante andaba en Roma. Quería saber qué tal lo pasé en la boda y muy curiosa con lo de Francesca y Renzo.

—Te veo con buen semblante, Maca. Por fin ha desaparecido esa cara consumida que has tenido este tiempo —comentó con ternura—. ¿Qué tal la celebración? Bruno es genial. La otra vez que fueron a cenar a casa, lo pasamos muy bien y el póker estuvo muy divertido, aunque perdió y se fue enfadado —dijo entre risas—. De hecho, Dante me comentó que lo vio un buen partido para ti. —A esas alturas todos me buscaban pareja y yo no quería nada con nadie.

—Estás loca, Isa. No pasa nada con Bruno, somos buenos amigos, igual que con Paulo. No estoy en condiciones de buscar ningún ligue.

Creo que mentí, más cuando a mis pensamientos vino la noche de la boda y mi acompañante bailarín... no pude evitarlo, aunque tampoco había querido hacerlo. Agradecí cuando intervino con su comentario.

—Ese sí que no. Paulo es muy buena persona, pero es un mujeriego. No hay chica que logre estabilidad con él. Lo conozco bien por Francesca y siempre lo veo con chicas distintas. —Una sonrisa traviesa apareció—. En cambio, Bruno es otra cosa, es más serio, más centrado. Me gusta más para ti. Pero Paulo es terreno prohibido, es cariñoso y simpático, pero no. Ni en sueños, Maca, por favor, esta vez hazme caso.

—No puedes decir eso, Isa. Si solo has estado con ellos un par de veces —dije entre risas—. Además, no te preocupes por Paulo, que lo vi en la boda muy acaramelado con una chica. De hecho, hablé muy poco con ellos, estaban muy ocupados —dije entre risotadas—. Oye, Isa, cambiando de tema, ya tengo para pagarte una parte de la deuda. Mi padre me ha enviado dinero para el nuevo comienzo, como dijo él. Fui insistente en que no me mandase nada, pero al final acepté porque me dijo que se iba a ofender, ya que me quería ayudar.

—Te apoya mucho siempre. Tengo muy buenos recuerdos de tus padres, pero no te preocupes, que no tengo prisa ninguna.

—Prefiero pagarte.

En ese momento, le transferí dinero por algunos muebles que me había dejado.

—Bueno, volvamos a la boda. ¿Cómo lo pasaste?

—Superbién, el lugar precioso, la novia con un vestido de *crochet* maravilloso, jamás pensé que se podría ver tan bonito.

—¡Qué bien! Y... ¿algo más? Estás con otra cara —exclamó sonriente.

—He conocido a un primo de Bruno. Muy guapo, simpático... —comenté sin pensar.

—Me alegro mucho. ¿Qué habéis hablado?

—Principalmente bailamos. Vivió en Colombia cuando era niño y baila de maravilla. Me pidió el teléfono y seguro que me puse roja, porque lo sentía en mis mejillas.

—Te va a llamar y te exijo que salgas con él. Es una orden —sentenció con fuerza y alegría.

—No sé si va a llamar, seguro que fue por hacerse el simpático, nada más.

—¿Y Francesca?

—Al final de la fiesta, se relajaron y terminaron muy acaramelados con Renzo. Y en el auto se llamaban *mi amor* —comenté feliz por ellos.

—Qué bien, me alegro por ella, su exnovio me caía fatal. Era un petulante y maleducado. La dominaba, ella estaba anulada con él, no era la misma que vemos ahora cuando nos juntamos. Siempre la estaba controlando, le ponía límites todo el tiempo. Nunca me gustó ese tipo y estoy feliz que no esté con él. —Mantuvo silencio un momento hasta que siguió—. Maca, quería hablarte de otra cosa. En realidad, también he venido porque Dante me ha contado que en la empresa necesitan una persona para el área de finanzas. Como es tu área, deberías pasarme tu currículum. No pierdes nada. Creo que sería bueno que comiences a trabajar en algo más formal. Eso sí, quien toma la decisión final es el socio mayoritario, no es Dante, pero él mismo me sugirió que hablara contigo.

—Y... ¿Dante sería mi jefe? —pregunté extrañada.

—Sí, vamos, él mismo pensó que sería bueno. Mándame esta noche tu currículum para que lo vea el amigo y socio de Dante.

Sin pensarlo, nada más irse Isabella, me senté en el ordenador, agregué mis últimas actualizaciones y lo traduje al italiano. Estuve un buen rato traduciendo, ya que no es tan fácil y rápido. Una cosa era hablar el italiano, pero no había tenido mucha oportunidad de escribirlo. Revisé ortografía y redacción un buen rato hasta que quedé conforme y lo envié.

Al día siguiente, estaba en una entrevista con el socio de Dante y dueño mayoritario de la empresa: era un *Headhunter*.

Llegué a la entrevista, a la hora acordada. El lugar era precioso, ubicado en el Centro Direzionale di Milano, una oficina moderna, muchísimo más bonita que en la que trabajaba en Ámsterdam y situada en un sector privilegiado. El edificio era completamente de cristal y las oficinas ocupaban el piso veintitrés con una vista espectacular. Se dedicaban a buscar altos ejecutivos para distintos cargos, con una fuerte orientación en el área financiera. Dante, se dedicaba a llevar la parte financiera y la sucursal en Roma, que crecía a pasos agigantados.

Al llegar, la secretaria me hizo pasar con el socio de Dante. Entré con algo de ansiedad, era un hombre serio y muy observador; nada más entrar, noté que me evaluaba.

Era mayor y su actitud así lo demostraba, era muy formal. Me entrevistó cerca de una hora, manteniéndola con mucha fluidez, sin mayores inconvenientes; hasta evaluó mi nivel de inglés con un par de preguntas. Le conté lo que hacía en mi anterior trabajo: mano derecha de la gerente de finanzas y me había ido muy bien. Preguntó por mi familia y algunos datos más. Hasta que vino la pregunta difícil, aquella que no era fácil de contestar.

—¿Por qué has llegado a Milán? ¿Por qué quieres trabajar aquí?

¡Uf! Eso sí que me complicó. No podía decirle que había salido corriendo de Holanda, como una delincuente desesperada y que en realidad no había planificado la llegada a esa ciudad.

—Viví aquí unos años, he sentido que cumplí una etapa en Holanda y decidí volver. —Sin más detalles. No quería mentir. Tampoco podía ponerme a contar mis temas personales en la entrevista.

—Sí, veo que estuviste en el Colegio Americano de Milán. Yo también estudié ahí, pero tú saliste hace ocho años, yo hace casi veinte. —Ahí comprobé que era unos diez años mayor que yo. Era lo que había pensado en un principio—. El puesto es para ocuparlo dentro tres semanas, ya que la persona a la que reemplazarías se va en un mes. Ella va a ocupar un cargo importante en nuestra oficina de Roma. ¿Estarías dispuesta a esperarnos? ¿Estás en otros procesos? Tal como te he comentado, debes liderar toda el área de administración y finanzas. Dante está cada vez con menos tiempo.

—Con mucho gusto los espero —dije segura y muy emocionada para mis adentros. No tenía nada que esperar, ya que no había asistido a ninguna otra entrevista de trabajo.

—Hablaré con Dante y te avisaremos. Esperaré tu respuesta a la oferta que hagamos. —En ese momento, me pasó su tarjeta con su *e-mail* y teléfono.

Al salir, llamé a Isa para contarle y agradecerle por el contacto. Estaba teniendo suerte, ya que sería un gran desafío y además en un rubro nuevo para mí, lo que me interesaba bastante.

Luego fui a buscar a Nicoletta al colegio. No quería dejarla sola en medio del año escolar, así que debía organizar sus estudios para que no fuera tan brusco el cambio.

Después de las clases con ella, me fui al restaurante, como siempre. Le estaba muy agradecida.

Mi estancia en Milán: Marzo

—Mis clases con Nicoletta siguen siendo todo un éxito. La quiero mucho.

—Sigo bien en el restaurante.

—Gracias a Francesca he conocido a Paulo, Bruno y Renzo.

—He ido a una boda y he conocido el pueblo de Bérgamo, que es una belleza.

—Hice mi currículum en italiano, fui a una entrevista y me han contratado.

—He pagado a Isabella parte de la deuda por los muebles.

—Estoy avanzando y eso me tiene feliz.

Agradecimiento infinito

Milán
Italia
Abril 2016

Las semanas avanzaron entre mis clases con Nicoletta, el restaurante, las noches de póker, alguna que otra salida con Isabella, Dante, Francesca, Renzo y a veces también con Bruno. Había llamado al socio de Dante para agradecerle la oportunidad y así confirmarle que comenzaría con ellos.

Estaba feliz con mi nuevo inicio laboral. Le debía una grande a Isabella, se había portado genial conmigo. Quedé con ella y le regalé unos bombones con una tarjeta de agradecimiento. Era lo mínimo que podía hacer.

Gracias por todo, Isa. Dicen que las amigas de verdad son para siempre y yo lo he comprobado contigo. Siempre te estaré agradecida por sacarme de mis penas y ayudarme a encontrarle un sentido a la vida. Ahora estoy muchísimo mejor, me siento feliz y tú has sido parte fundamental en este proceso.

Gracias infinitas por quererme con mis luces y mis desagradables sombras.

—Pero, Maca, no tienes nada que agradecer —me dijo emocionada, entre lágrimas—. Estaba tan preocupada cuando llegaste... no sabes cómo me alegro de que estés mejor y lista para comenzar una vida aquí. Me alegro de que no sean solo algunas semanas.

Esa noche, al llegar a casa, llamé a mi madre para contarle.

—Te felicito, Maca. Sin duda, lo harás muy bien. Para nosotros es más tranquilizador que estés en una empresa establecida, así tendrás un sueldo fijo, con estabilidad.

—Gracias, mamá. Estoy contenta y con muchas ganas. —En ese instante estaba llena de ilusión por comenzar un nuevo proyecto.

—Lo harás bien. Siempre has sido muy responsable y es la clave del éxito. Lo único que me da pena es tenerte tan lejos —dijo con cierta tristeza.

—Podrías venir a verme —pedí.

—Iré, espero poder hacerlo pronto. Es que tus hermanos están en esa edad tan complicada y tengo que estar encima. Salen mucho y ya los hemos pillado bebidos.

—Son adolescentes, mamá. Es la edad.

—Sí, lo sé, pero tengo que estar encima. Muero por ir a verte.

—Te estaré esperando, mamá. —Un silencio incómodo se prolongó, sabiendo que deseaba decirme algo más.

—Maca, tengo que decirte que Herman me ha llamado otra vez para preguntar por ti. Me ha dicho que no se va a quedar tranquilo hasta que puedan hablar. Le pedí que no insistiera, ¡hasta fui dura con él! Pero también llamó a tu padre. Deberían conversar, cerrar temas.

—No tengo nada que hablar con él. Ahora se hace el preocupado, cuando me pisoteó.

—¿Cómo estás respecto a eso, Maca?

—Mejor, mamá. Cada día mejor. Pensando en el trabajo que comenzará en unos días.

Los días habían pasado muy rápido. Renuncié a la administración del restaurante cuidando buscar a alguien que hiciera mi trabajo. El dueño, a quien quería mucho, me dijo que sabía que sería por corto tiempo ya que intuía que me iba a ir a algo más desafiante. Dijo que debía aceptar la oportunidad, me agradecía por todo y felicitaba por el gran paso que iba a dar. Fue muy agradable poder hablar con él y que entendiese sin problemas, me motivaba a tomar el nuevo compromiso laboral y me hacía feliz. Era increíble cómo comenzaba a disfrutar cada pequeño paso que hacía. Sentía una intensidad gratificante que me dejaba avanzar.

Procuré avanzar tanto como pude con Nicoletta, aprendió todo lo necesario para manejar el idioma e incluso su confianza al lograr esa meta. Su padre estaba muy agradecido con mi ayuda y me felicitó por el nuevo trabajo. Yo le aseguré que podía confiar en mí para ayudar con la niña en mis tiempos libres.

Una noche de domingo, estaba en el restaurante casi para salir de vuelta al apartamento, cuando me llamaron. Era un número desconocido, contesté y me hablaron en italiano.

—Maca, ¿cómo estás? —Me pregunté quién sería. Seguro que algún amigo, ya que nadie me llama Maca, así como así.

—Muy bien. Pero ¿quién es? ¿Con quién hablo? —pregunté confundida, no lograba reconocer la voz.

—Veo que ya no te acuerdas de mí. En cambio, yo sí me he acordado de ti y de lo bien que bailas —dijo entre risas y ahí caí. Era Luca. Mi corazón saltó.

—¡Luca! ¿Qué tal? —le hablé en español.

—Bien, pero podría ir mejor si sales conmigo este viernes por la noche —siguió la conversación en mi idioma.

—Justo tengo que ir al restaurante ese día —contesté con un poco de decepción.

—Ah, cierto, ya me contaste. Deberías buscar otro trabajo o te vas a quedar soltera —dijo entre risas nuevamente—, viernes y fin de semana trabajando no es muy entretenido cuando esta ciudad está en plena fiesta, *rolita* —comentó seguro.

—Pero qué pesado eres. Ya encontré trabajo, es por eso que no puedo ausentarme en el restaurante, porque me lo han pedido y me voy pronto de allí.

—Cambio de planes entonces. Rebobinemos. ¿Sales conmigo el jueves? O el miércoles, si prefieres, que hay menos movimiento. Así celebramos tu nuevo trabajo.

—Perfecto, el miércoles. Salgamos a celebrar mi nuevo desafío —exclamé contenta.

—¿Dónde vas a trabajar?

—En un *headhunter* en el área financiera, ayudándolos con todos los temas de administración de la oficina.

—¡Excelente noticia! Hay algunos cerca de donde trabajo.

—Este es en el centro financiero de la ciudad.

—Estaremos cerca, entonces. Qué bien, así te veré más —comentó seguro. Me dio un poco de nervios escucharlo, aunque me gustó.

—No sabía que trabajas por ahí. —Estaba algo confundida aún con la llamada.

—Así es. Ya tienes mi teléfono, mándame tu dirección y te paso a buscar después del trabajo. ¿A las siete de la tarde te va bien, *rolita*?

—Sí, me va perfecto. Te la envío. ¡Nos vemos!

—Nos vemos. ¡Un beso, bella!

Corté con alegría y muchos nervios. Pensé que no me llamaría, pues ya habían pasado casi tres semanas desde la boda y no había dado señales de vida.

Comprobado, este chico me gustaba, aunque no estaba en condiciones de hacerme ningún tipo de ilusión. No podía ser pareja de nadie en ese momento. Aún estaba destrozada, no porque aún quisiera a Herman, al contrario, la relación ya estaba desgastada.

Lo que me dijo respecto a que me quedaría soltera, se me quedó grabado, me daba rabia y ganas de matarlo, se notaba que no tenía pelos en la lengua.

Menos mal que estaba en proceso de estabilidad laboral. De hecho, mi padre me había llamado hacía unas semanas por el tema del currículum y consideraba que no sería bueno que estuviese parada mucho tiempo. Estaba muy contenta con el nuevo desafío que tenía en la empresa.

El último día de pasar tiempo con Nicoletta fue de pura diversión. Esta chiquita había sido una especie de terapia para mí. A estas alturas ya estaba segura de que ella me había ayudado muchísimo más de lo que yo le aporté.

No es fácil de explicar que una niña pueda ayudar a una adulta a lidiar con sus peores pesadillas. Lograba sacarme del estado en el que me encontraba, con sus risas e historias. De su mano, me llevaba a un lugar más puro, a la confianza, a las sonrisas y a ayudar a que el corazón comenzara a latir y sentir emociones de nuevo, esas que estuvieron bloqueadas a tal nivel que solo quise estar acostada sin ni siquiera querer ver un rayo de sol. Le estaría siempre agradecida a la chiquita pequeña de coletas. Estaba segura de que la extrañaría y eso me daba tristeza. De pasar todos los días con ella, a no poder verla en quizás cuanto... me hacía pensar.

Empecé a avanzar. Me sentía cómoda en Milán y, aunque no olvidaba lo que había sucedido en Holanda, la desilusión había sido tan grande que nunca más quise saber nada de mi exnovio. Mi amiga Joyce, con quien hablaba siempre, me contó que no estaba con nadie, aunque eso no era de mi incumbencia. Me empezaba a observar de manera diferente. Había sido humilde, aceptaba y me perdonaba a mí misma por el daño que me había causado.

En ese momento, vinieron a mi mente las palabras de mi padre que decían «no es culpa del *chancho*, sino del que le da el *afrecho*». En ese momento, sentada en el sofá de mi *living*, escuchando *Movie Play*, comencé a hacer un recorrido de lo vivido, de lo que me había permitido. Entre lágrimas de emoción, me sentí orgullosa de haber tomado acciones para salir hacia otros lados e iniciar nuevos caminos.

Había leído bastante. En realidad, siempre había sido muy lectora. Uno de los poemas de Eichendorff —gran novelista y poeta alemán fallecido en 1857— me hizo mucho sentido:

«Ventanas y puertas abiertas están.
De nada sirve oponer resistencia;
En ondas del corazón he de notar:
Amor, prodigiosa existencia,
De nuevo a seducirme volverás...».

Llegó el miércoles y Luca me fue a buscar a mi apartamento.

Abrí la puerta y ahí estaba con ese olor cítrico, el pelo despeinado y su sonrisa casi perfecta que tanto me había impactado. Me arreglé para la ocasión como no lo hacía desde hace mucho tiempo atrás. Elegí esas prendas que tanto me gustaban, pero que no usaba hace años. Me puse una minifalda de cuero negra, con unas medias finitas en el mismo tono, unos botines y una camiseta de tirantes blanca, un bolso negro y mi chaqueta de cuero estilo *biker* que nunca pasa de moda y que tanto me gustaba, además de un abrigo, por si hiciese frío.

—Hola, Macarena —dijo con su voz un tanto ronca—. ¿Cómo estás?

—Bien, Luca ¿y tú? —Se veía estupendo con un *look* ejecutivo, pantalones azules y camisa blanca arremangada.

—Todo perfecto. Vamos, bella. Esta noche sigues tan guapa como la noche de aquel sábado con tu vestido verde esmeralda. —Me ruborizó, pero me gustó.

Me agarró la mano y nos fuimos. Fue una noche muy entretenida, comimos sushi y bebimos bastante vino.

En el restaurante, comenzó a preguntar más detalles respecto al trabajo. Fuimos a la zona de Porta Ticinese, uno de los edificios emblemáticos de Milán y una atracción turística popular. Al llegar allí, estaba lleno de turistas que se hacían fotos y reían. Al verlos, no pudimos evitar sonreír, esa risa cómplice de ver a la gente disfrutar de un buen momento.

—Así que estás trabajando en un *headhunter*. Es fantástico y es momento de celebrarlo.

—Estoy muy contenta. Espero que sea una buena experiencia —dije, con cierta ansiedad y esperando que así fuese.

—Lo será, sin duda, lo será. Ya eres toda una ejecutiva. Seguro que de las mejores de todo el centro financiero de Milán. —Me sonrió; divisé unas pequeñas pecas en su nariz, era tierno.

—Seguro que con todas las chicas eres igual. —Parece que había tomado más vino de la cuenta, porque me salían solas las palabras, sin pensar.

—Te equivocas —exclamó con una mirada penetrante—. No soy así con todas las chicas —dijo, pero yo no sabía si era o no verdad. ¿Qué terreno estaría pisando?

Lo dejé pasar.

Llegamos al apartamento, se me había pasado el rato volando junto a él.

—Qué bonito es tu apartamento. Muy femenino —dijo entre risas.

—Lo es. Es que vivo sola. Mi amiga se fue a vivir con el novio hace unos meses y fue ella la que lo decoró.

—Debe tener buen gusto, muy femenina —rio nuevamente.

—Lo tiene —concluí con seguridad—. De hecho, es decoradora. ¿Quieres un café o algo para beber?

—Algo para beber, mejor, obvio —respondió entre risas—. ¿No tienes agua ardiente colombiana?

—No, solo te podría ofrecer un whisky.

—Bueno, no está mal.

—¿Tomaste mucho guaro en Colombia? —pregunté mientras servía.

—Uf sí, mucho, eran muy fuertes tus compatriotas.

—Seguro que te obligaban a beber. ¿Te ponían una pistola al pecho? —Quise provocarlo.

—Vamos, Maca. No, pero las primeras veces que bebí alcohol fue con mis *partners* en Bogotá y llegaban siempre con el guaro. —En ese momento, me dio la sensación de que se acordó con cierta nostalgia de aquellos tiempos.

Se tomó el whisky mientras seguimos con la conversación. Luca era abogado, aunque no lo aparentaba por su personalidad; jamás hubiese pensado que se dedicaba a eso. Era desordenado en su aspecto, aunque estuviese vestido como un ejecutivo. Parecía un tipo lleno de vida, me lo imaginaba en un estilo más bohemio, no defendiendo un caso en tribunales. Si me hubiese dicho que trabajaba en *marketing* o publicidad, me hubiese cuadrado a la perfección.

Pero no me terminaba de cerrar la ecuación, eso me causaba cierta curiosidad. De todas formas, era demasiado agradable estar con él. Tras hablar durante un buen rato, sobre todo de su llegada a Milán hace años, de cómo decoró su apartamento y de su pasión por el fútbol, que practicaba desde pequeño. Luego de ello se marchó y estuve pensando lo agradable que había sido la noche. Me vino muy bien, me divertí mucho.

Mi estancia en Milán: Abril

—Renuncié al restaurante. Me entendieron muy bien y estoy agradecida por ello.

—Sigo en contacto con Nicoletta, aunque la extraño en el día a día, sus risas, su mundo... La quiero mucho.

—Trabajo muy feliz, ha sido mejor de lo que esperaba.

—Sigo en contacto con mis amigas.

—He salido con Luca y me gusta estar con él, me siento cómoda.

—Estoy avanzando; me gusta mucho quien soy ahora.

¿Desafíos laborales?

Milán
Italia
Mayo 2016

Mi trabajo iba espectacular, muy contenta con lo que hacía. Me tocaba estar a cargo del funcionamiento de la oficina y eso era un desafío diario que me cautivaba.

Estaba en pleno conocimiento del mercado, de los cargos y perfiles de ejecutivos que se necesitaban. Comencé a ayudar a hacer algunos *research,* investigaciones relacionadas a ciertas industrias y potenciales candidatos. Aprendía muchísimo de varias áreas de las finanzas que no me había tocado manejar en Holanda. Increíble, pero era cierto que mi corta estancia por el restaurante me había servido de algo. Fue como una pequeña prueba para poder controlar varias variables a la vez y tener una mirada más amplia. Al final comprobé que cuando te dicen que todo en la vida sirve, es verdad, o al menos en este aspecto lo fue.

En definitiva, me sentía cómoda. Mis compañeros de trabajo eran muy agradables; no éramos muchos, lo que hacía que fuese un contexto más bien familiar.

Un día, cuando terminaba mi jornada laboral, recibí un mensaje de Luca.

De: Luca Zambelli

Para: Macarena Del Pino

Maca, ¿nos tomamos un café en veinte minutos en el lugar de siempre? Besos, bella rola.

En alguna ocasión quedamos en un lugar, que estaba muy cerca de mi oficina.

De: Macarena Del Pino

Para: Luca Zambelli

Hola, Luca. Nos vemos allí. Un abrazo.

Ese día hablamos mucho de Colombia, se notaba que lo pasó muy bien los años que vivió en Bogotá. Me gustaba escuchar buenos comentarios de mi país.

—Por lo que me cuentas, veo que te gustó —exclamé con cierto orgullo.

—Claro, me encantó. Además, vivíamos en un lugar tan bonito, lleno de restaurantes y con la feria de los fines de semana, que era la perdición de mi madre. ¿Puedes creer que iba todos los domingos? No entendíamos cómo le gustaba tanto.

—La feria de Usaquén es un clásico. El poco tiempo que viví allí, siempre íbamos con mis padres —dije trayendo recuerdos de infancia.

—Es que vivíamos al lado. Mi madre iba caminando.

—¿Fuiste a Cartagena?

—¡Claro que sí! Varias veces, también a Santa Marta, al eje cafetero, a San Andrés... Me acuerdo de que fuimos a una finca en tierra caliente con algunos compañeros del colegio, fue un desastre —dijo entre risas.

—¿Fueron solos?

—Sí. Se suponía que íbamos con los padres de uno, pero como no vino, al final terminé castigado más de un mes.

—No me cuentes más, puedo imaginarme.

Tras pasar un rato muy agradable con Luca, fui a mi apartamento. Cada vez quedábamos más y siempre teníamos tema de conversación.

Comencé a compartir mucho con una de las consultoras, Pía, una chica muy guapa, delgada, estilosa y de dulce sonrisa. Estaba recién casada y llevaba unos años en ese trabajo. Era la mano derecha e izquierda de los socios. Se manejaba con dinamismo y profesionalidad en todos los detalles de los procesos que llevábamos a cabo. Almorzábamos todos los días juntas. A veces salíamos y otras pedíamos una ensalada para que la trajeran a la oficina.

Su *look* era elegante y vanguardista con su pelo castaño de corte muy moderno; siempre llevaba puesto los accesorios correctos para cada tipo de estilo.

Poco a poco comenzamos a conocernos más. Al comienzo, se mostraba introvertida, pero confiaba más en mi amistad basada también en la admiración profesional, hasta que comenzamos a conversar de temas más personales de su vida, logrando abrirse conmigo. Al comienzo, fui yo la que, tras algunas semanas, le conté sin mucho detalle lo sucedido en Holanda. Me costaba contarlo, a pesar de que me pareció una persona confiable. Siempre es complicado explicar lo que pasa en una relación con un final tan drástico como la que tuve con mi exnovio.

—No te avergüences, no hiciste nada malo. Fue él quien no supo valorarte —comentó con cierto cariño, se podía leer en sus ojos—. Yo también tuve una desilusión muy grande antes de conocer a mi marido, pero se supera. No creas que vas a estar siempre así. Todo pasa.

—Ya no lo quiero, Pía. En ese sentido, lo he superado por completo, solo que aún me duele verme en retrospectiva. Es como si no lograse entender cómo pude ser tan ciega, cómo no quise ver. A él no lo quiero ni en la peor de mis pesadillas ni el mejor de mis sueños. Si sintiese amor, lo diría.

—Si sintieras amor, no habrías venido. Dudarías tanto, que no hubieses logrado llegar a Milán —explicó con sus manos en una de las mías, con su mirada penetrante—. El amor destroza, a veces, de una forma desgarradora. Si lo lograste es que en el fondo estabas segura de que no era amor. —Sus palabras tenían todo el sentido.

—En dos ocasiones me fui de la casa, pero volví a los pocos días.

—En esas ocasiones, te fuiste, pero sabías que ibas a volver, por eso no saliste ni de la ciudad ni del país. Sabías que volverías a él. —Tenía razón en sus palabras.

—En cambio ahora, dejé todo —dije sin pensarlo.

—Exacto. Te has contestado tú sola, Maca. Era el momento de hacerlo. Ahora, ábrete a la oportunidad de conocer nuevos chicos, sal y pásalo bien. No sabes cuándo puedes conocer a alguien especial. Puede pasar de cualquier forma. Incluso aquí, en esta oficina, te podrías llegar a enamorar de uno de nuestros candidatos —exclamó riendo.

—De hecho, he salido con varios amigos que he conocido gracias a Isabella y otros amigos.

—Hablando de Isabella, nunca he visto a Dante más contento que cuando apareció ella con el tema de la decoración del apartamento.

—¿De verdad?

—Sí, venía a las oficinas a reunirse con él. Al principio era una persona más, nadie imaginó nada, pero al poco tiempo nos dimos cuenta de que Dante estaba cada vez más interesado. Le pedía a la secretaria que por favor la citara para los avances y lo averiguamos todo. Tu amiga se iba y Dante se quedaba con una sonrisa de oreja a oreja. Era evidente. Luego la invitaba a tomar café y en poco tiempo ya eran inseparables. Hasta ahora, me gusta ella para él.

—No tenía muy claro cómo fue. Como estaba lejos de Isabella, supe esto cuando ya estaban juntos —comenté impresionada.

—Fue muy rápido. En menos de un mes ya la presentó como su novia. Dante es muy buen hombre. Lo conozco hace años, es muy correcto. Tu amiga está en las mejores manos —explicó sonriente.

Comencé a verme casi todas las semanas con Luca. Siempre me invitaba a tomar café o a ir al cine, incluso algunas veces, se unía a las noches de póker.

—Aún no me has contado qué te ha traído a Milán. —Se interesó, ansioso—. Por lo que me contó Bruno, en Ámsterdam trabajabas. —A él le conté que trabajaba allí, pero nunca supo la razón real de mi llegada a Italia.

—Sí, es que estudié allí y me quedé un tiempo para trabajar.

—No me has contestado la pregunta completa, Macarena —me dijo con los ojos grandes e interrogantes.

—Siempre quise volver a Milán y este era el momento de hacerlo —le dije sincera, a la vez que escondía el detalle principal.

—Y tú, ¿dónde estudiaste? ¿En qué ciudad? —salté rápido con una pregunta para desviar la conversación.

—En Roma. Mi familia es de allí. Cuando terminé los estudios, me ofrecieron un trabajo aquí, en un muy buen estudio y aquí sigo.

—Amo Roma, es una belleza —dije sumida en mis recuerdos de esa ciudad.

—Iremos, Maca. Nunca es lo mismo ir a esa ciudad de turismo que ir de la mano de un verdadero romano. —Me convenció, sonriendo.

Ese día paseamos un rato y luego se fue, ya que tenía una comida con unos clientes del estudio.

Una vez en casa, me llamó mi madre; siempre estaba pendiente de mí.

—Maca, ¿cómo van tus primeras semanas en el trabajo?

—Genial, mamá, me encanta. Además, la gente es muy amable, me siento muy cómoda.

—Qué bien. Tu papá y yo estamos muy felices de que trabajes en Milán —suspiró—. Maca, Herman me ha llamado otra vez. Me ruega que le diga dónde estás.

—No, mamá. Para mí ya es capítulo cerrado, no quiero saber nada de él. No lo odio ni nada de eso, esa etapa ya la pasé, pero no quiero nada suyo.

—¿Por qué no lo llamas y le aclaras las cosas?

—Me da pereza, mamá. Ya es parte del pasado, abrirlo es doloroso.

—No vaya a averiguar dónde estás y llegue...

—No, mamá. Tengo todo controlado y mis redes sociales no tienen nada de movimiento hace meses. No sabrá dónde estoy y no quiero enfrentarme al pasado, al menos con ese que no vale la pena —expliqué segura. Sabía que mis amigos jamás dirían dónde estaba.

Con Luca seguí quedando para los cafés cortos de la semana, cuando salíamos del trabajo. Estos pequeños encuentros hicieron que nos conociéramos cada vez mejor, y sinceramente, lo pasaba muy bien con él. Me gustaba mucho quedar con él. Cada vez que sonaba mi móvil, quería que fuera él.

—Nunca me has contado tu especialidad, solo sé que eres abogado. Cuéntame.

—Lo que más hago es tributario. Hice una especialización en ese tema, pero también llevo algunos casos de civil. Comencé en esa área y siempre me gusta tener un par de casos de familia.

—¿Es muy difícil?

—Me ha tocado ver algunos casos de familias que son impactantes. Cuando eso pasa, digo que es lo más feo que uno puede ver en la naturaleza humana, pero luego llega otro peor. Hay cosas que no te imaginas.

—¿Divorcios complicados?

—Eso no es nada. He comprobado que del amor al odio hay menos de un paso. Mejor cuéntame más de ti y tu trabajo. ¿Cómo lo llevas?

—Me encanta. Estas semanas han ido muy bien, ha sido una muy buena experiencia. Eso sí, estoy con muchas cosas, pero bien, me las he arreglado, he logrado sobrevivir.

—Ya lo sé, me lo has dicho varias veces. Pero quiero saber cómo llevas el cambio de ciudad, de idioma, de empresa...

—Me encanta que seamos pocos. Eso hace que sea mucho más familiar todo y me he hecho amiga de Pía, una consultora *senior* que trabaja ahí, hemos hablado mucho.

—Seguro que le has contado a ella cosas que a mí no me has dicho —replicó sonriente.

—¿Qué te hace pensar eso? —pregunté extrañada.

—Nada, bella, solo es una broma.

Cada vez estábamos más cerca y era muy cómodo compartir momentos con él. Lo encontraba más guapo cada día, era muy cariñoso conmigo. Pero aún no había alejado a los fantasmas y al miedo de la relación anterior, ese que se cuela por tu cabeza sin dejarte avanzar, que te restringe los espacios y te debilita. Nunca habíamos hablado nada más allá, pero a veces no había que ser demasiado explícito para entender que algo nos pasaba. También podía ser solo mi impresión, claro. ¿Estaría equivocada?

Como siempre, la semana pasó con mucho trabajo, pero muy desafiante en la oficina y algunos cafés con Luca. Ya sabía lo que me gustaba, y cada vez que llegaba me tenía mi *cappuccino* con un *muffin* de arándanos. Esto de los cafés se estaba convirtiendo en una actividad fija, al menos, dos o tres veces a la semana.

—¿Dejaste algún novio en Holanda?

—¿Tú dejaste novia en Roma? —Contraataqué. No quería esa pregunta, aunque sabía que llagaría.

—En Roma, sí. Pero después de unos meses, todo se complicó. Hace más de un año terminé una relación con una chica de aquí de Milán. Estuvimos juntos unos meses. A veces nos vemos, tenemos una buena relación de amistad.

—¿Qué pasó? —hablé, tratando de que olvidara su pregunta.

—No funcionó la relación, nunca estuve muy convencido. Creo que ella tampoco, así que mejor decidimos terminar.

—¿Vivían juntos? —Definitivamente, no quería contestar la pregunta que me había hecho, e intentaba despistarlo con preguntas mías.

—No, solo fueron pocos meses. Pero... ¡no me has contestado! ¿Dejaste algún novio en Holanda?

—No dejé novio ninguno. Tuve uno, pero terminamos. Llegué sola a Milán.

—¿Estuvisteis mucho tiempo?

—Algo más de dos años. —Luego cambié el tema de forma drástica, a asuntos del día a día. No le había mentido, aunque en mi interior sabía que omitir ciertas cosas también es un poco mentir.

El sábado por la noche fuimos a casa de Bruno y Renzo; lo pasamos de maravilla. De hecho, estaba feliz, ya que Francesca estaba en una relación formal con Renzo. Se notaba que ambos disfrutaban de un buen momento en sus vidas y Bruno salía con una chica muy simpática a la que conocí ese día, Anaí, una chica bajita de ojos azules y castaña. Era paisajista y se dedicaba a mantener algunos parques de la ciudad.

Nos invitaron a tomar unas copas y picamos algo. Tenían comida árabe y cuando vi las hojitas de parra, me sentí como cuando de niña, mis padres compraban este tipo de arte culinario que a todos nos encantaba.

Mis amigos estaban muy contentos y celebrábamos el ascenso de Renzo en su empresa. Me sentí muy contenta, era un grupo muy agradable y me habían acogido con bastante cariño. Eso no lo olvidaré nunca.

Después, nos fuimos a bailar a la discoteca Alcatraz, un lugar tremendo, lleno de gente y de juventud sumergida en alegría y disfrute. Era un enorme espacio, con tres salas diferentes donde era posible escuchar gran variedad de géneros musicales, desde la música *dance* hasta el *rock*, del *reggaeton* al pop. Al llegar, nos perdimos del resto y estuve con Luca todo el rato.

El público era bastante joven, seguro que la mayoría eran universitarios. Hacía muchísimo que no había asistido a un lugar así, en realidad, hacía bastantes meses, incluso podría asegurar que más de un año.

Ese día, Luca estaba especialmente atractivo, sus *jeans* negros y su camiseta blanca junto a una chaqueta de cuero negra, le daba un *look* especial, distinto a cómo le veía en los cafés o las salidas que teníamos después de la oficina. Se veía adorable y muy *follable*. Me gustó esa faceta suya, más relajada. La mayoría de las veces lo había visto de traje y con un nivel de formalidad mayor, al menos, para mis ojos.

Sentirlo cerca mientras bailábamos, lograba que me erizara la piel. Entre vuelta y vuelta nos mirábamos sin mover nuestros ojos del otro; cada vez había más complicidad. Esa noche llegué a casa con una sensación distinta, no tenía muy claro qué me pasaba. Luca me acompañó y cuando puse la llave en la puerta, le dije:

—Gracias por acompañarme, podría haber pedido un taxi.

—Ni hablar, necesitaba asegurarme de que llegabas a salvo —exclamó con una sonrisa.

—¿Quieres pasar? —pregunté sin pensar.

—¿Quieres que entre? —me contestó con una pregunta, mientras fijaba sus ojos en los míos.

—Sí... claro que quiero.

De verdad quería seguir con él, aunque no estaba muy segura en qué términos. Lo de Herman me había dejado tan afectada, tan dolida, tan insegura... tenía miedo a confiar. Era increíble cómo una situación te podía romper en pedazos. De alguna forma, esas semanas lograron levantarme muy lentamente.

Una parte de mi corazón no quería abrirse, pero ese chico, de alguna forma, era como si hubiese llegado para cambiarme los pocos planes que había logrado armar. No tenía claro lo que me pasaba.

—¿Quieres algo para beber?

—Vale, un whisky estaría bien, ya que no hay guaro colombiano... —dijo con una sonrisa.

Hablamos un buen rato, le hicimos el análisis completo a la nueva conquista de Bruno, riéndonos mucho. Me aseguró que eso pintaba bien, en realidad, estaba convencido de que así era. Conocía tan bien a su primo que, de solo verlo, sabía que la chica no sería algo de poca importancia. Luego, notó que estaba realmente cansada y ya era tarde, así que se fue.

A finales de mayo, Luca me invitó a ver la final de la copa UEFA. A mí siempre me gustó el fútbol, pero, además, estaba deseando ir, ya que en la ceremonia estarían Andrea Bocelli y Alicia Keys para iniciar la gran final. Era doble motivación.

La final fue entre el Real Madrid y el Atlético de Madrid, en el Estadio Giuseppe Meazza, también conocido como Estadio de Fútbol San Siro, ubicado en el barrio de Siro en Milán. Luca animaba al Real Madrid, pero yo no tenía un equipo preferido, aunque la opción de estar en una final, sin duda, era emocionante. Había asistido varias veces al estadio a ver el Ajax, que era la perdición de Herman, pero jamás me había tocado ver una fiesta como esta final de la Champions.

Al comienzo, el campo estaba iluminado con luces de color azul. Alicia Keys comenzó a tocar el piano mientras la rodeaban los bailarines. Cantaba *This Girl is on Fire*. Luego, los bailarines comenzaron un espectáculo con cintas que animaban el *show*. Cantó algunas partes de canciones, y la más típica, *Here in New York*, que cambiaba por *Here in Milano*.

El estadio estaba repleto de gente que bailaba, igual que Luca y yo. Ella movía a todo el público con su voz al compás del piano. A los lados del recinto había unas pancartas; la del Real Madrid decía *Hasta el final, ¡vamos, Real!*, y la del Atlético, *Tus valores nos hacen creer*.

Entraron con la copa, la llevaba entre jugadores del Milán y del Inter. Ambos, una leyenda de cada equipo. Al final, mostraron los dos escudos de los equipos que jugaban.

Justo tuvimos la suerte de verlos de frente, la ubicación era inmejorable y en ese momento, el tenor comenzó a cantar con su maravillosa y penetrante voz. Anunciaron la llegada de los jugadores mientras el tenor seguía con su cometido. La emoción embargaba a todos los asistentes del estadio, fue impactante. Bocelli interpretó el himno de la Champions, y fue impresionante. Asombrándonos a todos los que estábamos en vivo, haciendo que se me pusiera la piel de gallina; su voz fue, sin duda, un regalo.

El partido estuvo bastante movido, no apto para cardiacos. Tras terminar en empate a uno, tuvieron que jugar una prórroga donde continuaron con el mismo resultado. Luca estaba muy nervioso a la vez que emocionado, mientras el estadio completo estaba revolucionado.

Siempre me había costado ver los partidos, pero jamás tuve la oportunidad de verlos en vivo, en el estadio, hasta ese día. La gente estaba tensa y las caras demostraban ansiedad, sufrimiento y miedo. Tiraron la moneda para echarlo a suerte y así elegir en qué portería lanzaban.

Primero: gol del Real. Los hinchas gritaban como locos, Luca me abrazó de emoción y alegría. Luego igualó el Atlético, nuestra zona se quedó en absoluto silencio y expectación.

Segundo: gol del Real, gritos de euforia en nuestro lado, Luca me abrazó y me dio un beso en la mejilla, emocionado. Yo salté de alegría con él, no sabía si por el Real o por el beso, o por ambas, que mezcladas me hacían sentir en las nubes. Luego gol del Atlético. No perdonaban, siguió la ansiedad. Luca, como si estuviese en el campo de juego, estaba igual de ansioso.

Tercero: gol del Real, a mi alrededor estaban locos, yo también, aunque aún no había nada asegurado. De nuevo, gol del Atlético. Ya era de infarto, el estadio completo estaba sumergido entre una mezcla de presión y ansiedad por que terminase pronto el encuentro.

Cuarto: los jugadores ansiosos, los del Real se abrazaban esperando el resultado. De nuevo, gol, el cual seguimos celebrando. El jugador del Atlético lanzó al palo, Luca me abrazó y me aseguró que ganaríamos.

Quinto: El Real fue con uno de sus máximos, Cristiano Ronaldo, quien metió el gol. Fueron los ganadores y nosotros lo celebramos. Ronaldo se quitó la camiseta y todos sus amigos se tiraron sobre él en una locura y felicidad descomunal.

La emoción de estar en un estadio en la final de un evento así fue desbordante.

Me invitó a tomar una copa de *champagne* en su casa para seguir celebrando y definitivamente no me negué; a pesar de que era tarde, no me importó.

Su apartamento era muy varonil. Un sofá en L con algunos cojines de colores blancos y negros de rayas, una mesa de centro cuadrada en tonos claros, una lámpara de tres patas de madera con una pantalla negra. Una de las paredes era de ladrillo visto y, en ella, había algunos cuadros con marcos negros con fotos de lugares, personas y una estantería llena de libros.

—Lo he pasado genial hoy —comentó Luca con los ojos brillosos.

—Qué bonito tu apartamento, Luca. Es muy masculino —dije sonriendo, con ganas de molestarlo, de devolverle con la misma moneda.

—¿Algún tipo de venganza, bella rola?

—No, para nada. ¡Me gusta! ¿Y estas fotos? Qué bonitas, me gusta esta del paisaje de un campo al amanecer.

—Las hice yo casi todas, menos esa. —Me mostró indicando una foto de una niña pequeña que estaba en el centro del precioso collage. «¿Quién sería esa chiquita?»

—¿Eres fotógrafo? ¡Están espectaculares!

—Tanto como fotógrafo no, pero he hecho un par de cursos. Hago fotos desde pequeño y me encanta.

En ese momento me dio la mano. Solo sentir el contacto de su piel, produjo un cosquilleo especial. Me llevó al lugar donde revelaba las fotografías, un pequeño cuarto oscuro. Tenía algunas colgando en un cable, eran de los alrededores de Milán.

—Me gustaría aprender —comenté sin pensarlo, aunque solo había logrado hacer algunas fotografías con el móvil. Hablaba sin pensar, queriendo encontrar algo en común con él, para volver a verlo; no entendía qué me pasaba, pero sentirlo cerca era especial.

—Te enseñaré, Maca —contestó contento—. Espero que seas buena alumna, aplicada y constante, es uno de los secretos para prosperar en este arte. —Cuando escuché esa afirmación, me gustó. ¿Significaría que nos volveríamos a ver? Mi cabeza, un poco colapsada de pensamientos, quería eso, constancia. Estar con él.

—¿Tendrás paciencia? No sé nada de fotografía y no me gustaría defraudarte.

—Claro que la tengo. Y por supuesto que no me defraudarías —dijo risueño.

Sin pensarlo, sacó un trípode y puso su cámara en él. Me hizo fotografiar un cuadro de una pintura que tenía en su *living*, una pintura algo abstracta con un marco de color aluminio, gris. Se puso detrás, mientras me hacía poner un ojo en el visor y me enseñaba a enfocar. Mientras explicaba, yo estaba levitando. Su olor, el roce de su voz en mi cuello, en mi cabello..., quería congelar la escena solo para sentirlo cerca de mí. Estoy segura de que fui pésima alumna. No logré concentrarme, pero disfruté el contacto.

Esa noche lo pasamos de maravilla. Estuvimos más cerca que nunca a causa de las clases de fotografía. Pedimos unas pizzas y nos quedamos hasta muy tarde con la celebración del triunfo de la Champions. Hablamos de varios temas y Luca me contó que gano varios concursos a los que se presentó. Le hubiese gustado dedicarse a la fotografía profesional, pero no se lo planteó a su familia. Por suerte, le encantó el derecho a pesar de ser una carrera muy larga. Disfrutamos mucho juntos y me acompañó a casa en estado de plena felicidad, ambos.

Mi vida en Milán: Mayo

—Sigo saliendo con Luca, y he ido a la final de la Champions, cosa que jamás imaginé. Su compañía me encanta, y sus cafés, sus conversaciones...

—Le he pagado lo que me quedaba de deuda a Isabella por las cosas que me dejó.

—Parece que quiero aprender fotografía, o al menos recibir las clases, aunque no saque nunca una foto. Es que el profesor...

—El trabajo ha ido genial, me llevo muy bien con Pía.

—Sin darme cuenta, escribí en el título *mi vida en Milán*.

—Ya no hay tema Herman. Estoy feliz, liberada.

Milán y su encanto

**Milán
Italia
Junio 2016**

Los días marcharon con tranquilidad. Pasé un fin de semana cuidando de Nicoletta, ya que sus padres viajaron fuera. El chófer pasó por mí y por primera vez conocí su casa. Nunca había estado en una casa tan grande y decorada a la perfección.

Jugamos mucho con su perrita, una pastora bergamasca, raza de perro grande de pelo largo tipo rastas por todos lados, que hasta le tapan los ojos, una belleza. La perrita estaba muy familiarizada con Nicoletta, quien hasta se montaba sobre ella. Al principio me preocupó que le fuera a hacer algo, pero resultó ser más inteligente que nosotras. El sábado por la mañana me llamó Luca. Al ver su nombre en la pantalla, me alegré de inmediato.

—Hola, bella rola, ¿cómo estás? Te quería invitar a casa de unos amigos esta noche. Celebran que acaban de terminar una especialización. ¿Me acompañas? —Cuando lo escuché, me quería morir. Quería ir con él al evento, claro que quería.

—La verdad es que me encantaría, pero este fin de semana estoy de niñera.

—¿Tienes sobrinos o algo por aquí?

—No, he venido a casa de Nicoletta unos días porque sus padres han salido de la ciudad. Mañana domingo vuelvo a casa. Me hubiese encantado acompañarte, pero no puedo —dije con cierta resignación.

—Es verdad, me hablaste de ella, la niña de las dos coletas —dijo riéndose—. Entonces no hay nada que hacer. Me buscaré otra acompañante que quiera bailar conmigo. Un abrazo grande. Nos vemos.

Al colgar sentí rabia, no quería que fuera con otra chica al evento en la casa de su amigo. Estuve todo el resto del fin de semana pensando con quién iría. A veces, me pillaba distraída del juego con Nicoletta, cosa que jamás me había pasado antes. Este chico me empezaba a complicar; definitivamente no estaba en condiciones de sentir nada por nadie. Comenzaba a sentir una mezcla de ansiedad y miedo.

El domingo, estuvimos mucho tiempo en la piscina. El clima ya era muy agradable. La chica del servicio amablemente accedió a hacernos la foto donde ella me abrazaba en la piscina y, sin pensarlo, la envié.

De: Macarena Del Pino

Para: Luca Zambelli

Te presento a la niña de dos coletas. Un abrazo.

Pasó un buen rato para que respondiera al mensaje. De hecho, lo mandé cerca del mediodía y me contestó sobre las cuatro de la tarde. Todas esas horas las pasé pendiente del teléfono como si me fuesen a dar el resultado de un examen universitario, o como si me fuesen a dar alguna respuesta de un trabajo. Quería saber de él.

De: Luca Zambelli

Para: Macarena Del Pino

Muy linda la niña de dos coletas. Me he despertado hace poco. Ayer terminó tarde la celebración.

Estáis las dos muy bonitas. Un abrazo. Espero verte pronto. Que tengas una muy buena semana.

Seguro que lo pasó bien en la celebración. Me dio una especie de rabia... celos. Llamé a Francesca, quizá ella estaba en ese evento. Posiblemente estuvo invitada por ser la chica de Renzo y podría darme algún detalle, como saber si fue solo o acompañado, sin que se diera cuenta de lo que realmente necesitaba saber. Además, tenía la excusa perfecta, ahora que estaba tan desaparecida por su relación con Renzo. Eso siempre pasa, es parte del proceso y ella estaba como una tortolita perdida en su mundo.

—Amiga, que alegría saber de ti. ¿Cómo va el trabajo nuevo?

—Súper bien, afortunadamente. Feliz, más de lo que esperaba. Muy contenta. ¿Y tú? ¿Cómo vas con Renzo?

—Bien, felices. Ahora recién casi despertando; es que tuvimos un evento anoche. Llegamos demasiado tarde. Estuvo genial, mucho baile. —Solo decirme la palabra *evento* y ya me lo imaginé mientras bailaba con otra con esos movimientos que pueden llegar a matar a cualquiera.

—¡Qué tarde! —exclamé riendo—. Yo estuve con Nicoletta y ya voy camino a mi casa.

—Está muy bien que estés en contacto con ella, pero los fines de semana son para pasarlo bien, no para encerrarte a cuidar a la cría.

—Me lo pidieron y no podía decir que no. Tú sabes cuánto quiero a esta chiquita.

—Ayer lo pasamos genial con Bruno y Anaí. Había mucha gente. Van a toda prisa en la relación. ¡Ya es formal! Esa chica me encanta para él, están felices. Es muy amable, demasiado para mi gusto; le sirvió hasta la cena. —Me importaba muy poco todo eso, quería saber otra cosa.

—¿De qué amigo era? —la corté. Quería más información, pero debía irme por la tangente, ya que estaba con Renzo al lado.

—De Piero, uno de los miles de primos de Bruno. También estaba Luca, me extrañó que no estuvieses con él.

—Me invitó, pero ya estaba en casa de Nicoletta. ¿Fue solo? —Cuando pregunté, apreté la mandíbula de nervios y arrugué los ojos con una sensación extraña. Me comenzaba a delatar.

—Espera un segundo, Maca, voy a buscar algo para beber —dijo. Entendió que debía alejarse de Renzo para hablar. Esta Francesca siempre fue muy viva—. Ahora sí, vine a la cocina para hablar mejor y que no tengamos espías —dijo entre risas—. No, no estaba solo, fue con su ex. Estuvo hasta el final con nosotros. La chica se fue y él volvió solo. Llegamos súper tarde y seguimos aquí jugando póker.

En ese momento me alivié. Menos mal que acabara solo, feliz que no se fuese con otra chica, aunque en realidad no significaba nada concreto. Quería estar con él, pero los recuerdos de malas experiencias me asustaban.

—Gracias por contarme, Francesca.

—Me imagino que no estás contenta. Bailaron, pero no vi nada más allá.

—La verdad, creo que sí. Aunque no sé si debiese importarme, somos buenos amigos, no hay nada más. ¿Cómo es la chica? —No aguantaba la curiosidad.

—Es normal, pero no se fueron juntos ni nada. Él vino con nosotros a jugar póker; el juego fue un desastre, ya que estábamos todos bien borrachos, pero nos reímos mucho. Bailaron y la chica se fue, eso sí, estuvo llorando en la mesa. En ese momento les dimos privacidad. Bruno bailaba con Anaí y fuimos al lado de ellos. No me preguntes por qué lloraba, porque no lo sé. —Nos quedamos un momento en silencio—. Parece que te gusta Luca, ya que me has interrogado demasiado y solo lo haces cuando hay algo que de verdad te importa —dijo entre risas.

—No seas pesada, Francesca.

—No vi nada comprometedor. Reconoce que sientes algo por Luca; no me mientas, Macarena. Quieres que Luca le de alegría a tu cuerpo —canturreó y no pude dejar de soltar una carcajada.

—Bueno, un poco. No lo tengo muy claro, pero qué rabia que haya ido con ella. Puede que estén volviendo o tengan algo.

—Es que no quieres tenerlo claro, te pones límites tú sola.

Mi amiga tenía razón, me estaba limitando, tan asustada que no quería abrirme a sentir algo tan intenso por otra persona y menos ahora que había ido con la exnovia al evento.

Después de la noticia, comencé a sentirme extraña. No era rabia, eran celos con todas sus letras. Me había dicho que tenían buena relación, pero siempre que eso pasaba era porque una de las partes seguía enganchada a la otra o quizá tenían una especie de relación amorosa. Era altamente factible que fuese así. Además, entre nosotros no había pasado nada.

Sin pensarlo, cogí mi pequeño cuaderno blanco con puntitos negros y me puse a escribir.

Mi vida en Milán: da lo mismo la fecha.

—Todo iba demasiado bien para ser verdad. Era perfecto, pero claramente no podía ser eterno.

—Cuando pensé que todo iba viento en popa, mi velero se desestabilizó. Una inmensa ola me sacudió, me pilló de improviso, no puede tomar el timón. Perdí el control, sentí una sensación de terror, me estremeció, me punzó el corazón, me desgarró. La oscuridad llegó. Él era mi velero y nos perdimos los dos. Llegó la desconexión, no había tomado el peso de la relación. ¿He dicho relación? ¿Cuál debía ser mi carta de navegación para no hundirme?

En ese momento, dejé de escribir. Me sorprendió la pregunta que salió de mi pluma con absoluta fluidez. Me había enganchado más allá de lo necesario. La tormenta me había llevado a aclarar mis sentimientos, a mi interior, a entender, incluso a hablar de una relación.

SEGUNDA PARTE
COMIENZA EL BAILE

Cultivando amistades y sorpresas en el camino

MACARENA

Después de las veces que fui a casa de Renzo, Bruno y Paulo, no los había invitado nunca a conocer la mía y ya había pasado mucho tiempo, por lo que llegó el momento de invitarlos. Preparé una lasaña de verduras, picoteo, pastel de merengue, dulce de leche y fruta que mi abuela me enseñó a hacer. Me preparé para recibirlos como merecían.

A pesar de no tener apenas espacio para todos, estuvimos muy cómodos. Fueron Renzo con mi querida amiga Francesca, Paulo de milagro solo esta vez y Bruno con Anaí, quien me regaló tres pequeños cactus en unos maceteros turquesas, cosa que agradecí mucho.

—Gracias, Anaí —le dije contenta.

—No es nada, es de interior, no requieren mucho cuidado. Son bonitos, a mí me encantan.

—Pero cuidado, que, si te acercas mucho, te puede pichar —gritó Bruno con gracia.

—Puede ser un buen pinchazo —dijo Renzo—, de esos que gustan. —Todos estallaron en risas.

—O de esos que dejan huella y son dolorosos —continuó Francesca y entendí su mensaje con claridad. Se refería a Luca.

Compartimos una velada muy agradable. Mi amiga me ayudaba con el postre en la pequeña cocina. Estábamos solas.

—Te ha pinchado y hecho daño, ¿por eso no lo has invitado? ¿Habéis hablado?

—Hablamos el domingo por mensaje y estamos a martes, no he querido decirle que venga, debe estar ocupado. —Yo estaba claramente cabreada, pero hice mi máximo esfuerzo para que no se notara. Mi mente estaba inventando mil y una películas, incluso eróticas sobre Luca con la chica.

Justo en ese instante, Renzo entró a la cocina para llevar algunos platos. Nos escuchó, pero no dijo nada.

Se fueron pasada la medianoche. Al acostarme, miré mi móvil para poner la alarma del día siguiente, como hacía todos los días. Al desbloquearlo, vi que tenía un mensaje de Luca.

De: Luca Zambelli

Para: Macarena Del Pino

¿Cómo estás? ¿Cuándo nos vemos? Un beso grande.

No contesté, ya era demasiado tarde para hacerlo, mañana sería otro día.

En el trabajo estábamos con muchos temas, aunque eso me encantaba. ¡Era el mejor trabajo! En realidad, no es que fuese mejor, sino distinto. Al igual que el restaurante y Nicoletta, me permitía avanzar. A veces, cuando tocas fondo, comienzas a valorar mucho más las cosas y las oportunidades que se te presentan. En ese momento, esa era mi postura.

Trataba de concentrarme en mis actividades, pero no lograba hacerlo lo suficiente. No recibí más mensajes de Luca en toda la semana, seguro que estaría en una relación con su exnovia. No podía enfadarme, solo éramos amigos, nunca me dijo nada concreto y yo tampoco lo había hecho; es más, no quería abrirme a sentir, no me dejaba, me ponía un freno. En cambio, mi cabeza, *la demente* como yo la llamo, me engañaba y me atormentaba con varios pensamientos a la vez.

Algunas veces eran tan reales que me llegaba a asustar y pensaba que sufría algún tipo de desequilibrio, no tenía confianza. Herman me destrozó y me dejó con miedo. ¿Por qué no había sido más clara? ¿Qué tenía de malo si a los veintiséis años le dices a un chico que estás comenzando a sentir por él?

El viernes, nos juntamos a jugar al póker en la casa de los chicos, ya que el jueves no podían. Cada vez era más adicta al juego y había sido culpa de ellos. Aunque lo pasábamos muy bien, era un momento de relajo y distracción para todos.

Esa noche llegó Luca. Bebí más vino de lo normal, necesitaba relajar los hombros para no estar tan tensa frente a él y quizá necesitaba ahogar el nerviosismo. Mientras jugábamos, nuestras miradas se cruzaban. Era algo extraño, pero reconfortante. Sus ojos me clavaban hasta el fondo, su mirada penetrante quería decirme algo o yo quería que lo hiciese. Nos habíamos alejado tras la celebración a la que no le pude acompañar. Ambos tratábamos de disimular que todo estaba bien, pero no sé si mi actuación fue digna de un Oscar. No lo creo, nunca fui buena para las clases de Drama en el colegio.

Terminamos la jugada y me levanté para volver a casa. Francesca y Anaí se quedaron con los chicos, solo nos íbamos Luca y yo.

Bajamos en completo silencio, ese que quería decir mucho, pero que no era capaz de romperse por ninguno de los dos, hasta que, al fin, Luca lo rompió.

—No me has contestado al mensaje. Los chicos comentaron cómo estaban los cactus que te regalaron cuando fueron a cenar a tu casa.

—¿Estás enfadado? —pregunté con sorpresa irónica.

—¡Sí, lo estoy! ¿Me estás evitando? —preguntó serio, con la mirada dura, aunque igual de intensa que siempre, tan pegado a mi que me hizo estremecer.

—Luca, dos más dos... bueno, dos más uno en realidad, ¿no? Concretamente dos más una. No me gustan las relaciones en trío. ¿Estuvo bien ese revolcón con tu ex?

Ahí se dio cuenta por dónde iba el tema, y yo había sacado toda la furia que había almacenado por días, como un rayo que cae con toda la potencia en medio de una tormenta. Estaba montando una escena de niña caprichosa, pero no me importaba, deseaba sacar todo de mí y liberarme de esos pensamientos de una vez.

—¿Qué? Fui con ella porque tú no podías. Tenemos buena relación, te lo dije. Y sí, estoy enfadado, ¿por qué no me invitaste a tu casa?

—¿Para que fueras con Antonella? No, gracias. Te dije que no me gustan las relaciones de a tres.

En ese momento me tomó del brazo con algo de fuerza y decisión absoluta, acercándome tanto a él que podía sentir el calor que desprendía su cuerpo; me estremecí. Estaba con las mejillas hinchadas y rojas de rabia.

—No lo entiendes, ¿cierto? No entiendes nada.

—Sí, claro que lo entiendo. —Me comportaba como una chica diez años menor.

—Me pidió que la llevara. Es muy amiga de Piero, es más, es la mejor amiga, no podía faltar al evento y estaba con problemas.

Maca, en el mundo también existen relaciones que pueden terminar bien. —Ahora agarró mi otro brazo para quedar con ambos brazos en su poder—. ¿Cómo no entiendes eso?

Yo no lo lograba entender ya que nunca me había pasado. Ni siquiera imaginaba la leve posibilidad en la que uno pueda terminar amiga de un exnovio.

—Te lo explicaré: en la vida hay matices, aunque no lo creas, no siempre es *todo o nada*. Nosotros nos dimos cuenta de que nos llevamos mejor como amigos que como pareja. Ella estuvo más enganchada a mí que yo a ella. Me presioné por tratar de amarla y no lo logré. Siempre se lo dije y ella lo entendió.

»Unos meses después de terminar, comenzó a salir con un tipo que puso su mundo patas arriba. De hecho, iban a ir juntos al evento, pero tuvo un inconveniente y ella me llamó para preguntarme si iba solo, que así era; podíamos ir juntos ya que su novio no estaba en la ciudad. Este tipo de situaciones se dan en la vida real, no solo en las películas. Como mi padre, que antes de ser novio de mi madre, fue novio de su hermana durante unos meses.

Mientras me hablaba, sentí que no podía estar mintiendo. Se veía muy sincero, no despegaba su mirada de la mía, se metía en mi alma, lograba ese efecto que no había conocido antes; era satisfactorio.

—Es más, la novia de mi padre era la mamá de Bruno. O sea, si no hubiesen terminado, no estaríamos ni Bruno ni yo en esta vida. Qué aburrida sería sin nosotros, ¿no? —dijo entre risas. Mierda, la había cagado con todo. Había metido la pata hasta el fondo.

—¿Por qué lloraba ella? —lo solté. Me sentí aliviada y quería aclarar mis dudas, esas que me habían atormentado por casi una semana.

—Maca, nosotros quedamos siempre que podemos o al menos eso hacíamos hasta que no me invitaste a tu casa —dijo ignorando mi pregunta, centrándose en nosotros—. Nos estamos conociendo, ¡y me gustas! —Entrelazó sus dedos entre los míos, lo que hizo que mi cuerpo se erizara por completo. Su tacto hablaba a través de él.

—Perdona por no haberte invitado, pero pensé que interrumpía algo y no me pareció oportuno hacerlo —dije sincera.

—Tendrás que invitarme para que se me pase el enfado. ¿Me echaste de menos?

—¿Por qué lloraba? —No quería contestar a si lo había echado de menos y quería saber por qué razón había llorado la chica en la fiesta.

—Veo que los chismes corren más rápido de lo que uno imagina. Te lo contaré, pero tendrás que compensar por lo sucedido, me debes una cena. Vamos a mi casa, no creo que sea bueno que sigamos hablando en la calle.

—Mejor vamos a la mía —dije segura.

Asintió dejando escapar el aire contenido. Llegamos a mi casa en un trayecto que se me hizo eterno. Tenía el estómago encogido, tan nerviosa que no me permitió hablar nada en el camino.

Era demasiado tarde, el póker se había alargado y salimos de la casa de los chicos a las seis. Ya estaba amaneciendo y los pajaritos cantaban. Aún estaba algo afectada por todo el alcohol que nos habíamos tomado, no estaba acostumbrada beber tanto.

—¿Quieres un café? Yo necesito uno, he bebido más de la cuenta.

—Lo he notado. No hubiese dejado que te volvieses sola, aunque he tenido una semana de mierda y me quedé solo por ti.

—No tenías por qué hacerlo —le dije desde la cocina mientras preparaba la cafetera y algo improvisado; solo para llenar el estómago.

—Lo hice porque quiero, no por obligación. Te he echado de menos estos días, Maca. —No dije nada. Me pilló desprevenida y necesitaba el café para comenzar a ordenar las ideas con claridad y no volver a meter la pata.

Llevé las cosas a la sala, agradeció la taza con una sonrisa mientras rozaba sutilmente sus dedos con los míos en el cambio de mano. Me senté a su lado tomando un buen trago de café y sin saber que decir.

—Te lo explicaré, aunque aún estoy dolido por lo de la cena —dijo mientras ponía ojos de pena, así como el gato de *Shrek*; aturdida, no sabía a qué se refería—. Lo que pasa es que su novio y uno de mis mejores amigos, Andrew, está en Latinoamérica, ella fue a hacerse una revisión anual de rutina y detectaron un problema. Ella tuvo que recibir sola las noticias. El problema, en resumen, es que es estéril. Primero, no quiere decirle nada a su novio hasta asegurarse con otra prueba y eso fue en la tarde de la fiesta, por eso me llamó. Estaba destrozada y aún quedan más exámenes, pero es muy difícil que pueda tener hijos y lo peor es que ella ama a los niños. Es maestra en una escuela infantil. Me parte el alma porque siempre quiso ser madre, jamás imaginó que, por una revisión de rutina, recibiría una noticia así.

—¡Dios mío, qué triste noticia! Debe ser terrible escuchar algo así. Me moriría de pena si me pasara eso —confesé.

—Por eso estuve con ella, hasta que su hermana pasó por ella y no me quedé con los chicos. Me da mucha pena. Siempre quiso ser madre, de hecho, siempre fue muy abierta con ese tema. Era uno de sus sueños. Siento una gran desilusión por ellos, justo Andrew le había pedido matrimonio hace unos días y estaba con ilusión por comenzar ese camino, pero ahora será distinto. Seguirán juntos, se aman como pocas veces he visto, pero no será lo mismo.

—Perdona es lo que pensaba. ¡Me siento fatal! —exclamé sincera.

—No tenías por qué saberlo, cosas que pasan. Mi amigo destrozado por la noticia y por verla a ella tan mal. No es algo para andar contándolo a los cuatro vientos.

»Estuve con ellos, felices con los nuevos planes a futuro... imagino que será duro enterarse de todo cuando regrese. Te los presentaré algún día, te caerán muy bien, son ambos muy buenas personas. Tendrán que seguir un camino distinto supongo, pero juntos.

—Me siento la peor persona del mundo, Luca.

—Todavía estoy enfadado contigo por no invitarme a tu apartamento. Me debes una.

—Pensé que estabas con otra, pero ahora me doy cuenta de que no fue así. Es que no quería interrumpir.

—Somos amigos, tenemos confianza, me podrías haber preguntado, Maca.

Se fue cerca de las ocho de la mañana. Nos quedamos un buen rato hablando de la fuerte noticia que había sido para ellos, un balde agua fría y olvidamos que hoy debíamos ir a trabajar. Mis pensamientos se sumergieron en una mujer que no conocía, pero que no podía dejar de sentir empatía, de ponerme en su lugar. Sin duda, a mí también me costaría demasiado, aunque no me había planteado la idea de ser madre, pero saber que no puedes, debe ser muy fuerte.

Con Herman jamás lo hablamos y eso me quedó dando vueltas también. Aunque fuese algo para un futuro lejano, ni siquiera me había planteado la posibilidad de tener una familia juntos. Debí cuestionarme por qué estaba en esa relación que, desde hacía un tiempo, poco me estaba entregando. ¿Comodidad? Claramente no, no estaba contenta. Quizá le tenía miedo o tal vez mi amor propio no era suficiente, no me permitía analizar y tomar decisiones. ¿Por qué siempre que me iba, volvía? ¿Por qué aguanté tantas cosas?

No era el momento para comenzar a abrir un análisis de lo que había hecho o dejado de hacer, pero estaba segura de que algún día me pasaría la cuenta. Los seres humanos podemos tratar de tapar las cosas que nos duelen, que nos dañan, pero, al final, siempre llega la cuenta.

Respecto a sus palabras «somos amigos, me podrías haber preguntado», ¿qué pasaba en la cabeza de Luca? Estaba poniendo un límite entre los dos. *Amigos*, esa palabra que muchas veces no quieres escuchar, pone una distancia, una muralla alta y compleja de escalar entre ambos. Me apenó, no sabía si sería buena idea seguir con esa amistad; al menos, no, cuando estaba segura de que mis sentimientos eran otros. Ese chico me robaba los pensamientos y me penetraba con su mirada hasta hacerme temblar y erizar la piel.

Había dejado que se colase en mi corazón y que decir de sus palabras, me confundían. Por un lado, estaba el *somos amigos*; y por otro, *me gustas*. Así no había quien le entendiera; si le gustaba, ¿por qué no me acercó a él y me dio un beso? No lo sabía. Daba vuelta en mi cabeza una y otra vez.

Isabella me invitó al cumpleaños de Dante. Él ya me había comentado en la oficina muy por encima que ella me daría los detalles.

Francesca me llamó y aprovechó para avisarme que los cumpleaños de Dante eran un poco más formales, que ya había ido el año pasado y que por suerte no se había puesto jeans, ya que era una comida con servicio de restaurante. Pensaba que esta vez sería lo mismo, porque se celebraría en un establecimiento importante de la ciudad.

—Gracias por avisarme. Seguro que hubiese llegado con jeans.

—No, Maca, es que Dante es muy formal. ¿No te has dado cuenta? Si lo ves más que Isabella —dijo entre risas.

—Polos opuestos que se atraen. Y bueno, trabajo con él, pero jamás pensé que su cumpleaños sería casi de gala —comenté algo extrañada.

—Tampoco es para tanto. Qué exagerada eres. ¿Con quién irás al cumpleaños? Si es con baile, ¿quién le dará alegría a tu cuerpo?

—Iré sola —contesté con un dejo de inseguridad. Estaba sola, me ponía muros casi imposibles de derribar. Luca no era claro conmigo.

—No, ve con alguien. Seguro que es con baile como el año pasado. Si vas sola, te vas a aburrir. Díselo a Luca, no seas quedada. Ábrete a conocerlo más. ¿O ya se conocen bien? —preguntó riéndose.

—Nada de eso. ¿Y si invito a Paulo? Hace tiempo que no nos vemos, solo hablamos por mensaje.

—Mira, Maca, yo adoro a Paulo, es amigo mío, pero no lo recomiendo para una amiga ni muerta. Sé lo que digo, hazme caso. Díselo a Luca. Te conozco, te pusiste tú sola en evidencia cuando me preguntaste si estaba solo o acompañado en la celebración de Piero y luego te delataste más cuando quisiste saber con quién había bailado esa noche. No me engañas, te gusta.

Se suponía que debía escuchar los consejos de mi amiga; algo del pasado tendría que aprender. ¿Cuántas veces me llegué a pelear con Joyce por lo de Herman?

Llamé a Paulo y hablamos casi una hora. No nos faltaba tema para ponernos al día. Por la empresa, le tocaba viajar mucho a un proyecto que estaban haciendo en Nápoles y eso lo tenía súper contento porque se había ido varios fines de semana a Capri. Como el clima ya estaba sensacional, aprovechó de descansar. Cuando me comentó la última parte de la historia, me reí de él, con ganas y sabía por qué lo hacía.

Me confesó que iba con una chica que conoció, que lo pasaban muy bien juntos, pero que no era algo serio, como todas y cada una de sus historias. Siempre estaba en algo, por lo general, informal, aunque estaba segura de que algún día caería en las redes de alguna que le diese la vuelta a su mundo y cambiaría de idea, aunque él aseguraba que eso no era posible.

Le dije lo del cumpleaños, pero sus planes eran en Capri. Yo misma me restringía para no hacer lo que de verdad quería: ir con Luca. La conexión entre la cabeza y los sentimientos puede llegar a ser una mierda, una bomba atómica.

Luca y yo quedamos para tomar un café al salir de la oficina, y mientras nos contábamos cómo había ido la semana y en especial el día, le dije lo del cumpleaños de mi jefe, y novio de una de mis mejores amigas. Le pregunté si quería acompañarme.

—Bella rola, te acompaño donde sea. Por fin voy a conocer a tu amiga Isabella de quien tanto me has hablado.

—Te espero entonces a las siete en mi casa, ¿te parece? Y de ahí nos vamos al restaurante. No es lejos de casa.

—Perfecto, ahí estaré —respondió con esa sonrisa que despertaba todo dentro de mí.

—¿Por qué me dices bella rola y no rola bella que suena mejor? —pregunté en plena coquetería con él.

—Porque el orden de los factores no altera el producto. Pero para ser honesto, me gusta primero en italiano. No me hagas cambiar, hay prioridades. En el fondo es lo mismo, eres la una *bellísima* rola.

Estoy segura de que las chicas que atendían el café nos tenían al menos una parte de la película sacada. Se reían al vernos; cuando llegué, me dijeron: «Espera a Don Luca, ¿cierto? ¿Le pido su cappuccino también?».

¿Nuevos horizontes?

Macarena

El sábado salí de compras. Me daba rabia haber tenido que dejar ropa tan bonita en Holanda cuando salí corriendo; al final, también compré algunas cosas para la oficina, las necesitaba.

Salí por la mañana sabiendo que era la ciudad de la moda, por lo que siempre era una aventura. Era maravillosa, todas sus calles únicas, las personas vestidas como modelos y tiendas preciosas; la única ciudad que podría igualarle sería París, pero estaba segura de que Milán vencería.

Claro está que no me fui a meter al Quadrilatero della Moda o Quad d'Oro, un área de compras lujosa situada en el distrito Centro Storico. Allí todo era una maravilla, los escaparates te cautivaban, pero los precios mataban y te devolvían a la Tierra en unos segundos. Miré y saqué ideas de combinaciones de accesorios junto a mi *frapuccino* para el calor.

Fui cerca de casa y me compré un vestido verde petróleo corto, con unas sandalias muy bonitas en tonos *nude;* es que ese tono estiliza la pierna y con esto aprovecharía para sumarme unos centímetros de porte.

Aproveché para pasar por una pequeña peluquería del barrio y me corté el pelo cuatro dedos bajo los hombros, el cambio me vino bien. Me sentía bastante cómoda y ya estaba cansada de siempre andar con la coleta. Por otra parte, para tener el cabello largo, hay que estar cuidándoselo constantemente, así que esta fue una buena decisión que no tenía planeada, pero se dio y quedé contenta.

Al terminar las compras, pasé por la Feria Sinigaglia, muy cerca de casa, ya que se extiende desde Darsena hasta el Naviglio, mi barrio, el que cada vez me gustaba más. Este tipo de mercado era para la venta de cosas usadas y recicladas; celebrado desde hace más de 300 años. Caminé un buen rato mientras observaba en detalle los puestos. Siempre me había causado curiosidad todo lo antiguo.

La feria cobraba vida con los colores de las filas de puestos que parecían vender cosas al azar. Incluso después de tantos años, esta feria atemporal conservaba un encanto particular que viajaba entre lo antiguo y lo excéntrico. Estaba encantada rodeada de pequeños *stands* de toldos blancos y gente disfrutando de la caminata que bordeaba los canales, junto al agradable clima que nos acompañaba.

Fue un día importante, ya que compré el primer adorno para mi apartamento. Todo lo que tenía lo había heredado de Isabella, pero necesitaba un sello personal, que me identificara. Sin pensarlo, llegué a una figura de ajedrez de unos treinta centímetros de alto, de madera, en color blanco marfil y un poco desgastada. La agarré, miré y comprendí la razón por la que me había llamado la atención.

Compré ese peón que no tenía tanta importancia en el juego como las otras piezas. Él jamás retrocede, siempre avanza a su posición y, además, si logra llegar al final, de inmediato se convierte en alguna pieza del mismo color y mayor valor: un caballo, un alfil, una torre o una dama. Me marcó mucho la elección, ya que, si giraba hacia atrás, lo haría solo para ver cuánto había avanzado, no para retroceder. Mi primer adorno para mi apartamento, y con una gran historia, *la mía*.

Llegué feliz con algo de ropa, corte de pelo nuevo y mi peón comprado por impulso. Dejé mi nueva figura sobre un libro de decoración en la mesa de centro, y al hacer un análisis, supe que era el reflejo físico de mis avances en Milán, de esa Macarena que había llegado, tan diferente a la que era en esos momentos.

Luca llegó puntual, abrí y me besó la mejilla con ganas, sin antes dejar de decirme: «Bella rola, te has cortado el pelo, estás aún más bella», pronunciando la palabra *bella* en el más puro italiano, ese que mata. Le agradecí entre risas nerviosas y nos fuimos. Solo al verlo y sentir su perfume cítrico y su estilo no tan formal, me dejó impresionada. Estaba guapísimo.

Llegamos al restaurante y, para mi sorpresa, el local estaba cerrado solo para el evento. En ese mismo instante agradecí a Francesca que me hubiese advertido de la vestimenta. Le había comprado a Dante una camisa y Luca llevaba un vino de su parte. Saludamos a Isabella, que se veía radiante con un vestido rojo y su pelo en un semirrecogido. Luego, nos fuimos a la mesa y ahí ya estaban Fran y Renzo. Comenzamos rápidamente a conversar y a ponernos al día. De hecho, Luca y Renzo se pusieron a hablar de economía y política mientras yo con Fran hablábamos sobre temas más banales y relajados.

El lugar era muy bonito, un restaurante rústico, muy especial, el suelo era de baldosas pequeñas con forma en colores blancos y turquesa claro, una barra completa de madera clara y las paredes de un metro hacia abajo de la misma madera de la barra. Por encima de ellas, un papel con hojas en tonos verdes con algunos pilares delgados de madera sobre ellos formando una especie de cuadros de tamaños irregulares.

El techo estaba iluminado con lámparas de mimbre, no muy pequeñas, donde además colgaban algunas plantas simulando enredaderas, cosa que daba un toque muy acogedor. Las mesas y sillas eran del mismo de tono de madera que el resto del local. Tenía unos hermosos centros de mesa, con tres frascos de distintos tamaños que tenían velas en su interior.

—Fran, menos mal que me avisaste, si no, te juro que hubiese llegado con jeans y una coleta.

—Sabía que sería así. El año pasado fue igual y mira, no me equivoqué, es con baile —dijo sonriente señalando en una dirección.

Se veía una pista en medio del local, iluminada por luces que se movían al ritmo de la música.

Pía y su marido se sentaron en nuestra mesa. La conversación comenzó a tomar forma sin problema alguno. La velada estuvo muy agradable, con una cena exquisita y variedades de pastas deliciosas. Hacía años que no comía tanta variedad y tan exquisita a su vez.

Tras la cena y tomar el mejor vino, empezó la música. Éramos unas sesenta personas, lo suficiente para que la pista de baile se llenase en cosa de segundos.

Bailé mucho con Luca, se notaba que vivió en Colombia, al moverse al ritmo de la música, feliz. Esa vez, yo estaba mucho más relajada, ya no bailaba con ese chico desconocido, sino con alguien a quien ya conocía bien. Aun así, quería seguir y seguir conociéndolo. Me gustaba demasiado. Me encantaba, estaba como una adolescente perdida de amor.

Cada vez me acercaba más y él me abrazaba haciendo que me sintiese más cómoda. Me dejé llevar, y no es por ser creída, pero yo bailaba muy bien, aunque el mayor trabajo siempre era del hombre. Son ellos los que marcan los pasos y quienes manejan la situación. Este chico era un auténtico colombiano en la pista de baile.

Me encantaba bailar. En ese momento, me di cuenta de lo que había perdido, ya que a Herman no le gustaba; era tieso y aburrido, nunca hizo ni el más mínimo esfuerzo por acompañarme a hacer algo que a mi tanto me gustaba.

Nos quedamos hasta el final del evento, el cual estuvo fantástico. Tras unas cuantas copas de más, al despedirme de Isabella, me emocioné. Mientras le daba las gracias por la espectacular invitación, le agradecí por todo lo que había hecho por mí.

No pude dejar de llorar. Se me vinieron todos esos momentos a la mente en solo un segundo, junto a la imagen del peón que ese día había comprado. Mi amiga me había recogido, me había levantado, me dejó su apartamento, me ofreció sus muebles, me encontró un trabajo para comenzar, luego buscarme un lugar en la empresa de su novio. Era una amiga de verdad. Nos fundimos en un abrazo y ella también se emocionó, nos despedimos entre lágrimas.

Nos subimos en el taxi que Luca había pedido desde su móvil. Nos sentamos detrás y me abrazó, mientras con una mano me secaba las lágrimas que aún me caían.

—¿Qué ha pasado? ¿Por qué lloras? No me gusta verte tan triste —exclamó con sinceridad y una notoria preocupación.

—Es que me he emocionado —le dije con sinceridad y transparencia en la mirada.

—Sí, lo he notado. ¿Por qué, bella *rolita*?

—Es que Isabella se ha portado tan bien conmigo... ha sido una gran amiga, en especial, desde que puse un pie en Milán. En realidad, desde que subí con esa indecisión al tren. Cuando me despedía, no pude evitar emocionarme. ¡Qué tonta soy! —dije con honestidad y colmada de emoción.

—Ven aquí. —Me abrazó más fuerte aún. Me miraba de forma intensa, solo como él sabía hacer; esa mirada que hace que te den ganas de abalanzarte encima de él para comértelo a besos.

—Me ha ayudado en todo, Luca. Se ha portado genial conmigo. Me dejó quedarme en su apartamento e incluso me consiguió trabajo. ¿Cómo no la voy a querer? —dije con voz baja.

—Me encanta que seas así de agradecida. Eso solo te hace ser mejor persona, se nota lo especial que eres, Maca.

Nos bajamos del taxi al llegar a destino, subimos a mi apartamento, —yo seguía afectada, ya que el trayecto no había sido nada largo—. Saqué las llaves y, mientras las introducía en la cerradura, Luca se me acercó por detrás, puso su cabeza en mi hombro, me quitó las llaves abriendo sin despegarse.

Ya me había dejado bastante inquieta cuando me abrazaba en el baile, en especial cuando agarraba mi cintura con fuerza y cariño a la vez, pero ese instante fue superior a eso. Sentí que me quemaba, su olor y su roce en mi hombro, que estaba descubierto por el vestido de finas tiras. Era fuego, de ese que te pide más.

Al abrir, entré y él se quedó en el marco de la puerta, parado, y luego habló.

—Quieres que entre, ¿cierto? —preguntó junto a una sonrisa pícara y sexy.

—¿Quieres tú? —Contraataqué.

—Sí, claro que quiero. Por mí, pasaría la noche aquí.

Me descolocó, no me esperaba ese comentario, pero me gustó. Sí, me encantó. Si hubiese podido grabarla, la hubiese escuchado una y mil veces. Con su frase aún en mi cabeza, me quité los zapatos y fui a sacar hielo y un vaso ancho.

—*Whisky*, ¿cierto? —le ofrecí.

—Ya nos conocemos bastante bien, Maca. Perfecto. Y tú, *Baileys irish cream*, ¿correcto?

—Al parecer, hemos aprendido bien las lecciones y ¡hasta en inglés! —exclamé entre risas.

Le preparé su *whisky* con hielo y yo me hice un *Baileys* para mí. Estaba con un cosquilleo en todo el cuerpo, debo reconocerlo. Quería abrazarlo o tirarme encima de él.

—Gracias. ¡Salud! Por las buenas amigas, Maca e Isabella —dijo mientras me miraba a los ojos. Puse algo de música, no quería que el silencio entre ambos me llegase a incomodar. Definitivamente, estaba más nerviosa de lo que debería. ¿Qué me pasaba?

—¡Salud! —dije clavando mi miraba en la suya.

—¡Carlos Vives! Muy bien, Maca. Tienes buen gusto. Espero que tu gusto sea también así de bueno para otras cosas.

Me senté a su lado en el sofá, manteniendo cierta distancia, aunque quería estar cada vez más cerca de él, más cerca de lo que habíamos estado en el taxi. En ese momento, Luca me abrazó y comenzó a acariciar mi hombro al descubierto. Sentí tranquilidad acompañada de ese cosquilleo hormonal que te puede llegar a recorrer por completo. Sentía desde la punta de mis pies hasta mi pelo. Hacía muchísimo tiempo que no me sentía así. Hablábamos, bebíamos y escuchaba la música en la lejanía.

—Siempre que vengas por aquí, encontrarás algo de Colombia —dije risueña y medio nerviosa.

—Me he dado cuenta. La otra vez que te vine a buscar, escuchabas Shakira. Qué bien saber que encontraré algo de Colombia en esta casa. Aunque no lo digo ni por las arepas, aunque me encantan, ni por la música y mucho menos por el guaro —dijo como si a través de su mirada me dijese algo. ¿Me lo estaba diciendo? Era obvio, textual, le pasaba lo mismo que a mí, nos estábamos enganchando más de lo que imaginaba.

—¿Qué quieres decir?

—A buen entendedor, pocas palabras bastan —me dijo mientras me acariciaba, ahora en el cuello.

El movimiento seductor de sus dedos me estremecía de pies a cabeza, torturándome lentamente... y no quería que parara, quería que aumentara a algo superior.

—Me gustan las palabras y no soy muy buena entendiéndolas —le dije con una sonrisa nerviosa.

En ese momento, tomó mi cara con sus manos. Me miró a los ojos unos segundos que parecieron eternos, me parecieron horas. Quería que me besara, lo deseaba, lo necesitaba, y tras la espera, puso sus labios sobre los míos.

Me dejé llevar, era lo que quería. Su boca me atrapó, así como él me había comenzado a atrapar en todo este tiempo que habíamos compartido. Tal y como besaba, podía comprobar que aún no había conocido la mejor parte. El beso fue con tranquilidad, lentitud y sentí una sensación de completa magnitud cuando su lengua cálida hizo contacto con la mía. Sin darme cuenta, lo abrazaba y acariciaba su cuello y su pelo en movimientos lentos, pero placenteros. En un momento, me sentó en sus piernas, de lado y me miró profundamente.

—Me imagino que te ha quedado claro —me dijo riéndose tras morder mi labio.

—Sí, un poco más claro.

—¿Solo un poco?

—Sí —aseguré mientras no dejaba de mirarle. Quería meterme en sus ojos y quedarme ahí, tal como hicieron los suyos conmigo. Reí, aunque era una risa muy nerviosa por más que tratara de disimularla.

—Necesitas más, por lo que veo. —Estaba encantado con el juego que llevábamos.

—Sí, un poco más de claridad me vendría bien.

Después del intercambio de palabras, me besó, pero fue un beso diferente, opuesto al primero. Mucho más poderoso y no solo por su parte. Me comió, literalmente, con una energía que nunca había sentido, con esos besos que solo Luca podía dar y que comenzaba a conocer y amar a la vez. Sentía que el peón me miraba risueño porque había llegado al final del tablero, victorioso.

Tras besarnos durante un buen rato, me habló.

—¿Hay alguna duda? —dijo con una mezcla entre ternura y necesidad. Sentir su cercanía me permitía ver las estrellas brillar en el cielo.

—¡No hay dudas! —exclamé risueña, en llamas. Quería todo, todo. Absolutamente todo.

En ese momento, estábamos tumbados en el sofá; era cómodo, pero apenas cabíamos. Estaba tan a gusto cerca de su cuerpo, que no tenía intención alguna de moverme. Es más, me hubiese quedado ahí para siempre.

Hacía demasiado que no sentía esa tranquilidad, tanto así que me coordinaba con la respiración de Luca: a veces tranquila y otras más acelerada por los intensos besos que nos dábamos mientras hablábamos y nos tocábamos.

—Me gustas mucho. Ese vestido te queda espectacular, pero... ¡solo quiero quitártelo! —Soltó de una vez.

Yo ya estaba segura, convencida al cien por ciento de quererlo. No sentía ni un milímetro de duda. Quería poder estar con él, de sentirlo, acariciarlo, fotografiar mentalmente cada detalle, como si fuese el fin del mundo y no nos quedara tiempo. Quería que volara de mi delgado cuerpo todo lo que llevaba puesto y, finalmente, sentir su piel junto a la mía.

No dije nada, estaba en blanco, solo concentrada en el contacto físico que teníamos, en las miradas, caricias y en su olor. Me abalancé sobre él, no había duda, necesitaba que el vestido no me siguiera poniendo complicaciones de por medio, era un estorbo.

En ese momento Luca me besó mientras se levantaba del sofá, sin despegarse. Estábamos pegados y no nos queríamos distanciar; se sentía en el ambiente, lo sentía en mi alma, en mi corazón. Se paró sin dejar de meter su mano en mi cabello, mientras la otra me tomaba para sacarme de ahí.

Sentir su suave lengua en conexión con la mía, era mágico, de cuento, como si estuviese leyendo un libro romántico donde los personajes por fin se encontraban. Bajó el cierre del vestido, lo hizo muy despacio, y sentí sus suaves yemas mientras rozaba mi espalda. Me producía un espasmo. El vestido cayó al suelo. En ese momento, paró el beso y me observó. Solo dijo cuatro palabras: «Eres más que bella».

Siguió comiéndome a besos intensos y fogosos de esos que llegan directo al alma, que te hacen sentir que no son suficientes y que a la vez son tan placenteros y excitantes que te gustaría dejar ese momento congelado para siempre, que no parara nunca. También lo hacía con desesperación, como si mi cuerpo lo reclamase con exigencia. Tenía que ser mío, solo mío. Le quité la camisa, desabrochando uno a uno los botones. Vi y exploré por primera vez ese torso desnudo que más de una vez me había imaginado y comprobé que me había quedado corta. La realidad ganó a la ficción.

El roce de mis manos en él era una sensación de levitación, de éxtasis. Comencé a besar su pecho, descubrir cada una de sus marcas. Quería almacenar en mi mente ese momento hasta la eternidad y llevármelo conmigo cuando muriera. No quería olvidarlo jamás. Llevarlo conmigo al cielo o donde me tocase ir después de esta vida.

Con una habilidad de impacto, me desabrochó el sujetador de encaje verde musgo del mismo tono del vestido. Se notaba la habilidad que tenía, me hizo pensar que seguro tenía mucha experiencia y solo esperaba poder estar a la altura de impactarlo como él lo hacía conmigo.

Él comenzó a conocerme, a tratar de guardar en su mente cada una de las marcas de mi piel desnuda. Mientras me tocaba con cariño y curiosidad, metió una mano por mi braguita y siguió conociéndome, hasta que hundió un dedo en mi interior y gemí de placer, mientras, besaba cada rincón de mi cuerpo, mis pechos, hombros, cuello, hasta llegar a mi boca.

En ese momento, me tomó en brazos y yo crucé mis piernas en sus caderas, sin pensarlo, sin dudar, sin vergüenza, como si hubiese sido un acto reflejo y con una seguridad que me impresionó. Me llevó a mi habitación, me tendió en la cama, con delicadeza y cierta ansiedad por comenzar lo que los dos habíamos esperado, se desabrochó los pantalones y se deshizo de ellos con ayuda de sus piernas, mientras me seguía acariciando. Yo estaba pegada a su cuello, no quería soltarlo y con cierta sensación de desesperación, lo besaba una y otra vez.

Se puso sobre mí y comenzó a moverse con lo que le quedaba de ropa, esa que solo sobraba en la escena. Me guiaba demasiado bien, así como lo hacía en el baile. De esa manera, con movimientos certeros, seguros y naturales a la vez. Una combinación digna de una medalla de oro.

A pesar de no haber llegado a la mejor parte, habría dejado congelado ese momento por un buen rato, por un par de semanas o meses.

Luego, sacó un preservativo de su billetera —del bolsillo de su pantalón— y se lo puso mientras caían sus bóxeres al suelo. Y se deshizo con delicadeza de mis braguitas de encaje. Mientras, me miraba a los ojos, me hacía sentir como nunca lo habían hecho.

Al sentirlo dentro de mi cuerpo y de mi alma, ahogué un suspiro intenso y profundo. Fue un placer enloquecedor que no imaginaba que existía y que me comenzaba a hacer perder la cabeza, a olvidarme del tiempo, del lugar, del día... Solo estaba ahí, con él. Podría haberse inundado la tierra y no me hubiese dado cuenta.

Hizo que viese las estrellas, una y todas a la vez, con movimientos concordantes y más aún, confortantes; más que gratos, deliciosos, demasiado perfectos para ser real. Mientras me besaba, yo le devolvía cada beso y cada movimiento con más y más ganas de hacerlo sentir tan bien, tan en trance como él me hacía sentir a mí. Estuvimos así un rato —no sé cuánto—. Fue asombroso y me aseguré a mí misma que quería repetir, confirmando la química inexplicable que había imaginado al leer novelas. Terminamos juntos como si nos hubiésemos conocido desde antes.

Estuvimos acostados en mi cama mientras nos acariciábamos, en silencio. No había necesidad alguna de hablar, estaba todo dicho con lo que habíamos hecho esa noche. Nunca lo olvidaría, se había marcado como un tatuaje en mi piel. Esa fue la primera vez que pensé en tatuarme algo que siempre me llevase a Luca, aunque era una decisión demasiado tonta. ¿Qué pasaría si nos separábamos? De todas formas, ese momento me había marcado más que la tinta negra que me podría poner en forma definitiva y aunque en el futuro no estuviésemos juntos, me podría transportar a ese momento exacto.

Dicen que eso puede ocurrir, ¿les ha pasado? Entendí que, si me tatuaba o no, no tendría demasiada importancia, el futuro era un completo misterio, la vida era misteriosa. Me había tatuado emocionalmente.

—Bella rola, no sabes las ganas que tenía de comerte a besos y de llegar a esto. Tuve que aguantar el deseo de besarte en varias ocasiones; cuando te acompañé y fuimos a bailar, ahí estuve a punto, pero no te sentí preparada para hacerlo, no quería presionarte. —En ese momento, me volvió a besar. Este chico sabía cómo tratarme, con un simple y delicado beso o con el más apasionado de todos. Producía la misma reacción en mí que ver una estrella fugaz, algo que es mágico.

—Yo también quise besarte varias veces, pero no estaba segura si estuviera bien en esos momentos. Me alegra haber esperado hasta hoy —dije mirándolo coqueta. Es más, lo esperaba hace tiempo.

—Tenía que ser el momento. No hubiese aguantado más.

—Bello Luca, me hiciste sentir todo. Has hecho un buen trabajo —dije risueña, aún impactada por la conexión, como si nos hubiésemos conocido de otra vida, de otra dimensión. ¡Qué locuras pasaban por mi cabecita!

—Y tú. No sabes lo que has hecho, me has dejado loco. Además, fuiste difícil de conquistar. A veces estaba seguro de que sí, pero después me rechazabas un café —dijo sincero.

—¿Así hice, *loquito*?

—Así, *rolita*.

—Una vez me dijiste que éramos amigos. Ahí pensé que estaba equivocada de lo que intuía que nos pasaba —confesé.

—Cuando te acompañé después del póker, luego que no me contestases a los mensajes y no me habías invitado a comer a tu casa.

—Sí, justo ese día —confirmé mirándolo fijamente.

—No era el momento, aunque moría de ganas de sentirte más cerca. Algo así como sentirte mía, pero tuve que echar el freno más de una vez —dijo sincero.

Nos quedamos dormidos un rato, abrazados bajo las sábanas de mi cama. Su olor cítrico me tranquilizaba y me llevó a conciliar el sueño en sus brazos, con este amor que empezaba a meterse en mis entrañas.

Al día siguiente, cuando desperté, la casa olía a café. Aún estaba medio dormida.

Me levanté, me puse pijama, me arreglé un poco y fui a la cocina. Ahí estaba Luca haciendo unos huevos y pan tostado. Lo miré un rato desde el pasillo, lo veía en bóxer mientras se movía por la pequeña cocina con una destreza sorprendente, como si fuese su casa. Demostraba absoluta comodidad y me alegré de verlo como en su casa. Tenía la mesa puesta.

Me acerqué silenciosa y lo abracé por la espalda. Me besó, cariñoso.

—Eres buena para dormir, mi bella *rolita*.

—Sí, siempre he sido una dormilona. Además, ayer nos quedamos dormidos muy tarde. No sé ni qué hora era, pero era tardísimo.

—¿Te importaba qué hora fuese? —preguntó sonriente.

—¿A ti te importó? —repliqué en forma de contragolpe.

—No me contestes con una pregunta —dijo mordiéndome el labio—, quiero escucharte, *rolita*.

—Entonces no me hagas preguntas de las que conoces la respuesta —exclamé llena de risa.

—*Rolita* amaneció con mucha intensidad, parece. Espero esa fuerza sirva para otras cosas también —dijo entre risas. Tan jodidamente coqueto.

—Veo que te has manejado a la perfección en mi cocina.

—Claro que sí, pero qué pena que no he encontrado arepas. —Puso una cara triste.

—La próxima vez tendré. —Al exclamar estas palabras, pensé en que quizá no habría otra vez. Solo nos habíamos dejado llevar, lo que para mí había estado estupendo, pero ahora, solo pensar en que podría tener un pronto final, hizo que un frío recorriera mi espalda.

—Lo tendré en cuenta, bella rola, espero que así sea —dijo mientras me volvió a besar. Me alivió su respuesta—. ¿Qué tal el desayuno?

—Solo falta el zumo de naranjas —dije sonriente y empecé a exprimir unas naranjas.

Desayunamos tranquilos, con música de fondo. Recuerdo que, al llegar a la cocina sonaba *What lovers do*, de Marron 5. Esperaba que lo de anoche no fuese un error. Seguía asustada.

—Gracias por el desayuno, está todo buenísimo. Estos huevos pericos te han quedado mejor que los que prepara mi madre —exclamé impactada.

—Aprendí que los huevos pericos son uno de los platos de desayuno más populares de Colombia, pero insisto en que faltaron las arepas. Pensé que podría encontrar congeladas incluso, pero he revisado todo y no; no es lo mismo con pan.

—No lo es, pero hace demasiado tiempo que no desayunaba estos huevos revueltos con tomate y cebolla. Gracias, Luca —dije con ojos de amor.

—No es nada. Me alegro de que te hayan gustado. —Nos quedamos un momento en silencio terminando de comer, hasta que habló—. Necesito que hablemos. —Estaba serio.

Ahora venía el arrepentimiento o las relaciones sin exclusividad. Sabía que el momento podía llegar.

Esta conversación debió haber sido antes. La había cagado con todo, ya no había vuelta atrás... nunca aprendería. Me abrumó una sensación de incomodidad, de ansiedad y de pena. La sentí en la boca de mi estómago; que sensación más desagradable.

—Quiero que me cuentes la razón de tu llegada a Milán. Siempre me has dicho que amabas Italia desde que viviste aquí, pero se nota que hay otra razón. Tengo la impresión de que hay algo más y ayer lo comprobé por la emoción que sentiste con tu amiga Isabella —dijo sincero.

—No quiero hablar de eso —dije con voz baja mientras acariciaba su mejilla, su barba incipiente y *sexy*.

—Maca, estamos comenzando una relación. Eres muy importante para mí. Es necesario ser sinceros desde el primer día. —Mostraba preocupación y cariño, pero no estaba segura de qué quería en realidad. *Relación* tiene varios significados: amigos con ventajas, relaciones sin compromiso...

—Es complicado —dije sin saber cómo comenzar a explicar lo sucedido en Holanda.

—Necesito saberlo, esto es algo importante. Te lo pido porque necesito que confíes en mí. No te juzgaré, solo quiero saberlo. Tampoco cambiará lo que siento, porque ¡joder! ¡Siento demasiado por ti! —Mi corazón se tranquilizó, quería rebobinar lo que había escuchado como si hubiese sido una antigua película en VHS. Sus palabras me animaron a hablar, me dieron el impulso de soltarlo todo.

—Tienes razón. Mejor comenzar bien lo que sea que vayamos a empezar juntos. Porque esto es... —dije con voz baja e insegura, sin poder terminar lo que de quería decir.

Aún no estaba tan segura de lo que teníamos, deseaba escuchar una palabra concreta, esa que me daría seguridad y que cada vez se usaba menos en el mundo.

En mi cabeza deambulaban las diversas relaciones y sus significados. En ese instante, me acordé de lo que escribí unas semanas antes en mi pequeño cuaderno. Deseaba tener una relación con él. ¿Él querría exactamente lo mismo que yo?

—Quiero que sea formal, no un buen polvo y listo, pero, aunque ayer estuvo increíble, necesitamos hablar, que no queden dudas o al menos yo no tenerlas. Tenemos que confiar uno en el otro.

»Vamos, dime por qué llegaste a Milán. Estoy seguro de que no fue planificado, nadie cambia un buen trabajo para llegar a otro a impartir clases de inglés a una niña y administrar un pequeño restaurante. Tiene que existir una razón de peso. La hay, ¿cierto?

No sacaba su mirada penetrante de mí, en busca de la verdad. No quería hablar de ello, ya estaba superado, no quería volver a ese capítulo oscuro más bien deseaba saltarme de mi propia historia. Pero no me dejó otra opción.

—Sí, Luca, la hay. Antes de contártelo, quiero que sepas que estoy feliz de estar aquí, contigo, de haberte conocido —dije entre besos. Luego, comencé a explicar, no sin antes tomar una buena bocanada de aire—. Fui novia de Herman, un chico algo mayor que yo. Estuvimos juntos un par de años. Todo comenzó cuando estábamos en la universidad y ya en el último año me fui a vivir con él. En un principio, teníamos una relación bastante buena, pero en los últimos meses, tenía dudas de que me podía estar siendo infiel. —En ese momento, me besó y me apoyó en su pecho mientras acariciaba mi pelo.

—¿Qué pasó?

—Tuve un par de señales que no fui capaz de entender a tiempo o no quise verlas para ser más específica, ya que eran claras para todo el mundo menos para mí. El día que vine a Milán, por la mañana, fui a la oficina como un día normal. Estaba tranquila mientras me dirigía por las lindas calles de Ámsterdam —a pesar del frío que hacía—, cuando me di cuenta de que se me había olvidado un informe importante. Al llegar a mi casa para buscarlo, oí unos gemidos de placer que venían de mi habitación —expliqué en voz baja y con cara de asco—. Cuando me acerqué, vi todo. Estaba acostándose con una compañera de trabajo. Los vi. Y el resto es historia. Lo que más me duele es darme cuenta de lo estúpida que fui. Es algo que no le deseo a nadie. Siempre he pensado que, si uno quiere estar con otra persona, debe ser honesta y terminar la relación.

—Vamos, Maca, no permitiré que te trates así. Menudo imbécil —exclamó con ganas—. Ven, Maca, eso ya es pasado. Ahora estás conmigo, será otra historia. La escribiremos juntos.

—Ahí tomé la decisión de irme. Fui a la oficina, hablé con mi jefa, le conté lo que había pasado a grandes rasgos, fui al apartamento, hice mis maletas y me vine a Milán a casa de Isabella. No tenía nada planificado, ni nada en mente. Tomé un tren, hice más de un trasbordo durante la noche y llegué. Por eso trabajé con las clases y en el restaurante. Ahora estoy con este empleo que me encanta; me siento contenta con mis pequeños avances y desafíos —dije nostálgica, con la mente en mi peón.

—¿Te ha buscado ese infeliz?

—Me llamó mucho y me mandó muchos mensajes, pero lo bloqueé a unos pocos días de llegar, no sin antes decirle que lo había visto. No quiero saber nada de él. Además, hace meses que cambié el número de teléfono. Sus *e-mails* van a la carpeta de *spam* y no los leo nunca. No me gusta mirar hacia atrás. —Mientras hablaba con seguridad, el peón miraba en mi dirección, esta vez como si me aprobase lo que estaba haciendo, lo que salía de mi boca sin planificarlo.

—¿Podría averiguar dónde estás? —preguntó algo inquieto.

—Mis amigas no dirán nada, ninguna lo quería. Ha llamado a mi madre un par de veces, pero ella nunca lo quiso, entonces tampoco le contará. Estoy tranquila. No me interesa qué es de su vida. Ya abusó mucho de mí.

—¿Abusó? —Esa palabra llegó a tumbar mis oídos.

—Tenía muchos celos y no me dejaba hacer nada. A veces era agresivo en su forma de hablarme, se salía de sus casillas. La relación estaba desgastada. —Tomé aire para continuar—. Todo comenzó a complicarse con los excesos de alcohol y droga. Encontré cocaína entre sus cosas. Prometió en varias ocasiones que lo dejaría, pero no cumplió. Siempre tuve la esperanza de que lo haría, sobre todo cuando comenzó a ir a un centro de apoyo, pero por desgracia, solo duró un tiempo y volvió a caer. Recuerdo haberle suplicado entre llantos e incluso haberle rogado que se tratara.

»Ahí fue cuando me empecé a consumir de la pena y fui perdiendo peso como si reflejaran la angustia que sentía. Me prometió de nuevo que lo solucionaría y le creí. Incluso iba a terapia, pero no aguanté más. Se perdía en la vida y comenzó a cometer irresponsabilidades en el trabajo, con la excusa de que estaba enfermo. Fue una pesadilla. Le advertí que, si no se trataba, llamaría a sus padres. Cuando estaba en el centro de rehabilitación, se suponía que estaba mejor, aunque eso nunca lo sabré con seguridad. Solo era consciente de que encontré hasta el último gramo de cocaína que había en el apartamento.

—Si lo llego a ver, lo reviento. Te prometo...

—No lo verás, es parte del pasado —lo interrumpí tomándole del rostro.

—Mírate cómo has avanzado.

—Sí, es verdad. Resulta increíble ver las decisiones que he ido tomando —medité en voz alta—. Somos seres temporales, vivimos del tiempo. No sólo influye en el presente, lo vivido en el pasado, si no también nuestro futuro.

—Así es, bella *rolita*. Parte de nuestros actos y lo vivido, influirán en nosotros. Hay que buscar la forma de actuar que nos permita siempre avanzar, aprender, valorar, fluir. Si no queremos el mismo resultado, debemos cambiar nuestros actos. Ven aquí, Maca, quiero estar más cerca de ti.

—¿Cómo de cerca? —lo desafié coqueta. Las hormonas invadían mi interior.

—Lo suficiente para que fluyamos al futuro cambiando lo que hacemos para llegar a los mejores resultados. —Se reía, refiriéndose a la conversación sobre los tiempos que habíamos mantenido.

Me besaba con más y más ganas. Me hundí en sus abrazos y sus besos. Me hacía sentir feliz, completa, expectante. No quería abrir mis alas al amor, pero no pude evitarlo. No me permitió dejar de tener ilusión por la vida.

Luca tenía toda la razón. Para comenzar bien, debía contarle todo. No fue fácil sacar de mi corazón todo lo que había sucedido, me dio vergüenza. Me había dejado pisotear tantas veces... Aunque ya no quería a Herman, de eso estaba segura, es más, sentía que había perdido el tiempo con él.

Con Luca era diferente. Sé que las relaciones son todas distintas y no pueden ser comparables, pero sí puedes ponerlo todo sobre una balanza, darte cuenta cuál es la que te entrega más momentos de alegría, de complicidad, de sueños, de magia, de amor... y con Luca lo tenía todo. Todo era mejor, desde reírnos con ganas de nosotros mismos, hasta terminar sumergidos el uno con el otro.

Después de ese día en el que hicimos el amor por primera vez, me di cuenta de que era como bailar en pareja. Dejándonos llevar por el sonido, la música, los acordes, solo que, en este caso, en vez de venir de los altavoces de una fiesta, venían del latido de nuestros corazones y del alma.

Al cabo de unos días, comenzamos con las clases de fotografía. Para ser honesta, ya que estábamos juntos, había perdido un poco el interés en aprender a sacar panorámicas en distintos matices de colores. Solo me interesaba el profesor, él era quien me regalaba un arcoíris en mi vida. En su casa tenía una habitación pequeña y oscura donde solo cabía un escritorio con los utensilios y líquidos para revelar las fotos. Le gustaba todo el proceso de revelado a la antigua.

—Estas cámaras antiguas son preciosas. ¿Tienen alguna historia digna de contar? —Señalé las dos reliquias sobre la mesa.

—Una pertenecía a mi bisabuelo y la otra la compré en una feria de antigüedades.

—Qué bonito tener un recuerdo así. Me gusta cuando tenemos cosas que guardan historia... —No pude terminar la frase cuando me interrumpió y entendí a la perfección qué quería.

—Eso es la fotografía para mí. Trasladarse a momentos, volver a sentir esas emociones, recuerdos de paisajes, situaciones, lugares y personas. Es un arte. ¿Tú tienes algo en tu apartamento que tenga un significado especial para ti?

—Sí, tengo un objeto con mucho significado.

—¿Cuál? ¿Qué es? —preguntó pensativo mientras acariciaba mi cuello.

—Mi peón de madera sobre los libros.

—No me habías contado que juegas ajedrez —comentó esbozando una sonrisa.

—En el colegio lo estudié un poco, pero nunca fui muy buena. No juego, esa no es la razón.

—¿Cuál es, entonces? ¿Te lo ha regalado alguien especial?

—Me lo compré en un puesto de mercadillo cerca de aquí. Me llamó la atención y me llevó a analizar mi llegada a Milán.

—¿El peón con Milán? No veo la relación. —Se notaba confundido intentando encontrar la lógica.

—Para mí tienen una gran conexión por mi vida. No es una gran pieza del juego, no tiene tanta importancia como las otras, pero jamás retrocede, siempre avanza, y si logra llegar al final, se convierte en alguna pieza de mayor valor: un caballo, un alfil, una torre o una dama. Yo avancé y llegué al final del tablero. Soy otra persona, una mejor versión.

—Maca, me encanta como eres y tu sensibilidad. Eso hace que me impresiones cada día un poco más. Te necesito. —En ese momento me besó con cariño. Entendía que mis avances me hacían sentir orgullosa.

Fotografías

¿Reveladas en papel o almacena-
das para siempre en mi mente?

Macarena

Un fin de semana fuimos a hacer fotos. Me enseñó el tema de la luz, enfoque y varias otras cosas. Primero con objetos dentro de su apartamento, aunque no era, para nada lo mío. Al menos, quería hacer el intento, sobre todo por el profesor.

—Bella rola, nos vamos el sábado por la mañana y volveremos el domingo.

—¿Dónde? —pregunté sorprendida.

—Vamos al lago di Como.

—Luca, no voy desde que tenía diecisiete años. —Me dio mucha nostalgia, me acordé de mi abuela, quien me marcó tanto a pesar de que estuvimos lejos. Ese vínculo tan especial que había dejado.

—Te encantará volver. Es uno de mis lugares favoritos y tenemos muchos escenarios dignos de postales para hacer fotos.

—¡Qué emoción! Fui con mi abuela y la recuerdo con todo lujo de detalles —dije mientras me acordaba de las preciosas canas plateadas y brillantes de mi abuela y sus ojos color verde.

—¿Qué recuerdas de tus abuelos?

—La música clásica, en especial, *El lago de los cisnes* de Tchaikovsky, la favorita de mi abuela.

El viernes fui a la casa de Luca y viajamos el sábado por la mañana. Decidimos ir en coche para recorrer las maravillas del lugar. Lo recordaba con especial afecto por haber estado ahí con mis abuelos; fue como una especie de conexión con ellos.

Nos acompañaba buena música, específicamente Oasis y la voz de Liam Gallagher que tanto me gustaba. Luca decidió que nos quedaríamos en Bellagio, a ochenta kilómetros de Milán, ubicada justo en la intersección de las tres ramas del lago di Como, que tiene forma de *Y* invertida.

El casco histórico está formado por callejuelas escalonadas con vistas al impresionante lago, sus casas en tonos ocre y con flores en sus balcones le daban un toque romántico al lugar. A sus orillas había jardines de colores y diseños maravillosos. Era como estar en una novela romántica con la mejor compañía, esa que era para mí, no para la protagonista de los libros.

Visitamos la Villa Melzi y sus impresionantes jardines considerados entre los más bellos de Europa; una maravillosa expresión de estilo neoclásico, un armonioso jardín inglés que se extienden a lo largo. Construidos a principios del siglo XIX con la contribución de distinguidos artistas, técnicos, decoradores, arquitectos y botánicos. Han representado siempre un lugar de inexplicable belleza, inspiración para escritores, artistas, poetas y un lugar para el alma.

Mientras caminábamos con nuestras manos entrelazadas sintiendo nuestra piel, me acariciaba con su dedo pulgar. Quería almacenar ese momento en mi retina para siempre, como otros que ya habíamos vivido.

—Luca, estos jardines son una maravilla. ¡Y el lago! Me siento como en un cuento.

—Estamos en un cuento y somos los protagonistas.

En ese momento, preparó todo para hacer una foto juntos.

—Repitamos esta con mi móvil —comenté contenta.

—No hay nada como las verdaderas fotos, a la antigua. Nada comparable con estos bichos nuevos.

—Para mí, está perfecto este bicho. Perfecta modernidad. Así que mejor hacemos la foto con mi móvil también.

Pasamos un día muy agradable, en un lugar único, uno de los paisajes más románticos de Italia. Este país es una belleza, me lleva a soñar despierta.

Nos tomamos un café a la orilla del lago, acompañados de un atardecer majestuoso, inolvidable y sumamente romántico. Estar con Luca era demasiado fácil. Era una conexión completa e intensa, no me sentía preocupada por mis acciones. Podía dejarme llevar sin pensar, con él nunca me sentí cuestionada. Era la libertad absoluta al igual que ese lugar de ensueño. Estar con Luca hacía que la vida fluyera, no había que forzar nada. No era necesario pensar sobre qué hablar, poner temas de conversación, apagar silencios, lo que significa que lo que teníamos era estar en paz y tranquila con la persona que te acompaña.

Nos quedamos en un hotel acogedor, descansamos y disfrutamos juntos. Nuestros sentimientos volaban, uniéndose, logrando un cántico mágico que hizo que el corazón bailase entre sus latidos de una manera especial y que no se podía expresar con palabras. Me hizo soñar, sin necesidad de estar dormida.

No podría explicar con claridad la libertad que sentía cuando estaba con Luca. Podía decir lo que pensaba, sin filtro, como pasar de la mente a la boca sin dobles pensamientos antes de emitir palabra alguna. Me podía reír fuerte y con ganas, en el sexo era lo mismo, no cabía lugar para la vergüenza.

El domingo por la tarde, volvimos a Milán. Ninguno de los dos tenía ganas de hacerlo. Lo habíamos pasado muy bien.

El viaje de vuelta fue precioso, bordeamos la rivera del lago. Fue como una invitación a abrir el corazón a disfrutar y dar gracias. Agradecí por todo lo que vivía de manera tan intensa e inesperada.

Al llegar a su casa, tras bajar las maletas y comer un sándwich, nos metimos en el cuarto de revelado para comenzar el proceso de las fotos que habíamos hecho. Casi no veíamos nada, ya que estábamos con una luz roja muy tenue. Puso unos líquidos y comenzó el anhelado proceso; yo jamás había visto el revelado de una fotografía.

Entre risas, anécdotas y recuerdos del fin de semana que aún no había terminado, nos chocamos, lo que nos causó más risa. Estábamos muy apretados en el lugar, estaba claro que era para una persona. En ese momento, me agarró por la cadera con muchas ganas, me besó como solo él sabe hacerlo, me atrapó los labios en un beso sensual y húmedo.

Sin darnos cuenta, estábamos sumergidos en esa conexión infinita, en un nuevo baile. Nuestras lenguas enredadas me entregaban la mejor sensación del mundo, mientras me tocaba por todo el cuerpo sumergiendo una mano por mi camiseta y la otra, bajo mi falda. Me tocaba de una forma maravillosa y seguro que sentía mi humedad. Quería estar con él, era más que un imán. Su cuerpo me llamaba y un beso así de intenso no me dejaría jamás indiferente. Se cayeron las cosas de la mesa y nos reímos con esa risa cómplice. Mientras, murmuró en mi oído con voz ronca y sensual:

—Seguro que las fotos van a quedar fatal, tendremos que repetir.

—Repetir. —Lo increpé con una sonrisa picarona iluminada por la tenue luz del lugar—. ¿Las fotos?

—Eres una pillina —replicó mordiéndome el lóbulo de mi oreja—. Repetiremos todo, las fotos y lo demás.

Podía sentir su erección bajo los shorts que llevaba, que me rozaba y me hacía sentir.

—Quiero tocarte —le dije mientras metía la mano en sus shorts. Lo acaricié, mientras él gemía de placer con los ojos cerrados. No sé cuánto tiempo estuve con mis manos tocándolo y sintiéndolo. Él acariciaba mi cuerpo por completo, con mis imperfecciones; nunca sentí vergüenza con Luca. No tenía complejos frente a él, a pesar de lo delgada que estaba.

Luego, me apartó. Me puso sobre la mesa de revelado. Cayeron algunas cosas que quedaban. Mientras, me besaba y me susurraba cosas al oído, las que hacían que mi nivel de excitación aumentara. Solo sentir su voz ronca y su aliento cálido en mi oído, me producía espasmos. Me llevaba al universo. Nos quitamos parte de nuestra ropa entre besos y respiraciones entrecortadas.

Sin pensarlo, y con una embestida precisa y más que placentera, la que me hizo que se me escapara un grito, comenzó a moverse dentro de mí, mientras estaba sentada en aquel escritorio con la falda enrollada en mi cintura y mis bragas corridas hacia un lado. Hicimos el amor en un estado de éxtasis. Él era mi propia droga y yo esperaba ser la suya.

Ya llevábamos unas cuantas semanas juntos. Había ido todo muy bien. Comenzaba a sentir más y más. ¿Estaría enamorada?

Por otra parte, el trabajo iba muy bien. Pía y yo nos unimos cada vez más, pasamos a ser de compañeras de trabajo a amigas. Me gustaba su mirada madura de la vida. Ya no era la compañera que admiraba, sino que era la amiga que con cariño me había ayudado durante el tiempo que llevaba en esa preciosa oficina de Milán.

Nos invitó a su casa, el marido de Pía y Luca conectaron muy bien. Se adaptaba con facilidad en cualquier lugar. Siempre dejaba una buena impresión; era adorable en todos los sentidos.

Esa noche, el marido de Pía hizo un asado que estaba delicioso, a pesar de que la carne nunca fue mi locura. Las ensaladas estaban hechas con cariño, se notaba. La casa estaba ubicada en las afueras de Milán, no era muy grande, pero estaba decorada con un estilo *country*, muy original.

Mi vida en Milán: Junio

—Me compré mi peón. Ha quedado increíble sobre los libros. Avanzar, siempre avanzar, nunca retroceder. Su mensaje me daba fuerza.

—Estoy en una relación con Luca, estoy FELIZ, me encanta. He sentido desde mi cabeza hasta las puntas de mis pies. Parece que es amor, estoy casi segura, aunque no hemos llegado a abrir nuestros sentimientos hasta ese punto.

—Fuimos de paseo al Lago. Traté de aprender fotografía, pero fue un fiasco. Estuvo bien la práctica, el profesor es altamente guapo, aunque la clase se nos fue de las manos, pasando a otro tipo de práctica mucho mejor.

—Resumen: feliz, jamás pensé que estaría así con una vida nueva. Solo agradezco.

Esa ciudad que tanto recordaba, con el mejor guía

Macarena

Los días pasaron como si estuviese sumergida en una especie de luna de miel junto a Luca. Renzo cumplió años y Francesca le hizo una celebración sorpresa. Estuvo organizando todo durante varias semanas. La acompañé a ver algunos lugares, hasta que al final, el que más le gustó era uno sencillo, pero acogedor; estaba muy empeñada en hacer algo que lo transportase a la juventud, a la época universitaria.

Renzo era seguidor de la Formula 1, razón por la que Francesca se concentró en hacer una decoración relacionada. Con sus habilidades, el local quedó completamente distinto a lo que vimos en un principio. Tenía una habilidad sorprendente para sumergirnos en un mundo de carreras. La tarta estaba puesta sobre un neumático hecho de chocolate negro, las mesas tenían un mantel rojo junto a unos platos blancos con borde negro para recordar a la Ferrari. Servilletas rojas, la comida en diferentes coches pequeños con distintas opciones: había uno italiano, con variedades de pastas, pizzas y otro con comida mexicana.

La pista de baile estaba formada por una madera pintada en blanco y negro en cuadros donde, al igual que los caminos que había en la mesa, era el dibujo de una pista. Creo que me faltarían palabras para poder explicar lo bonito que quedó, hasta el último detalle. Las servilletas, los platos, los *cupcakes*... todo tenía banderas como las que dan los inicios a las carreras. Estaba todo perfecto para la ocasión.

Fue en un lugar muy cerca de mi casa. Durante la celebración, lo pasamos en grande, ya que fue una absoluta sorpresa para Renzo. No sé cómo Francesca logró engañarlo, pero al llegar al lugar, pensaba que iría al cumpleaños de un amigo. Estaba entregándole el regalo al supuesto cumpleañero, cuando corrieron a felicitarlo. Fue una noche llena de sorpresas, su cara lo delataba, no entendía qué pasaba. Después de la impresión, disfrutó mucho de la fiesta.

De hecho, esta vez fue una celebración informal, a la que pude ir con *jeans* desgastados y una camiseta de tirantes. Bailamos mucho, Luca con sus *jeans* y su camiseta básica blanca era suficiente para volverme literalmente loca. Fue más sencilla que el cumpleaños de Dante, pero la música estuvo genial y bailar con Luca era una experiencia de otro planeta. Cada paso me llevaba a un lugar desconocido, creo que me estaba empezando a enamorar. Me abrazó contra su pecho, me enloquecía cada vez más. Disfrutábamos intensamente de cada momento, sin importar dónde estuviésemos.

Luca me invitó a Roma para el cumpleaños de su madre. Quería que la conociera. Estaba feliz de ir, pero debo reconocer que también estaba nerviosa. De todas formas, estaba muy contenta por poder ir a visitarlos, aunque me producía cierta ansiedad conocerlos.

—Mi amor, iremos en avión, que en tren tardamos mucho más. Así vamos el viernes y volvemos en el primer vuelo del lunes. ¿Irías directo a la oficina?

—Claro que sí. Lo más difícil es qué le puedo comprar a tu mamá de regalo.

—Cualquier cosa. Te va a caer muy bien. Es una gran mujer, siempre positiva y eso mismo he heredado yo —dijo sonriente.

—Así que eres un hombre positivo. —Fingí sorpresa.

—Claro que sí. Ella me enseñó a ser así con su forma de ser, a pesar de las terribles dificultades que le puso la vida. Lo hizo con mi padre y con todos nosotros. Es el pilar de mi familia, a pesar de su irreparable pena —dijo con cierta tristeza y con sus ojos llorosos.

—¿Cómo? —No entendía bien a qué se refería, ya que me había hablado apenas de sus padres.

—Mi padre tuvo un grave accidente de coche cuando yo tenía diez años. Ahí fue donde murió mi hermana Luciana, con siete años. Mi padre no se lo perdona, aunque fue el otro coche el que se saltó el semáforo en rojo. Estuvo con depresión y su sentimiento de culpabilidad lo ha acompañado durante veinte años. Para mi madre fue terrible, pero nunca lo culpó —suspiró—, nunca lo dejó solo, siempre estuvo a su lado a pesar de que su vida se vio paralizada y que el dolor que siente hasta el día de hoy es horrible, como si una parte de ella se hubiese ido con mi hermana. —Quedé impactada con la historia.

—Nunca me hablaste de esto, Luca —dije con una sensación de que me ardía el alma. Me imaginaba a esa pequeña niña que se marchó a tan corta edad.

—No es algo que me guste recordar, pero de alguna forma, Maca, todos llevamos alguna carga, alguna pena, una especie de trauma. En nuestro caso es irreparable. Luciana era excepcional, demasiado buena para este mundo. Me acuerdo de ella todos los días. No sé cómo lograron salir adelante mis padres. Viven con una pena inmensa, es admirable —dijo lloroso—. Es demasiado duro lo que les tocó vivir.

—Mi amor, lo siento muchísimo. —No encontraba las palabras adecuadas—. Qué triste lo que me cuentas.

—Sé que es muy difícil escuchar algo así. A veces, uno cree que estas cosas no suceden, pero pasan y es horrible. Mis padres viven con una pena en el alma, con un vacío que no se supera nunca.

—Lo siento. No sé qué decirte —dije mientras notaba el sabor salado de mis lágrimas.

—Los admiro, no sé cómo lo han logrado. Vi cómo se cayó el mundo de un segundo a otro. Fue devastador. Lo más difícil que pudo haberles sucedido en la vida. Pero se han mantenido juntos, se han apoyado, se acompañan en el dolor, son un ejemplo. Siempre los he admirado, son mis máximos referentes, sobretodo mi mamá.

»Yo no soy padre, pero viví el dolor. Estuve varios años en terapia. Ella tendría ahora tu misma edad, tres años menos que yo. Siempre me pregunto cómo hubiese sido nuestra vida si ella siguiese con nosotros. Por eso trato de aprovechar al máximo cada momento, ya que no sabemos qué puede pasar mañana. Era alegre, no le tenía miedo a nada... hasta yo era más miedoso que ella. Vivíamos en una casa y ella subía las escaleras, encendía las luces y yo iba detrás. Era tan risueña...

—Luca, lo siento mucho —volví a decir mientras lo abrazaba.

—Eres muy buena. Te quiero.

No podía creer que, detrás de este chico de sonrisa alegre y de bailes felices, existía un Luca que había sufrido la pérdida de una hermana. Estuve días pensando en su hermana, en lo que me había contado de ella, en la pérdida, en la muerte de una niña, en la pena de sus padres... Luca me contó que fue lo más desgarrador de su vida, pero que también tuvo numerosas alegrías; era una forma de superar los recuerdos tristes.

Una noticia así te hace pensar, ser empático y valorar la resiliencia de las personas.

Dudaba mucho con qué regalar a la mamá de Luca. Tras recorrer todas las tiendas en busca del regalo perfecto para una persona que no conocía, compré un pañuelo de seda muy bonito en tonos rosa.

Partimos en avión a Roma, la maravillosa capital italiana que tanto me gustaba, y que no visitaba hacía tanto tiempo. Al bajar, Luca comenzó a hablar entre risas, me hacía sentir tan cómoda, cuidada, protegida. Siempre esperé algo así de una pareja y él, sin saberlo, llenaba un espacio muy importante en mí. No se lo había dicho con palabras, aunque tenía la sensación de que podíamos hablar con la mirada. Eso me hacía alcanzar el cielo y la tierra al mismo tiempo.

—Ya te dije una vez que conocer esta ciudad con un romano es especial y si es buen amante, mejor aún —dijo sonriente.

El viaje se me hizo corto desde el aeropuerto a su casa. Conversamos todo el tiempo, nunca nos faltaron temas sobre qué hablar, ni ocasiones para reírnos. Era fantástico poder vivirlo.

Estaba un poco nerviosa, una sensación algo adolescente, con mariposas en el estómago por el hecho de conocer a los padres de este chico tan perfecto para mí. Sonreía solo de pensarlo. A veces pensaba como una quinceañera. Dicen que cuando uno se está enamorando, ocurren este tipo de cosas. En ocasiones, hasta le hablas a la persona que quieres con una voz especial.

Conocí a los padres de Luca, una pareja encantadora. Su mamá, de ojos grandes color turquesa, mirada profunda, pelo corto, con canas, pero con un corte moderno; muy bien vestida y con unos accesorios combinados a la perfección. Estaba estupenda. Los buenos genes de Luca venían de sus padres. Su papá, alto, con ojos almendrados y pestañas largas; algo calvo, con algunos cabellos grisáceos.

Ambos estaban expectantes de verme, pero, sobre todo, su mamá. Me arreglé para dar buena impresión, tal y como mi madre me había enseñado desde niña. Llevaba un vestido de lino en tonos azules y unos zapatos de tacón —no muy altos, necesitaba sentirme cómoda. Me alisé el pelo y me había puesto un poco de maquillaje natural. Los saludé sonriente y nerviosa; seguro que lo notaron.

Se acercaron a la puerta para recibirnos. La mamá de Luca lo abrazaba y besaba de forma efusiva, como si fuera un niño.

—Por fin te conozco, Macarena. Luca me ha hablado mucho de ti —dijo con alegría.

—Mamá —regañó Luca y la miraba para advertirle de que hablaba más de la cuenta.

La saludé con cariño, y le entregué el regalo que tenía para ella. Le gustó tanto que se lo dejó puesto.

—Así que ¿eres colombiana? Nos encanta tu país. Fueron años muy bonitos, nos vino muy bien salir de Roma. Me encantó la amabilidad de su gente e hicimos muy buenos amigos que mantenemos hasta el día de hoy —me contó con emoción.

—Sí, me encanta que lo pasaseis tan bien en mi país —respondí tímida aún.

—La feria de Usaquén, las arepas... ¿sabes hacerlas? —preguntó con expectativa y algo de nostalgia.

—Claro que sé, ¿quiere que les haga el desayuno de mañana? Encantada de traerles el sabor colombiano —dije algo intranquila por los nervios.

—Mamá, ¡no la he traído para que haga arepas! —exclamó Luca muy serio y poniendo sus ojos en blanco, un gesto que me causó risa y sirvió para romper el hielo.

—Luca, lo hago con mucho gusto. Además, nunca te las he hecho a ti tampoco. ¿Tiene harina? —pregunté dirigiéndome a su madre.

—Claro, Maca. Ven aquí, te enseñaré dónde está todo.

—Mamá, acabamos de llegar. Déjanos entrar al menos, acomodarnos y después le enseñas dónde están las cosas.

Su madre hizo oídos sordos a lo que Luca le dijo. Tomó mi mano y mientras me llevaba a la cocina me hablaba:

—Macarena, estás en tu casa. Puedes hacer lo que quieras. Lo que más deseo es que te sientas cómoda en nuestra casa. —Me mostró dónde estaban todos los ingredientes y utensilios de cocina, que estaba ordenada a la perfección, todo en su lugar.

Luca no había heredado eso de su madre, ya que lo único que estaba perfecto en su casa, era el pequeño cuarto de revelado. Aunque para ser justa, para ser un hombre que vivía solo, no estaba tan mal.

Cumplí mi palabra. Para el desayuno del día siguiente había arepas preparadas por mí, tal y como me había enseñado mi abuela. Siempre me acordaba de ella con las arepas. Quedaron encantados. Tanto, que hice más de la cuenta para que tuvieran congeladas y disfrutaran cuando quisieran, con el mismo cariño que mi abuela me había enseñado.

Los padres de Luca eran encantadores. Su padre algo callado, pero muy observador y en instantes su mirada se tornaba ausente; su madre era más abierta, buena para conversar, con voz suave y encantadora, me llevaba a sentir que en cada una de sus palabras había un gran cúmulo de experiencias. Eran personas que habían logrado avanzar en la vida a pesar del tremendo dolor que tuvieron. Luca los admiraba, ya me lo dijo, pero verlo con ellos hizo que me llenara de cariño y admiración a mí también.

Conocí al hermano de Luca, tres años mayor que él. Eran bastante parecidos, pero más musculoso, con el pelo menos revuelto y un par de centímetros más alto. También me presentaron a su mujer, una chica delgada y bajita, con una sonrisa encantadora. Tenían dos hijos, unos pequeños de tres y un año, verdaderos torbellinos, con una energía y creatividad impresionante.

No estaba preparada para ese caos, su mamá estuvo todo el rato tras ellos y el hermano de Luca estuvo bastante cooperador con ella, si no sería imposible. El mayor, de pelo castaño y el menor, rubio como su mamá. Eran como un terremoto intenso por separado y entre ambos se potenciaban.

Me llamó la atención que los abuelos ni se inmutaron ante el desastre que dejaban los preciosos bandidos, demasiado inquietos. Los abuelos los consintieron en todo. A los dos minutos de entrar los chicos, había un vaso con agua derramado, uno le había pegado al otro y lo había hecho llorar, habían pisado un paquete de galletas de chocolates con crema que dejó toda la alfombra sucia, tiraron los cojines al suelo... Dejaron todo como si un huracán se hubiese apoderado de la casa.

—¡Mamá! Nosotros no éramos tan terribles, ¿verdad? —preguntó hastiado el hermano de Luca.

—¡Eran terribles los dos! Me inundaron el baño dos veces y no solo el baño. Me acuerdo cómo caía el agua sin parar, quería llorar y no sabía por dónde comenzar a limpiar ese desastre. Cuando se peleaban, me ponía tan nerviosa que un día les tiré agua con la manguera para que se separaran. Estaban matándose en el patio y mis plantas sufrieron todas las consecuencias; me quedé prácticamente sin jardín. Eran como unas bestias que querían matarse. Ahora el karma te está devolviendo lo tuyo —dijo llena de risas.

—Cómo olvidar eso. Nos tirabas agua fría, aunque estuviésemos congelados. Estaba lloviznando, mamá. De todas formas, seguimos la pelea dentro de casa —comentó Luca riendo—. Recuerdo que después de eso, estuve muy resfriado con una tos de mierda por varios días.

—Es que ya había probado con mis gritos. Casi terminan en el hospital, menos mal que se me ocurrió agarrar la manguera y ponerla en máxima potencia apuntando a sus caras.

—Al final gané yo —gritó el hermano de Luca, triunfal.

—Ya pasará la locura de los peques y después no te harán ni caso. Es muy triste, mira Luca, que viene tan poco por aquí... —dijo su madre con cierta melancolía—. Me encantaría que trabajase en Roma.

—Mamá, no es para tanto. Ustedes también pueden venir a Milán. Les he dicho miles de veces, pero son demasiado cómodos y no les gusta moverse.

—No queremos interrumpirlos. Seguro que Macarena no quiere suegros en la casa.

—Aún no vivimos juntos, mamá. Pueden ir cuando quieran y aunque esté Maca en mi apartamento, los recibiremos felices, ¿verdad, Maca?

—Claro que sí —contesté con cariño. ¿Vivir juntos? Eso ya eran palabras mayores, pero solo de pensarlo se me dibujaba una sonrisa en la cara.

—Es que me has hablado tanto de ti, Maca, que pensé que vivían juntos. —Sabía que había metido la pata.

—Mamá, te lo hubiese contado, aunque tu idea es muy buena. Luego hablaré con Maca. —Mientras terminaba la frase, me clavaba su mirada.

En ese instante comprobé que en una mirada podía existir complicidad, admiración, reconocimiento, amor; sentía mis mejillas calientes y rojas. El amor podía llegar a ser un secreto que los ojos no saben guardar. ¿Vivir con Luca? Ni siquiera me lo había cuestionado, pero solo pensarlo me gustaba y seguro que mis ojos decían lo mismo. Estaba segura de que Luca lo entendió.

Luego, cantamos el cumpleaños feliz. Pidió que sus nietos se sentaran en sus rodillas.

—Déjalos que metan la mano en la tarta, no pasa nada. Han estado todo el rato esperándolo. Cuando sean abuelos me entenderán.

Al final, metieron la mano en la tarta de chocolate y acabaron los dos aún más sucios, mientras su madre se echaba las manos a la cabeza. Todos reíamos, aunque al ver a los pequeños disfrutar, acabó por hacerlo ella también.

Tras la celebración, en la que se notaba que habían disfrutado de estar todos juntos y en la que me sentí muy cómoda, nos fuimos a acostar. Antes, ordenamos todo y limpiamos el desastre de los chicos.

Fui a la habitación que nos dieron a Luca y a mí, la misma que cuando él vivía en aquí. Aún tenía un aspecto juvenil, con fotografías del colegio. Me impresionó ver una bandera de Colombia; me emocionó. Era raro ver la bandera de tu país en el extranjero; de alguna forma, te conecta con tus raíces.

Había una cama matrimonial y sobre el cabecero tenía unas estanterías de color blanco con algunos trofeos que me llamaron la atención. Agarré uno de ellos y vi que era de atletismo. También había medallas sobre el escritorio. Tenía algunos cuadros de grupos como Nirvana, Green Day, AC/DC, Doors, The Rolling Stones, Pink Floyd, The Beatles. Lo que más me llamó la atención fue ver una guitarra eléctrica en una esquina.

—¿Atletismo? Pensé que eras futbolero.

—Lo soy. En el colegio practicaba ambos. Era bueno para los deportes —comentó con una sonrisa.

—Eso parece. ¡Qué cantidad de medallas! —dije mientras las rozaba.

—Fueron buenos tiempos.

—¡Y una guitarra! ¿Sabes tocar? —pregunté de forma ingenua.

—Vaya pregunta. ¿Acaso no te has dado cuenta cómo toco?

—No me refiero a esa forma de tocar, que, por cierto, es buenísima.

—Qué bien que te guste como toco —respondió con una sonrisa coqueta.

—¿La guitarra? —insistí retomando la conversación.

—Sí, la toco. En Milán también tengo una, pero llevaba tanto tiempo sin tocar que la guardé.

—Pues vas a tener que retomarlo. Quiero que me toques alguna canción. —Sin pensarlo, agarró su guitarra.

—Menos mal que esta es la habitación más alejada a la de mis padres. Tocaré bajito —dijo con voz romántica.

No solo tocaba, sino que además cantaba bastante bien. Interpretó *Wonderwall* de Oasis, sus dedos se movían con seguridad sobre las cuerdas. Luca sabía tocar, en todos los sentidos y había aprendido que el tacto es una de las formas de comunicación más poderosas. Al terminar, lo abracé y lo besé, felicitándolo por el espectáculo íntimo que me había dado. Me volvía loca.

—*Rolita,* nunca habrá una canción perfecta para ti. Tendría que inventar alguna que fuese solo tuya. Pero quiero que te quedes con esta parte: *There are many things That I would like to say to you I don't know how,* lo que quiere decir que hay muchas cosas que me gustaría decirte, pero no sé cómo.

—¿Qué es lo que quieres decirme?

—Te daré una pista: *I don't believe that anybody feels the way I do about you now.* (No creo que nadie se sienta como yo me siento por ti ahora). ¿Entiendes?

—Más o menos —dije, mientras posaba mis labios sobre los suyos.

—Soy la persona que más te ama en el mundo —soltó.

Me impacté, no esperaba eso, pero me llegó hasta el alma. Me produjo un revuelo interior de cada una de mis células y solo quería volver a escucharlo una vez más.

—Me he enamorado de ti.

—Yo también te amo. Te amo mucho —le dije mientras lo besaba—. También me he enamorado de ti, has logrado hacerme feliz. Y cuando amo, soy feliz. Eres mi felicidad —repliqué con los ojos llorosos.

No pasó ni un segundo cuando estábamos sumergidos en un perfecto beso. No necesitaba nada más en ese instante, quería que durase para siempre, hacerlo eterno.

Terminamos en su cama. Ni siquiera alcancé a ponerme el pijama que había comprado para este viaje. Terminamos con nuestros corazones latiendo a mil y con el deseo de estar juntos, de sentirnos como si fuéramos uno. Hacer el amor con Luca no tenía descripción, me quedaba corta si intentaba explicarlo. No lograba decir con palabras, la magia que sentía cuando estaba con él, desde una simple mirada hasta una noche llena de sexo fogoso y placentero.

Por la mañana, desayunamos arepas y huevos pericos, todo típico colombiano. La madre de Luca lo había preparado mientras yo ponía las arepas en la sartén.

Cuando estábamos solas, mientras Luca se duchaba, disfrutamos de un café y una tarta de manzanas casera deliciosa. Comenzó a hacerme algunas preguntas. Imagino que yo de suegra también las haría.

—Macarena, me alegra mucho que estés con mi hijo. Eres una chica encantadora. Para mí, es una tranquilidad saber que está bien acompañado. ¿Cuántos años tienes? ¿Tienes más hermanos? Cuéntame un poco más de ti y de tu familia, que no puedo hacerle estas preguntas a Luca, él se limita a contestar con monosílabos cuando trato de averiguar más de ti —dijo sonriente.

—Lo sé, soy la mayor de cuatro hermanos. Tengo veintiséis, en unos meses es mi cumpleaños —contesté con una sonrisa.

—Mi hija tendría tu misma edad —dijo con tristeza y con sus ojos llorosos.

—Luca me ha hablado de ella. Siento mucho lo que sucedió. —No sabía qué decir. Creo que no existen las palabras adecuadas para este tipo de situaciones tan dolorosas.

—Han pasado varios años, pero el dolor no se va nunca. Uno aprende a vivir de una forma distinta, pero fue una bendición tenerla en nuestra familia. Aun no entiendo por qué se fue tan rápido. Fue un regalo del cielo —dijo emocionada—. Ven, te quiero enseñar algo.

Me llevó a una habitación que parecía un taller de pintura. Había una mesa con un ordenador, un cuadro decorado con flores pintadas al óleo. Todos sus cuadros eran muy coloridos. Algunos atriles apoyados contra la pared sin uso y a pesar de estar la ventana abierta, el olor era fuerte, a taller, a arte, a creación.

—¿Pintas? Luca no me lo había contado. Es precioso ¿Los has hecho tú? —pregunté sorprendida ante la belleza que veían mis ojos, mientras me acercaba a mirarlos con detenimiento. Eran todos preciosos.

—Sí, algunos son míos. Desde que murió mi niña empecé a pintar para tratar de buscar alguna tranquilidad y encontré cierta paz en los trazos y al dar vida a través del arte. Ha sido una terapia que me ha acompañado todos estos años.

»Es una compañía y un momento de conexión que se convierte en una forma de estar con ella... era quien pintaba; le fascinaba y lo hacía en todas partes. Siempre andaba con un cuaderno y lápices. Pasaba horas en eso, le encantaba, tenía mucha facilidad para el arte.

—Esto es precioso. —Miraba algunos de los muchos lienzos que había en esa habitación. Pude distinguir por la firma, cuales eran de mi suegra y los de la hermana de Luca.

—Quiero que te quedes con este. Lo hice hace varios años y quiero que lo tengas tú. No es muy grande, pero para mí es muy representativo, tiene un gran significado. —Me pasó un óleo donde estaba una silueta de una niña sentada sobre un muelle, que miraba la puesta de sol. Tenía un colorido alucinante. El cielo, el mar, el muelle, la silueta de la niña... Simplemente maravilloso.

—Gracias, Bianca, es precioso —dije impresionada y emocionada por lo que veía—. Es muy bonito. Muchas gracias, de verdad.

—Para mí es muy importante. Fíjate, mira al horizonte y este no tiene límites, es infinito, mágico y sanador. Quiero que lo tengas y lo pongas en tu apartamento, ahora que sé que aún no viven juntos. La pintura me ha ayudado mucho a encontrar sentido a mi vida y este cuadro lleva al más allá, a las oportunidades, a la esperanza, a la paz.

—Gracias. Ya sé dónde lo pondré. Te agradezco mucho este gesto. Y respecto a lo que dices del horizonte, tienes toda la razón.

—Espero que vengas más. Me alegra que te haya gustado.

Luego llegó Luca recién duchado y demasiado guapo, con la toalla amarrada en la cintura. No podía dejar de mirarlo y las ganas que tenía de que la toalla saliera volando no eran menores a pesar de que recién habíamos estado juntos, muy juntos.

—Vamos, Maca, debo cumplir mi palabra de llevarte a visitar Roma. Ponte zapatos cómodos, porque en esta ciudad se camina mucho.

Recogí mis cosas, me arreglé un poco y salimos a hacer turismo. Caminamos mucho, es que Roma es una ciudad para disfrutarla y mirar todas sus maravillas; estaba cautivada, admirada, una belleza por donde se le mire. Es como decir que en cada rincón hay algo hermoso que ver. Además, me gustaba observar cada detalle, desde la gente caminar, los jardines, el movimiento de la ciudad, la risa de los turistas, los coches... todo.

Visitamos la plaza Navona, y nos sentamos a observar a la gente. Ese lugar reúne esculturas, fuentes y edificios de gran valor artístico, y supone un centro de la vida social, cultural y turística de la ciudad. Recuerdo una vez que vine con mi madre y disfruté tanto... ella estaba muy orgullosa de nuestras raíces italianas. Esa vez, caminamos muchísimo y lo mismo me pasaba con Luca. Era una sensación muy agradable disfrutar con la gente que más quieres. Me sentía agradecida, como hace años con mi mamá.

—¿Te gusta este lugar, bella rola?

—Me encanta, me trae bonitos recuerdos —dije emocionada. Me puse sensible tras la conversación con Bianca en su taller y después de recordar el viaje que hice con mi mamá.

—¿Qué pasa? No te pongas triste. —Me tomó la mano y la acarició formando círculos.

—Hace unos años vinimos con mi madre. Me trajo recuerdos y hace mucho que no los veo; les echo demasiado de menos.

—Tranquila, amor. Estamos juntos y pronto podremos ir a verlos a Bogotá. Imagínate lo que sería poder ir y conocer a los padres de la persona que más amo en el mundo.

—¿Te gustaría ir? —pregunté sorprendida.

Recordé el viaje que hice con Herman a casa de mis padres. En esa ocasión mi madre rogó que fuera porque Gabriela no iba a viajar por tener un examen pendiente y tenía que estudiar, no le daba tiempo a ir a Bogotá. Mi exnovio no me dejó ir sola a casa de mis padres. Me hizo un escándalo, accediendo a acompañarme de mala gana. Hizo el viaje súper complicado y no pude disfrutar lo suficiente. Me abracé a él con fuerza.

—Te amo, Luca. Iluminas mis días y tus abrazos me dan la vida —dije llorosa, siempre fui demasiado sentimental, muy emocional.

Los sentimientos me habían jugado una mala pasada, pero quería pensar que eso no me pasaría con Luca. No quería sentir miedo y trataba de no cuestionar el futuro. En ese instante, recordé el horizonte del cuadro. Había muchas alternativas para el futuro y no necesariamente tendrían que ser malas.

—Por supuesto. Además, quiero conocer a los padres que hicieron a la *rolita* más linda. De hecho, pensaba que deberíamos ir en Navidad. Pasaríamos por Cartagena y las islas del Rosario. ¿Te haría feliz eso, mi amor?

—Sí, mucho. Me encanta la idea. Quiero que vayamos.

—Te amo, Maca. Durante meses tuve que estar tonteando, coqueteando contigo, avanzábamos bien y de un momento a otro, te alejabas. Me costó entenderte.

—Luca, me has hecho muy feliz. No quiero apartarme de ti ni un segundo. Estoy encantada con este viaje. Me ha encantado tu familia.

—Te dije que te caerían bien. Estoy realmente muy feliz de los padres que me tocaron.

—Bianca me ha regalado un cuadro maravilloso. Lo pondré en mi casa. Pinta de maravilla. Me ha enseñado su taller. Tu madre es una verdadera artista —hablé sincera recordando las obras de arte que había visto en su taller.

—No se lo muestra a casi nadie. De hecho, siempre está con la puerta cerrada porque es su espacio y no deja que cualquiera lo conozca. Si te lo ha enseñado es porque le has caído bien.

—El cuadro es una maravilla. Es una silueta de una chica que mira hacia el horizonte. Me dijo que el horizonte no tiene límites, que es mágico, que es paz. Me habló de tu hermana cuando me preguntó mi edad y se dio cuenta que somos del mismo año.

—Encontró la tranquilidad a través de la pintura; ha sido una terapia para ella. Se habrá dado cuenta de que tienes loco a su hijo y te ha regalado el cuadro. Sabía que le gustarías. Además, como mi hermana siempre dibujaba, creo que es una forma de sentirla cerca, de conectar con ella.

—Sí, eso me contó.

—Te lo ha contado todo. Veo que de verdad le has gustado. Menos mal, de no haber sido así, hubiese perdido a un hijo —dijo entre bromeando y diciendo la verdad.

—Me ha contado muchas cosas —dije risueña.

—¿Algo mío? —preguntó, egocéntrico.

—No daré detalles de eso —dije entre risas.

Los días se hicieron cortos. Roma nos daba para estar varios días y aún quedaba mucho por ver. Lo bueno es que estábamos cerca y volveríamos en algún momento.

Caminar con Luca de la mano era como no necesitar nada más en la vida para estar completa. Fuimos a la Fontana di Trevi, la fuente más grande de Roma, de hecho, el nombre de Trevi deriva de *tre vie* (tres vías) y hace referencia al punto en el que se encuentran las tres calles que forman la plaza. Tiré una moneda y pedí un deseo desde el corazón. No puedo contarlo porque los deseos son secretos y así puede que se cumpla. En este aspecto soy como una niña, la magia está en creer.

También pasamos por el Coliseo y nos hicimos algunas fotos. Luca siempre iba con su cámara a cuestas capturando paisajes y momentos. Sentía pura pasión por la fotografía. En su casa tenía varios álbumes antiguos con preciosas fotos de viajes, paseos y momentos. Al verlas, te hacía remontar a años atrás, con olores, música y colores.

No era solo caminar por Roma, que tenía una magia especial, sino que compartir esta experiencia con Luca era de otro mundo. Jamás pensé que iba a encontrar a una persona como él. Estaba en una relación, y era muy feliz. No me lo hubiese imaginado cuando, ocho meses antes, estaba sumergida en una profunda tristeza incontrolable, paralizante y desagradable. La vida me había sorprendido, y estaría siempre agradecida.

Con Luca tenía una relación muy abierta, en el buen sentido de la palabra. Me sentía en completa confianza, querida y valorada. Si miraba en retrospectiva, no lograba entender cómo estuve con Herman tanto tiempo, si me ponía problemas por todo. ¡Literal!

Luca jamás me dijo que no a algo; era libre de ir a las partidas de póker los jueves y a veces hasta me acompañaba. Pero cuando no podía hacerlo, no se enfadaba como hubiese hecho mi ex. Lo mismo pasaba cuando quedaba con mis amigas. Estaba pasando por un buen momento. El cambio fue una excelente decisión, y aunque en un principio fue algo duro, volvería a vivir todo lo pasado por poder llegar a esos momentos.

La ciudad me encantaba, mi trabajo me gustaba más de lo que pude imaginar, estaba establecida y con Luca todo iba muy bien. Sentía que estaba enamorada perdidamente. Me daba un poco de miedo sentir esto, pero ¡estaba feliz! Y agradecida por todo lo que me había pasado.

La vida me había sorprendido. Era como si mi alma hubiese cambiado, no tenía rencor o rabia. Tuve una sorprendente transformación interna. Pasé por un proceso y reconstrucción de una nueva forma de ser y sentir, de moverme y enfocar la vida. Todo iba de maravilla, era el aviso de la llegada de un nuevo acontecimiento que podría volver a mover todo lo que estaba en orden.

La mirada de Luca

LUCA

Recuerdo mi niñez con alegría.

Éramos una familia muy unida. Mis ojos eran mi hermana, la más pequeña de la casa, era la que se llevaba las miradas y la preocupación de todos nosotros. Era todo por y para ella. Siempre fue así y a nadie le molestaba, como si supiésemos que se iría antes de tiempo. Así lo quiso el destino.

Mi familia sufrió un giro inesperado tras el accidente, una bomba que estalló en medio de nosotros. Fue como si una parte de mis padres se hubiese marchado con ella. Recuerdo que el mundo se paró ante nuestros ojos y nuestros pilares se cayeron; el dolor los consumió, llevándonos a mi hermano y a mí con ellos.

Había detalles desgarradores. Mi hermana no murió al instante, llegó al hospital en muy malas condiciones, estuvo dos días conectada a todo tipo de máquinas, hasta que se fue. Recuerdo haberme despedido de ella con un dolor que me atravesaba, que me partía en mil pedazos.

Fue la sensación más horrible de mi vida. No se la deseo a nadie. A mis diez años entendí que la vida no es como la ven los chicos a esa edad. Fueron años difíciles. Hubo un antes y un después desde ese día.

Soy una persona muy reservada con lo que pasó con mi hermana, no me gustaba abrirme en este tema. No era que no quisiera, solo que no podía hacerlo.

Mi vida tuvo acontecimientos complicados. ¿Quién no los ha tenido?

No creo que exista persona que haya vivido un cuento de hadas. Tuve momentos de completo infierno y estuve perdido, pero no es algo de lo que acostumbrara a hablar. Todos tenemos sombras y demonios, no somos invencibles, aunque queramos mostrar lo contrario.

Haber conocido a Maca fue lo mejor en mucho tiempo. No le oculté nada de las chicas con las que estuve en el pasado. Le conté la relación con mi exnovia, que acabó saliendo con uno de mis grandes amigos, Andrew. Me impresionó que para ella no existiera la opción de que una pareja pudiese terminar bien una relación, su experiencia fue muy fuerte con su exnovio. No quise presionarla a que me contase más, era una chica un tanto reservada y a veces tenía la sensación de que quería tapar ciertas cosas del pasado, y no era la única.

Estaba seguro de que ella era con quien quería estar, a la que quería hacer feliz. Era la mujer de mi vida. La amaba como jamás lo había hecho con nadie.

Milán.
Como si nunca me
hubiese ido. Mi casa

MACARENA

Luca intentó revelar las fotos del viaje al Lago y en varias oportunidades lo escuché gruñir desde el exterior; no sé si por el desastre que dejamos dentro la última vez o por lo mala alumna que era. No seguimos con las clases de fotografía, obviamente.

—Vamos a tener que volver al Lago —dijo mientras me besaba—. Las fotos son un completo desastre. —No estaba molesto, más bien parecía entusiasta con la idea.

—Además, tendrás que reponer todos los líquidos —le acordé.

—Eso es lo de menos. Al menos, al revelar las fotos de Roma no tuve ningún percance porque no estabas y han quedado perfectas. Mírate, Maca, eres muy fotogénica. Una musa inspiradora para algunas cosas que tengo en mente —dijo muy cerca de mi oído poniendo las fotos frente a nosotros.

—¿Qué tipo de cosas?

—Ven que te lo enseño. Solo déjate llevar, que te comeré a besos.

Y así lo hizo. Eso y más.

Una noche, nos invitaron Dante e Isabella a cenar a su casa. También estaban Francesca, Renzo y otros amigos.

Llegamos al lujoso y precioso apartamento de mi amiga, comenzamos a disfrutar de un picoteo y un vino delicioso.

—Los invitamos para darles una noticia: ¡Isabella y yo vamos a ser padres! Mi preciosa novia está embarazada de tres meses y estamos muy felices. Es la alegría más grande que hemos recibido, la mejor noticia. Además, ¡nos casaremos el mes que viene! —comentó Dante emocionado. En ese instante, nos abalanzamos sobre Isabella para felicitarla, entre lágrimas de alegría por ellos.

—No lloren, chicas, estamos muy felices. —Nos tranquilizó Isabella—. Cuando les toque me entenderán. Es algo maravilloso; mis padres están encantados con la noticia. Esperan a Dante Jr.

—Felicidades, Isabella. ¡Qué alegría más grande! —exclamé llorosa sin creer que en unos meses sería madre y que su vida cambiaría por completo.

—Lo amo con toda mi alma. Estábamos buscándolo, pero no pensé que sería tan pronto.

La celebración acabó tarde. Llegamos a casa de Luca, donde me quedaría a pasar el fin de semana con él.

—No puedo creer que Isabella vaya a ser mamá —comenté emocionada. Era impactante y bonito a la vez.

—Se nota que están enamorados, así que, ¿qué mejor que comenzar a formar una familia juntos? ¿Tú te ves cómo madre de un hijo mío, Maca? —preguntó serio, sin apartar sus ojos de los míos. Era intenso y me encantaba, ¡me fascinaba!

—Cada cosa a su tiempo. Debe ser espectacular lo que están viviendo.

—Yo sería feliz si fuese padre de tu hijo. Te amo, lo sabes ¿cierto?

—Yo también te amo, pero no me veo siendo madre tan joven. Esperaremos un par de años para eso. Además, estamos empezando.

—Mientras podemos ir ensayando. —Me besó como solo él sabía hacerlo y nos fundimos el uno en el otro.

Luca llegaba al fondo de mi alma. Hicimos el amor. Lo hacíamos mucho y me encantaba, no lo negaré jamás.

Como dice el refrán: El tiempo pasa volando cuando te diviertes. Y eso me pasaba desde que cambió mi vida. Con Luca pasábamos la mayor parte del tiempo juntos, salíamos con nuestros amigos o solos recorriendo nuevos restaurantes cerca del apartamento de cada uno. Otras veces nos quedamos en casa y probábamos nuevas recetas que encontrábamos. En ocasiones, nos resultaban casi de profesionales, como también reíamos de lo mal que sabía.

Ayer pasó eso último, era una receta de mariscos y al parecer, no los cocimos adecuadamente y a la mañana siguiente desperté con el estómago revuelto, vomitando todo de mi interior. Ahora sí dirían que estaba demasiado delgada.

Llamé a Luca para avisarle, ya que habíamos quedado para comer juntos, esta vez fuera de casa.

—Luca, no me encuentro bien. Creo que fueron los mariscos de ayer, que me sentó mal. Ya avisé a mis jefes, no iré a la oficina y trabajaré desde casa.

—Voy para allá. Haré lo mismo. Hoy no tengo juicio, por lo que no debo ir al juzgado.

—No te preocupes, solo he vomitado un par de veces. Me haré una sopa de pollo.

—No pasa nada, voy a tu casa. A mí tampoco me han sentado bien. De hecho, me ha dolido el estómago toda la noche. Recordaremos no probar con mariscos en casa.

—Si hubiese sido grave, estaríamos en el hospital ahora mismo —dije risueña—, con hidratarme y comida ligera, mañana estaré mejor.

Luca llegó a casa y pasó todo el día conmigo. Estaba mucho mejor. Hicimos caldo de pollo y nos vino bien a los dos. Fue muy agradable pasar el día juntos, aunque fuese frente al *notebook* y con cosas del trabajo.

—Me quedaré hoy. No me quiero ir. Quiero estar contigo —comentó Luca entrada la noche.

—No te vayas. Seré más feliz si te quedas conmigo.

—Yo no llegué a sentirme tan mal. Me preocupa que te quedes más delgada con esta indigestión.

—Los polvos que me has comprado para la flora intestinal son milagrosos. —Agradecí su preocupación y apoyo.

—Claro que los polvos son milagrosos, pero hay otros que son mejores que esos.

—¿De otra marca? ¿Por qué no has comprado esos? ¿No los has encontrado? —pregunté simulando ingenuidad.

—Sí, sí, una marca mucho más exclusiva, pero no los venden en la farmacia —bromeaba en doble sentido mientras se acercaba cada vez más. Me besó intensamente, solo para que dejara de hablar. ¡Caí! Ya sabía a qué tipo de polvo se refería.

Me encantaba estar con Luca. Era como si mi mundo y el de él estuviesen unidos. Podíamos hablar de todo y nada a la vez.

Esa semana tuvimos una cena con sus compañeros de oficina. Nos invitaron a cenar a un restaurante cerca de la Puerta de Garibaldi, en un lugar llamado My Prime. Cuando Luca me comentó dónde era la cena, supe que era un barrio elegante, con bares exclusivos, tiendas de moda independientes y clubes ostentosos frecuentados por gente adinerada.

Él me comentó que hacían estas cenas dos veces al año y que siempre lo pasaban muy bien. Eran encantadores, tanto sus compañeros como sus señoras. Estaba claro que Luca era el más joven y el más guapo.

El lugar era muy acogedor, había un muro compuesto por botellas de vino iluminadas, desde el suelo hasta el techo. En otra zona, una muralla de bambú. Yo comí unos calamares que estaban deliciosos y un risotto que podría ser el mejor de mi vida. Terminé con un *mousse* de pistachos que estaba para calificarlo con la nota máxima. La atención fue excelente y los platos venían decorados de forma muy elegante.

Eran cuatro parejas y nosotros. Hablé mucho tiempo con la mujer del socio fundador de su trabajo. Justo me tocó a su lado. Estaba un poco nerviosa, pero resultó ser muy cordial y amable. Me pidió que le hablara de Colombia.

—Amor, ¿qué te ha parecido la cena?

—Deliciosa y el restaurante precioso. Muy bien, tus compañeros muy amables. La mujer del socio fundador fue encantadora.

—La señora del dueño mayoritario sería como la primera dama —dijo riendo.

—Tienen hijos ya mayores, incluso nietos.

—El mayor de ellos debe tener más de sesenta años.

—¿Cómo te han hecho socio tan joven? —Estaba impresionada. Todos eran, al menos, quince años mayores que Luca.

—Estaba en el lugar preciso, en el momento indicado. —Sonrió humilde.

—No creo que sea eso, aunque puede haber ayudado, pero te lo debes a ti mismo —dije orgullosa—. ¿Sabes que te admiro mucho?

—Te amo, bella rola. Yo también te admiro y estoy muy orgulloso de ti —comentó con alegría y picardía—. Tan orgulloso que ese vestido te queda perfecto, de alto impacto... ¡y necesito quitártelo! —exclamó.

Al día siguiente, me despertó para que fuéramos a pasear como hacíamos algunos fines de semana. Entramos al Duomo, o la Catedral de Milán, y pensamos que sería excelente pasar por ahí para luego ir a almorzar por el entorno. Esto es lo mejor de vivir en un lugar con tanta cultura y maravillas cerca.

El Duomo es una de las catedrales más grandes del mundo, de estilo gótico, una maravilla para quien se disponga a mirar su imponente belleza. El exterior de la catedral está revestido de mármol blanco rosado al igual que la parte superior, que culmina con una infinidad de pináculos y torres coronadas por estatuas que contemplan la ciudad.

Giuseppe Perego esculpió una estatua de cobre dorado en 1774 que fue ubicada en el punto más alto. Es conocida como la *Madonnina* y se convirtió en el símbolo de Milán. En su interior, grandes placas de mármol oscurecido, donde es posible admirar su estilo estilizado y amplio con largas columnas de mármol y estatuas talladas que llegan hasta el techo.

—Me encanta este lugar —comenté asombrada, como si fuese la primera vez que entraba.

—Ya habías entrado, me imagino.

—Sí, pero no deja de sorprender.

—Milán es una belleza por completo. No es por ser creído, pero Italia entera es preciosa —dijo con orgullo a sus raíces—. ¿O no, *rolita*?

—Tienes razón, aunque me estás quitando calificativos. ¿Qué pasa con el *bella*? ¿Me estas bajando de categoría? Al parecer he bajado un par de escalones.

—Eso nunca, bella rola. Eres lo más lindo de Colombia.

Ese día hicimos turismo local. También fuimos a Cenáculo Vinciano, donde es posible admirar *La última cena* de Leonardo Da Vinci, una de las obras más conocidas de este artista italiano; un cuadro que parece encerrar mitos y misterios relacionados con la cultura de la época.

Ese día, Luca hizo muchísimas fotos: a lugares, otras solo yo o bien los dos juntos. Se entusiasmaba por sacar algunos planos que jamás se me hubiese ocurrido. Ese es el ojo del buen fotógrafo y esperaba con ansias el resultado del revelado.

—Vamos a hacernos esta también con mi móvil —dije con entusiasmo.

—No entiendes que jamás será lo mismo, aunque la otra vez con todo el desastre que dejamos, no salió nada. Mejor asegurarnos. —Se autoconvenció, pícaro.

Fue un gran día de turismo. No faltaba tema de conversación, no existían silencios incómodos. Podía hablar de temas profundos y pasar a reír por cosas sencillas, divertidas y simples. Eso es lo que me pasaba con Luca, que no necesitaba frenar nada de lo que quería decir. Podía ser yo misma, sin miedos; como un peón, siempre avanzando.

Mientras caminábamos por las calles de Milán, nos paramos a tomar un café. Ambos éramos fanáticos del cappuccino. Nos sentamos en una plaza a conversar y disfrutar del clima. En ese momento, no aguanté la duda que llevaba almacenada hace tiempo y no me había atrevido a preguntar.

—¿Qué pasó con Antonella? —Siempre estuve curiosa.

—No he hablado con ella, pero sí lo he hecho con Andrew. Le entristece tanto que no puedan tener hijos... La han operado y le han tenido que quitar una trompa.

—Qué triste.

—Es triste, pero cuando hay amor, todo se puede. Todo. Eso es lo que espero que les pase a ellos. Es lo que nos pasa a nosotros también —dijo con una sonrisa, tomando mi mano y entrelazando nuestros dedos—. Por favor, no tengas miedo. Me doy cuenta de que a veces te da miedo soltarte. Deja el pasado atrás y ábrete a descubrir el mundo de mi mano, amor.

En ese momento, me abrazó y besó con ese cariño tan especial e intenso que solo se da cuando dos personas se aman de verdad. Lo que me pasaba con Luca era algo que nunca hubiese imaginado ni en mis mejores sueños. Estaba feliz de haberlo encontrado, completamente feliz a su lado.

El domingo por la tarde, salimos a almorzar y me había coincidido con la menstruación, andaba con un poco de desgano. Esa tarde teníamos planeado seguir con las visitas, pero no pudimos. Luca se vino a casa conmigo, hizo un té y me sentí bastante mejor. Siempre tuve muchos dolores menstruales.

—Maca ¿no crees que estás más delgada? —preguntó Luca sentado a mi lado.

—¿Qué estás queriendo decir? No vengas a molestar, me siento horrible en mi primer día. Además, siempre he sido delgada.

—Solo creo que deberías ir al médico, asegurarnos de que algo está afectando a tu peso.

—Estás como mi mamá —me quejé entre risas.

—A penas termine la menstruación, te llevaré a un gastroenterólogo.

En la consultora nos iba muy bien y teníamos muchos temas entre manos; tantos, que tuve que echar una mano a los socios y a Pía. Tuve que hacer un par de entrevistas a algunos cargos. Por fortuna, todo fue muy bien, resultaba alucinante poder entrevistar a los candidatos. Nunca me había imaginado en ese puesto y me parecía fascinante.

Llevé un proceso para un puesto en el área de control de gestión y me había encantado. Me sorprendía para bien, no descartaría esa alternativa para el futuro. No estaría mal comenzar en un nuevo proyecto. La vida y mis capacidades me asombraban.

Milán fue una puerta de entrada a nuevos horizontes. Era sorprendente.

<u>Mi vida en Milán: Julio</u>

—Me he enamorado de Luca, aunque trate de no pensar en ello.

—Conocí la mayor tristeza de Luca: la pérdida de su hermana, el vacío que les dejó en su vida una niña de tan solo siete años. Me ha conmovido más de lo que hubiese imaginado.

—He conocido a su familia en Roma. Su madre me impactó por su fortaleza.

—He cocinado arepas después de años. Me acordé mucho de mi abuela.

—Voy a ser tía: mi mejor amiga está embarazada de un niño. Estoy feliz por ella.

—En el trabajo, he llevado algunos pequeños procesos. Me ha encantado.

—La fotografía no es lo mío y tendremos que volver al Lago.

—Amo a Luca y amo la vida que tengo. Estoy agradecida, aunque impactada por el dolor de su familia.

¿Secretos?

MACARENA

La vida con Luca era espectacular y me hacía sentir tan bien. Su mamá era una suegra muy especial, nunca pensé tener una conexión así con ella. Desde que estuvimos en Roma, siempre mantuvimos el contacto. Me encantaba estar de alguna forma cerca de ella. Hablamos por teléfono en algunas ocasiones.

—Gracias por tu precioso cuadro. Lo he puesto en el *living* de mi casa. Es más, ha sido tu hijo quien lo ha colgado. Queda perfecto.

—Me alegra que Luca haya colgado el cuadro para ti. Eres una chica muy especial. Me ha encantado tenerte en nuestra casa. Mi marido ha disfrutado mucho de las arepas. Gracias.

—No es nada. La próxima vez les dejare más. Espero que volvamos pronto.

—No sé qué me ha pasado contigo, Maca. Me recuerdas a mi pequeña y me alegra que cuides de Luca. Te he empezado a querer más de lo que pensaba que podía querer a una novia de mi hijo. Espero poder verte pronto.

—Me ha pasado lo mismo. Es la primera vez que siento este nivel de cercanía con una suegra. Eres una mujer admirable y agradezco mucho que nos hayamos cruzado. Todo gracias a tu hijo, a quien amo tanto.

—Me alegra que se quieran tanto. Solo quiero que lo formalicen.

—No es el momento todavía. No tenemos prisa. Estamos disfrutando.

—Cuídalo mucho, es mi pequeño. No ha tenido una vida fácil. Me terminó de sacar todas las canas durante ese año oscuro de su vida. —No entendía bien de qué me hablaba. ¿Qué era lo que Luca me ocultaba? Nunca mencionó nada.

—¿A qué te refieres? —Me corazón latía bruscamente. No entendía lo que estaba escuchado.

—Nada, Maca. Cosas que uno dice sin sentido —contestó desviando la conversación. No entendía lo que pasaba: había algo que yo no sabía.

Mi madre estaba feliz por mi vida. Siempre hablábamos por videollamada. Yo estaba muy contenta porque todo marchaba bien, como el peón de ajedrez. Tenía una sensación que no sentía hacía demasiado tiempo y me llenaba de esa energía positiva que te abre los espacios y te invita a disfrutar de la vida en plenitud.

—Qué alegría que estés bien, es una tremenda tranquilidad para mí.

—Sí, mamá. Es un buen momento para mí —comenté feliz. La estancia en Milán me trajo muy gratas sorpresas.

—Me alegro, Maca. Por fin has dejado atrás a ese hombre que solo te opacaba. Nunca me gustó ese tipo. Tienes todo nuestro apoyo. Esperamos que pronto nos visiten.

—Ojalá podamos ir a Bogotá. Los echo mucho de menos. Los quiero.

Se me quedó grabada la conversación con la madre de Luca refiriéndose al año oscuro. No era buena idea llamarlo para preguntarle, era un tema que se debía hablar en persona, aunque esa noche no logré dormir. No paraba de darle vueltas a las palabras «año oscuro». Empezaba a sentir miedo a que me escondiera algo.

Durante el almuerzo, mientras disfrutaba de una deliciosa ensalada griega y Luca una carne con patatas fritas con mucho kétchup, fui directa a lo que me importaba.

—¿Qué pasó en tu año oscuro? —lo enfrenté.

Luca se descolocó. Su cara se puso pálida y, como acto reflejo, separó su mano de la mía. Me miró y sentí el miedo que describían sus ojos, su mirada, su forma de pestañar.

—¿Qué dices?

—Lo que has escuchado, Luca. ¿Qué te pasó? —Lo observé fijamente. Se volvió a acomodar en el asiento. Estaba confundido. No podía disimular—. Vamos, dime.

—¿Cómo te has enterado de eso? —preguntó sorprendido.

—¡Eso no importa! Cuéntame qué pasó. ¡Tú mismo dijiste que no hay que esconder nada! ¡Estoy esperando! —exclamé alzando la voz, furiosa. Decidí darle unos minutos, sin hablar. Él mismo me habló de la confianza.

—Es algo de lo que no quiero hablar —dijo seguro y molesto.

—Es algo de lo que vamos a conversar ahora. Es algo que necesito saber y que me molesta que no me hayas dicho. —Estaba más seria que nunca y decidida a que me dijera que había pasado.

—Fue el último año de colegio. —Tomó aire. Se notaba sobrepasado, ya no era incomodad, era mucho más que eso—. Fue junto a uno de mis amigos, cuando llegué de Colombia. —Contuvo el aire, no podía continuar, tuve que animarlo.

—Vamos, Luca. Dime qué pasó con tu amigo.

—Fuimos por un mal camino. Cuando cursé el último año de colegio, nos metimos en temas complicados. No quiero hablar de eso, Maca, por favor.

—¿No me lo vas a contar? Soy tu novia. Necesito saberlo.

—¡No! —me dijo con voz segura, aunque con sus ojos un poco vidriosos.

En ese instante, me levanté, le tiré unos euros en la mesa para pagar mi ensalada, y me fui.

Del amor al desamor había un paso. La falta de confianza me mataba y él no confiaba en mí. Teníamos una relación, una preciosa complicidad, una conexión total. Estaba enamorada, pero no iba a dejar que me ocultaran algo que era tan importante. Fuese lo que fuese, necesitaba saberlo. ¿Qué habría pasado?

Caminé a mi oficina y fue la peor tarde en mucho tiempo. No podía trabajar. Mi productividad bajó a cero. Acumulé trabajo para el día siguiente. Mis pensamientos barajaban distintas opciones de lo que pudo haber pasado con él durante ese año oscuro del que su madre había hablado. La mentira o la omisión siempre saldría a flote.

Llegué a casa desilusionada y enfadada. No quería llorar, pero estallé como una tormenta, como una olla a presión que revienta, y sola, en mi casa, lloré durante horas. No quería sentir miedo nunca más. Todo lo que había avanzado se comenzaba a ir a la mierda. Me caía de nuevo al precipicio y me veía en una especie de telenovela donde todas las opciones podían ser posibles. Luca no fue capaz de abrir la boca. Fue un cobarde.

Barajé la alternativa de llamar a su madre para saber qué había sucedido. Agarré el teléfono mientras mis manos temblaban, lo tuve listo para hacer la llamada y por fin sacar esa duda que me aniquilaba. A pesar de querer averiguar todo, no lo hice, el miedo me consumió. Me quedé sentada en el sofá del *living*, miraba mi peón y pensaba que la jugada estaba paralizada. Era probable que, en esta etapa del juego, no alcanzara a llegar al otro lado del tablero. ¿Qué sería lo que Luca se había negado a contarme?

Temor a la verdad

LUCA

Siempre supe que no existe la perfección. Tuve momentos difíciles, sobre todo con la partida de mi adorada hermana. El terrible accidente que marcó mi corazón como si fuese una grieta de un cataclismo. Pero aparte de eso, durante los años oscuros, yo fui el que provocó el sufrimiento; a mí, a mis padres, a mi familia y quienes quería.

No me lo perdonaría jamás. Nuestras vidas están formadas por las secuelas del pasado, es inevitable. Algunas veces se alcanzan a remediar las acciones por haber ocasionado un daño; otras, el daño ya se hizo y no hay vuelta atrás.

Cuando mi *rolita* me preguntó respecto a lo que había sucedido ese año, lo primero que se me vino a la cabeza fue Bruno. Había roto nuestro pacto. Seguro que él le contó lo sucedido. Me dio su palabra, prometió que jamás le contaría a Macarena lo sucedido.

Me molesté y me asusté. No pude hablar. La mayoría de las veces tenía la capacidad para poder conversar con calma, pero en esa ocasión el miedo me invadió de tal forma que no fui capaz. No quería perderla. En solo unos meses me había dado cuenta de que ella estaba creada para mí, que nos unía una química y una complicidad que no se da, a menos que hayas encontrado a la persona indicada, y yo lo había hecho.

Al salir del restaurante donde almorzamos, tras ver su enfado, decepción y pagar la cuenta con parte de lo que había tirado sobre la mesa, llamé a Bruno. Quería matarlo. ¿Por qué hizo justo lo que le pedí que jamás hiciese?

—¿Qué tal, Luca?

—Mal. ¿Cómo es posible que no hayas respetado nuestro trato, Bruno? Lo único que te pedí fue que nunca le contaras nada a Maca. Yo se lo explicaría en algún momento.

—No sé de qué me hablas —respondió sorprendido.

—Lo que te pedí es que no le contaras a Maca lo que pasó en esa época de mi vida. En algún momento yo lo haría. ¿Por qué lo has hecho?

—Yo no le he dicho nada a Maca. Es un tema tuyo. Te prometo que no he dicho nada. Es más, la última vez que hablé con ella fue en la noche de póker, cuando estuvimos todos juntos, la semana pasada. ¿Qué ha pasado?

—No sé cómo se ha enterado. Me ha dicho que quiere saber qué fue lo que sucedió aquel año. Me dijo, textual, que quería saber qué ocurrió en mi año oscuro. Me estoy volviendo loco. No sé cómo hacerlo. Lo recuerdo cada día, nunca me podré liberar de ese peso, el dolor es insuperable.

—¡Vamos, primo! Cambia tu actitud. Debes perdonarte. Y si quieres a Maca, debe saber toda tu vida: lo bueno y lo malo. ¿La quieres?

—Obvio que sí. No la quiero, ¡la amo! Por ella haría cualquier cosa, lo que fuese necesario. Estos meses han sido fantásticos. Tenemos una sintonía especial, como si fuera de otro mundo, de otra dimensión. Me hace feliz. Es amor del de verdad.

—Te has contestado solo. Harías todo por ella. Es el momento de decírselo, sin miedo y con delicadeza. No te queda otra, debes hacerlo.

—No me entiendes, Bruno. Todo se puede ir a la mierda —expliqué desesperado.

—Te entiendo. Me pasa lo mismo que a ti. Creo que también he encontrado a la mujer de mi vida.

—Pero tú no has hecho nada malo, Bruno.

—Cuando hay amor, hay confianza. Y también debe haber perdón. Si no hablas con ella, se desilusionará más y será todo más difícil.

—¿Cómo se habrá enterado? ¿Quién se lo habrá contado?

—Eso es lo de menos, primo. Ahora ya sabes qué tienes que hacer. Maca no se merece eso. Es una mujer excepcional. Además, me has dicho todo lo que sientes por ella, jamás escuché todo eso de ti respecto a alguna novia del pasado. Si no hablas con ella, la perderás. Si hablas con ella, puede que tenga solución.

Con las palabras de mi primo, me animé. Tenía que saberlo todo o no llegaríamos a nada, a ninguna parte. No podía perderla, tenía que hacer lo posible para arreglar las cosas.

Me di una ducha. Mientras el agua tibia caía por mi cuerpo, solo pensaba en cuánto la amaba, cómo esa chica colombiana me había atravesado el corazón. Mi todo. Me prometí no dejarla ir. Ya no era un niño. Había dejado pasar demasiado tiempo. No se lo merecía. Iba todo tan bien que no quise arruinar las cosas con lo sucedido. Y el no hablar a tiempo, me estaba pasando factura que no sabía si tendría la capacidad para pagarla.

Me fui a su casa, nervioso. Pasé a comprar unas flores silvestres de bonito y alegre colorido. Con toda fe, toqué la puerta. Maca me vio por la ranura y no abrió. Comprobé que su enfado era mayor de lo que pensaba. Tuve que insistir.

—Maca, amor, ábreme.

—No abriré hasta que me expliques a qué has venido. —Su voz emanaba desilusión. Se notaba que estaba con una tremenda tristeza. Podía notarlo a través de la gruesa madera que nos separaba. Era como si pudiese sentir su corazón palpitar.

—He venido a explicártelo todo.

—¿Todo?

—Sí, te lo prometo.

Accedió a abrir. Su cara reflejaba lo que intuía, estaba triste y su mirada no brillaba como de costumbre, estaba perdida. No se veía enfadada sino triste, desilusionada que es peor. El camino se me ponía cuesta arriba, de esos que cuando vas en una bicicleta y no sabes si vas a poder llegar a la meta.

Entré a su apartamento y aceptó las flores, aunque no muy convencida, pero las puso en un jarrón con agua. Luego se sentó y me miró fijamente, estuvimos callados, hasta que me enfrentó sin tapujos.

—¡Soy todo oídos! Una vez me dijeron que no podían existir secretos para construir algo sólido o nos derrumbaríamos como un castillo de naipes. Vamos, Luca, te escucho.

—Perdona por no haberte contado este paréntesis de mi vida. No es fácil para mí, Maca —murmuré con temor de mirarla fijamente.

—Me duele que no me lo hayas contado. La falta de confianza es algo que no estoy dispuesta a soportar. Si me quieres como me has dicho, no me esconderás nada y menos, si te pregunto.

—Es que no había sido capaz. Me moriría si me dejas.

—Esa decisión la tomaré yo —sentenció con la mirada más fría que me dio nunca.

Y comencé a narrar.

Todo comenzó cuando volví de Colombia. Cursaba el último curso del colegio; tenía diecisiete años. Fui por un mal camino, juntándome con mala gente. Bebíamos demasiado, me empezó a ir mal en los estudios, algo que jamás había pasado, siempre había sido buen alumno.

Primero fue la marihuana; fumábamos mucho. Sin darme cuenta, un día comencé a consumir cocaína. Un amigo se la robaba al novio de su madre.

Dejamos de ir a clases y estábamos colocados gran parte del día. Por las noches salíamos de fiesta sin importar si era fin de semana o no; me escapaba de casa. Mis padres tenían mucha confianza en mí, por lo que no fue nada difícil engañarlos. Mi madre es una mujer ingenua, de buenos sentimientos y no piensa en la maldad. No notó el problema hasta que *estalló la bomba*.

Detuve la narración con la boca seca; no sabía cómo seguir. Ella me miraba con sus ojos grandes sin entender lo que le decía. Era como si otra persona estuviese hablando, no el tipo al que ella había conocido. Era una imagen de Maca que nunca había visto, denotaba ansiedad y miedo, mucho miedo. Suspiré y dije aquello que tanto eludía y me avergonzaba: Fui adicto y estuve internado en una residencia de desintoxicación.

Maca me miraba y yo no quería desilusionarla por mis garrafales errores del pasado. Sabía que odiaba la droga. Nunca me había hablado en detalle, pero me dijo que su exnovio consumía y ella no lo podía tolerar.

Estuve en rehabilitación, mi madre estuvo a mi lado todo el tiempo. Venía a verme cada fin de semana. Mi padre no fue nunca; no me perdonó en mucho tiempo.

Ellos ya habían pasado demasiado dolor como para que yo les causase más angustia. Ya habían vivido lo más terrible que les podría haber pasado: un accidente les había arrebatado a su pequeña y yo fui un inconsciente haciéndoles pasar por momentos complicados.

Mis palabras eran de absoluto arrepentimiento, me costaba hablar, como si me apagase a medida que contaba y revivía la historia. Comprobaba la cara de Maca, estaba desconcertada y eso que aún no había llegado al detalle más doloroso, del que no me gustaba hablar, del que muchas veces despertaba por las noches con una sensación de angustia por una pesadilla, el que me hacía sentir una mierda.

No era el hombre perfecto, arrastraba los demonios del pasado. Traté mal a la gente y no me tomaba mi vida en serio. Solo me importaba poder tirarme a todo lo que se moviese y buscar nuevas sensaciones que al final del día, no me llevaban a ninguna parte, solo a estar cada vez más solo.

—Cuando esnifaba una raya, llegaba a lo más alto, pero los bajones eran espantosos y estaba cada vez más perdido. Todo se desvanecía y quedaba un pobre chico perdido privándose de su futuro, de la vida, de vivirla como hay que hacerlo. Me estaba perdiendo cada día un poco más.

—¿Fuiste adicto, Luca? ¿Y no me lo contaste? —preguntó con dolor—. No te hubiese juzgado, pero ¿por qué no me lo contaste? ¿Por qué?

—Perdóname, Maca —suspiré fuerte—. Sí, fui adicto, estuve meses en rehabilitación. Tuve que repetir el último año de instituto. Me tenían que cuidar como a un niño para que no recayera. No sabes cómo me arrepiento del daño, del dolor causado a mi madre.

En ese instante volví a recordar a mi mamá con el aspecto roto como cuando ocurrió lo de mi hermana. Comencé a llorar con fuerza. El recuerdo me llevaba a sentirme el ser menos merecedor de esta vida; seguí con narrando, esta vez mirándola.

Primero, robábamos coca al novio de la madre de mi amigo; después, les robé a mis padres un Rolex de oro que papá heredó de mi abuelo, joyas de mi mamá y dinero.

Una noche, cuando salimos de fiesta, me encontré con una exnovia. Siempre sentí que ella me quería más que yo a ella. Yo ya estaba colocado cuando llegamos a ese puto bar y la invité a bailar. No se dio cuenta de mi estado, era un buen actor. Era una chica excepcional, excelente alumna y muy responsable.

Nos subimos en el coche de uno de mis amigos. Estábamos el conductor, una chica adelante, y yo con mi exnovia. La música estaba demasiado fuerte, mi acompañante se asustó por la velocidad. Me agarró la mano y se tensó de miedo, de angustia y luego chocamos con un árbol. Impactó en el lado del conductor donde iba mi exnovia y terminamos impactando con una casa.

—Llegaron los bomberos, pero no puedo recordar con claridad. El coche quedó como un acordeón. —Revivir esto era estremecedor, el dolor me punzaba, estaba llorando sin poder controlarlo—. Pasó lo peor: murió mi amigo y también mi ex.

—Luca, no sabes cómo lo siento —dijo mi *rolita* en llantos. En ese momento me abrazó, me acarició el pelo y sin darme cuenta me apoyé en su hombro. En el hombro de la persona que amaba.

Nos fundimos en ese abrazo durante mucho tiempo. Ambos llorábamos sin poder articular palabra. Maca se levantó y me sirvió un vaso de agua. El dolor era como sentir un centenar de agujas que traspasaban mi piel cada vez que venía a mi mente ese momento. Por la falta de responsabilidad, por no medir los límites, llevé a una inocente chica a la muerte. Si ella hubiese sabido el estado en el que estábamos, no se hubiese subido al coche.

Maca sacó una manta. No sé cuándo llegué a conciliar el sueño, no me di cuenta hasta que desperté en la madrugada. Me levanté sin hacer ruido, miré el móvil y eran casi las cinco de la mañana. Fui a la habitación de Maca y ella dormía. La contemplé unos minutos. Su belleza era despampanante, incluso cuando dormía. Finalmente, me marché.

Tras contarle lo sucedido, me sentí libre. Los accidentes pasan y lo sabía mejor que nadie. Pero en este caso, podría haberse evitado. Si no me hubiese encontrado con ella, si no me hubiese hecho caso, si nos hubiésemos quedado en el bar, si no hubiésemos consumido droga, si no nos hubiésemos subido en ese auto, ellos seguirían vivos.

Se suponía que nos teníamos confianza, pero no lo suficiente, ambos teníamos temas del pasado que nos pesaban y que no éramos capaces de hablarlos, a pesar de sentirnos queridos y amados. Creo que el amor es muy particular y a veces es tanto el miedo que podemos llegar a sentir de perder a esa persona que nos roba los suspiros, que pensamos que es mejor no desempolvar temas no resueltos. Pero siempre de una u otra forma se salen y nos pueden reventar en la cara si es que no somos capaces de perdonar de verdad, con el alma.

Dolores y decisiones

MACARENA

Me acosté con una sensación de tristeza enorme. No podía imaginar que quien me había acompañado estos meses, había estado metido drogas. No lo juzgaría, intentaba no hacerlo, pero me costó demasiado. Me acosté pensando en su madre, en cómo habría vivido esa terrible situación. La adicción de Luca y el fatal accidente que había arrebatado dos vidas. Un accidente que se podría haber evitado, que podría haber no existido.

Estaba con una sensación de dolor en el pecho, por todo lo que me había dicho, ver su dolor al hacerlo y su infinita tristeza. No podía dejar de cuestionarme cuánto tiempo hubiese omitido esa parte de su vida. Yo, su novia, debía saberlo. Es más, él mismo me habló de la confianza.

Al despertar, Luca no estaba en el sofá donde se había quedado dormido; se había ido. Sé que entendió mi señal, no hice ningún gesto de amor o de llevarlo a pasar la pena en mi cama. Fue todo demasiado fuerte, no podía llegar y continuar una vida normal como si nada hubiese pasado. Había destrozado mi confianza y yo ya venía tocada por lo que me hicieron en mi anterior relación.

Cuando comenzaba a recuperarla, me enteré de la bomba que debí saber meses antes. No lo podía creer. ¿Por qué no me lo había contado? No era lo mismo que lo de su hermana, pero en este caso, él iba drogado, no debía de haber ocurrido y sería algo con lo que Luca tendría que cargar para siempre. No había vuelta atrás.

Me levanté y fui a la oficina. Quería que fuese un día normal, pero no podía negar que algo había cambiado. No era el Luca que había conocido, arrastraba un pasado desolador y no había tenido la confianza suficiente para contarme lo sucedido. Yo lo amaba con sus defectos y sus virtudes, pero no entendía por qué me ocultó algo así. ¿Estábamos construyendo un castillo de naipes?

Pasaron los días, y me mandó varios mensajes. Sé que no fui lo suficiente empática, pero no podía evitar la rabia que tenía por la falta de confianza. Lo amaba, lo extrañaba horrores.

De: Luca Zambelli

Para: Macarena Del Pino

Maca, por favor, perdóname. Sé que fui un cobarde, tenía miedo a perderte y no fui capaz de decírtelo antes.

De: Luca Zambelli

Para: Macarena Del Pino

Maca, rolita bella, por favor. No te pido que me entiendas, sé que lo que pasó fue un tremendo error con el que cargaré por el resto de mi vida. Lo siento.

Por favor, perdóname por no habértelo contado a tiempo. Te lo ruego.

No me has contestado, me siento horrible sin ti.

De: Luca Zambelli

Para: Macarena Del Pino

Maca, te amo. Quiero que lo tengas claro. Si no te conté, fue por miedo. No supe cómo hacerlo, estábamos pasando por tan buen momento que no quise fastidiarlo con esto. Ahora sé que ha sido peor el no ser capaz de enfrentar la verdad. Sé que debe doler demasiado el traicionar tu confianza. Perdóname. Te amo.

De: Luca Zambelli

Para: Macarena Del Pino

Traté muchas veces de buscar la ocasión para contártelo, pero no pude, Maca. No pude porque cuando uno ama como yo te amo a ti, el miedo que se produce al contar algo así, es terrible. Tenía un miedo espantoso; aún lo tengo. No quiero perderte, Maca. Te amo y te necesito. Estos días han sido una mierda sin ti a mi lado. Sé que necesitas tiempo y no te presionaré. Solo quiero que sepas que te extraño a todas horas. Te amo bella rolita.

Pedí a Francesca e Isabella que vinieran una noche a casa. Necesitaba el apoyo que podían darme hablar con ellas y contarles lo sucedido. Cuando llegaron ya habían pasado seis días sin tener contacto con Luca. Me sentí muy mal, era como si mi cuerpo lo extrañase. Me refiero al contacto, porque no fui capaz de contestar a sus mensajes. Estaba tan acostumbrada a estar con él, que en este instante me sentía completamente vacía. Era como si me faltara una parte, pero estaba tan dolida.

A veces puedes llegar a sentir que una omisión de la verdad puede llegar a doler tanto como una mentira. ¿Sería lo mismo? Así lo sentía yo, como si fuesen sinónimos. El daño era el mismo.

Les conté a mis amigas lo sucedido.

—Maca, es muy fuerte y doloroso. Creo que necesitan hablar. No puedes seguir así, escondiéndote de él —dijo Francesca.

—¿Has sabido algo de él? Algún mensaje, aunque sea —preguntó Isabella.

—Sí, me ha dejado un mensaje hoy y varios WhatsApp. Dice que no me va a presionar, que estuvo a punto de contarme lo sucedido en varias ocasiones, pero que no fue capaz de revivir todo de nuevo; supongo que además tenía miedo.

—Yo estuve con él en casa de Andrew. Fuimos con Renzo por su cumpleaños. Estaba triste, dijo que habían discutido y que él la había cagado. Cuando le preguntamos, no dio motivos, pero los ojos se le llenaron de lágrimas.

En ese momento me sentí muy triste por Luca, recordé su expresión la última vez que nos vimos y posiblemente intentando disimular pensando en los problemas de sus amigos. Mi corazón se apretó.

—Vamos, Maca, llámalo, tienen que hablar. No debe ser fácil contar lo que sucedió. No es cómo llegar y decir: «Hola, soy Luca. Fui adicto y por las malas decisiones que tomé, murió una chica inocente quien además fue mi novia»; las cosas no son así. No lo justifico, debió contarte todo antes, pero todos tenemos procesos distintos. Tiempos diferentes, miedos que nos invaden —dijo Francesca.

—¡No seas tan dura! —exclamó Isabella—. Tú también debes tener espinas en la vida que quizás no has sacado aún. O que no le has detallado por completo a Luca. ¿Lo quieres? ¿Le has echado de menos estos días?

—Lo quiero, lo amo y lo he extrañado horrores —respondí segura—, pero me cuesta, chicas... la confianza. Ya me destrozó Herman con su infidelidad y ahora esto. No sé si podré soportarlo.

—Me vas a perdonar, Macarena, pero esto es totalmente diferente. Herman era un hombre adulto y consciente del daño que hacía, un desgraciado con todas sus letras. Lo de Luca es distinto, primero estaba enfermo cuando esto sucedió y... —no dejé que Francesca siguiera.

—No es lo que sucedió, que es terrible y es imposible que no me duela. Es que no me lo haya contado —repliqué ahogada en lágrimas.

—A veces no es tan fácil hablar. Además, tú no lo viviste, no puedes juzgar —dijo Isabella.

—Chicas, me duele.

—Si no hablas, el dolor seguirá.

Mis amigas se fueron, era tarde. No dudé un segundo cuando preparé una muda de ropa para ir a su casa.

El camino se me hizo eterno. Me traspiraban las manos, me temblaban las piernas y mi corazón estallaba con cada latido, como si necesitara encontrar el de Luca para poder estabilizar su ritmo.

Bajé del taxi y toqué la puerta. Eran más de las doce de la noche. Me abrió medio dormido, en *boxer*s. Luca no entendía mi llegada, se refregaba los ojos del sueño. No lo pensé y me abalancé sobre él. Me recibió con el abrazo que esperaba, con el amor que añoraba. Ese Luca sincero que, a pesar de las circunstancias, logró hablar de todo lo terrible que sucedió años atrás.

—¿Me perdonas? Por favor, hazlo. Tenía que decírtelo, pero no quería arruinar lo nuestro, *rolita*. Por favor, perdóname. —Sus palabras me calaron hondo.

—Sí, Luca. Siento mucho lo que viviste —exclamé llorosa—. Perdóname tú a mí por no venir antes.

—Gracias, Maca. No tengo nada que perdonar. Nunca guardaré algo que tengas que saber, te lo prometo. Dame una oportunidad y confía en mí.

—¿Sea lo que sea?

—Sí, amor, lo que sea. No imaginas cómo han sido estos días para mí. Un completo infierno. Te amo.

Me contó varias cosas respecto a su recuperación y algo que no sabía. Todos los miércoles se ausentaba antes de la oficina, ya que ayudaba en un centro de desintoxicación en Milán.

—Ir al centro es como, de alguna manera, remediar lo que hice. A pesar de que no tiene solución, pero me calma ver los avances de los que están allí. También presto asesoría legal gratuita cuando es necesario, cuando hay un caso que lo requiera. Es mi manera de poder avanzar. —Sus palabras me emocionaron, me enamoré un poco más de ese chico al que no quería perder, con el que quería estar siempre.

—¿Hace cuánto tiempo ayudas en el centro?

—Todo esto pasó cuando era menor de edad, si no, no podría ejercer mi profesión. Lo hago desde que llegué a Milán. Hace varios años ya y lo seguiré haciendo el máximo tiempo posible.

—Quiero acompañarte.

—¿Estás segura? No es fácil estar ahí, Maca. Parte el alma ver cómo llegan, pero es lo mejor cuando salen victoriosos. Aunque no todos lo logran, muchos vuelven a recaer y es muy doloroso.

—Si es importante para ti, lo es para mí. Quiero ir —dije segura para que me llevara, para que entendiera que mis palabras eran ciertas. Su vida era parte de la mía.

—Entonces te llevaré. Tú no has estado metida en esa mierda, pero siempre puede ayudar gente como tú, noble, con ganas de poder entregar, aunque sea un grano de arena, por otra persona.

—Sí, Luca, yo no he estado metida, pero podría haberme pasado lo mismo que a tu exnovia —solté sin pensar.

—¿Cómo?

—Mi exnovio fumaba marihuana, después cocaína. Podría haberme pasado a mí también. Te acompañaré. Podría haber estado en un coche con él mientras estaba puesto y no quise darme cuenta, porque estaba ciega.

—Agradezco que no haya pasado nada así, Maca. Vivir con ese peso en el alma no es fácil y solo quedan dos alternativas: perderse o hacer algo, y he tomado la segunda opción.

—Te amo por eso, Luca. Te amo más que ayer, más que hace seis días, más que hace un segundo.

—Y yo te amo más. Gracias por tanto, Maca.

Esa noche fue una mezcla de emociones. Luca estaba avergonzado y triste. Me aseguraba que podían pasar años y que era probable que ese sentimiento no se le pasara. El sentimiento de culpa jamás lo abandonaría. Por esa chica y por todo el daño que había causado. Cuando hay una adicción, no solo sufre la persona, sino todo su entorno.

Me pasó lo mismo que hace un tiempo. Me di cuenta que detrás de ese chico alegre y bailarín, había un dolor tremendo por la partida de su hermana y lo terrible que fue para su familia. Ahora, pasado unos meses, me daba cuenta de que este chico correcto, abogado prestigioso y todo lo demás, también tenía otro pasado desgarrador: una mala decisión que lo llevó a vivir un accidente con fatales consecuencias.

Esa fue una de las noches más intensas de mi vida, apertura emocional, recepción y gran contención. Lloré como hace mucho tiempo que no lo hacía. Los estragos que dejaba la droga eran espantosos, pero Luca logró salir adelante gracias al apoyo de su familia, especialmente de su madre. Me llevó a pensar en la gran persona que era, que, a pesar de sus dolores, jamás dejó de luchar por su familia, por sus hijos, por su marido.

Comprobé que yo también tenía una adicción, aunque una permitida. ¡Luca! Él era mi droga. Solo quería estar a su lado y acompañarlo en el mundo de la rehabilitación de jóvenes que estaban en el camino de encontrar la esperanza.

Poco a poco comenzamos a avanzar con Luca. Lo superé, aunque me costó asumir lo sucedido. Cuando hay amor del bueno, del verdadero, uno avanza. Estaba perdidamente enamorada de él. Entendí que quisiera ocultarlo y a pesar de que me dolió, lo perdoné. Todos tenemos demonios que no queremos sacar a la luz.

Comencé a acompañarlo al centro a los *mentoring* que hacía a dos chicos jóvenes con una vida por delante, pero con una piedra en el camino que les dificultaba avanzar. Les llevábamos merienda y Luca se sentaba a conversar con ellos; yo no hablaba mucho.

Descubrir esta faceta de Luca fue impresionante. Los chicos lo amaban, y él conectaba con ellos de una forma increíble. Conocía en detalle sus gustos y sus hobbies. Sabía todo de ellos, y tenían sesiones de más de dos horas; los trataba de igual a igual. Recordó junto a ellos algunos difíciles episodios. El periodo de abstinencia era desgarrador, Luca les trasparentó, contó todo con detalles, los altos y los bajos.

Los chicos rieron, se esperanzaron y también lloraron junto a nosotros. No puedo explicar la sensación con la que salí de ese lugar, con una tristeza grande, por un lado, pero con una plenitud por otro. Me sentí afortunada. Luca me llevó a sentir eso. Lo amé más, con su pasado y con su presente. Era un sobreviviente.

Adicción y destrucción

LUCA

No fue fácil. Contar una adicción nunca es fácil. Por fortuna, salí adelante.

Los días en el centro eran complicados, sobre todo al principio, aunque fue de las mejores cosas que me han pasado en la vida. Por eso acudía al centro, en Milán. No era el mismo centro que me sacó a flote a mí, pero la esencia es la misma. Los chicos aprenden a vivir esta vida como se merecen vivirla.

Cuando estás en el mundo de la droga, todo cambia, queda todo patas para arriba, solo piensas en consumir y nada más. Uno es capaz de muchas cosas para eso. Llegué a robar a mis padres cosas de mucho valor sentimental. Les fallé y ellos ya tenían suficiente con la terrible muerte de mi hermana. Después, me di cuenta lo egoísta que fui, sin tener motivo para hacer eso. Toqué fondo, me hundí y en ese accidente yo también podría haber pasado a otra dimensión.

A veces pensaba ¿por qué no fui yo? Lo merecía más que ella quien no merecía irse tan joven y con toda la vida por delante.

Cuando caes a un acantilado como este, te das cuenta de que hay que aprender a ser feliz, disfrutar de las cosas simples de la vida, que los abrazos y las sonrisas nunca son suficientes. Lo mismo pasa con el amor: siempre se puede amar más, siempre se puede dar más. El corazón es un músculo que puede crecer y atesorar momentos inolvidables. De eso se trata la vida, de momentos que debemos aprender a valorar, que nos llenen y nos hagan ser mejores personas. De pequeños instantes que marquen la diferencia, que te hagan vibrar.

Cada vez que me sentaba a meditar o hacer *mentoring* a los chicos, a mostrarles la ruta de la limpieza a través de mi experiencia, me emocionaba. Muchas veces, como este día en particular, lloraba como un niño. La mejor terapia de mi vida fue el apoyo a mis chicos y seguir en contacto con ellos cuando salían. Ese es el milagro que vivía a diario logrando insertarse en la sociedad.

No podía decir que no estaba asustado de la reacción de Maca. Los días que no hablamos fueron eternos, se sintieron como una década. La entendía, pero no era algo para explicar de un momento a otro, así como así. Menos mal que ella es una persona noble. Ese era uno de los tantos atributos que me enamoraron de ella. Esa capacidad servicial era asombrante, una mujer de buenas intenciones, quien hacía hasta lo imposible por no dañar a nadie.

Así es ella. Pensé que me dejaría, no por lo ocurrido, sino por omitir algo así de trascendental en mi vida. Cuando nos rescataron los bomberos, el estado del coche, la muerte de mi amigo, los llantos desconsolados de mi madre en el hospital cuando llegó a verme, la cara de desconcierto cuando le avisaron lo que reflejaba el examen que me habían realizado, cuando se enteró que su hijo era adicto a la cocaína, cuando le confesé el robo de las joyas y el reloj heredado por mi padre. No pude graduarme con mis amigos porque tenía que desintoxicarme en el centro. Mi padre no me habló en más de seis meses, la desilusión de su segundo hijo lo dejó en una depresión.

Recuerdo el proceso de recuperación, las lágrimas, el deporte, cómo mi hermano iba al menos tres veces a la semana al centro solo para poder abrazarme, para mantenerme activo, para que no flaqueara y saliera adelante. Qué intenso fue aprender a vivir con una marca tan profunda en mi vida. A veces, miraba hacia atrás y me daba cuenta de que para conseguir droga lo único que me faltó fue prostituirme, porque hay gente que en su desesperación llega a eso; pasas a vivir para consumir.

Menos mal que yo no conducía. Si fuese así, y hubiese quedado con vida, no habría sido capaz de soportarlo. A veces pienso que menos mal que mi amigo también murió, porque hubiese estado con muchos problemas legales y no sé si hubiese aguantado. Él era un tipo sensible, comenzó a destruirse cuando su madre se murió. Nunca supe más de la chica que se salvó. Se marcharon de Roma y le perdí la pista. Mi madre se culpaba y estuvo ausente durante mucho tiempo. Al final, el único culpable era yo, solo yo.

¿Sorpresas de la vida?

MACARENA

Ya teníamos una rutina implementada, no solo tomábamos café en casa momento libre que teníamos entre el trabajo, sino que nos quedábamos en la casa del otro; ese día fue en mi casa. Cada vez me gustaba más pasar tiempo con él, estos más de cuatro meses juntos, desde que nos confesamos, habían sido maravillosos; el tiempo pasaba volando sin darnos cuenta. Estaba realmente feliz en todos los sentidos.

Era pasada la medianoche cuando sonó el timbre. Me asusté ¿Quién sería? Fui a la puerta y miré por la mirilla. En ese momento me paralicé, era la última persona que pensé que podría venir a mi casa. ¿Qué hacía aquí?

Ni siquiera me di cuenta cuando Luca llegó a mi lado preguntando quién era, solo logré murmurar: Herman. Me tomó de los hombros y besó mi cabello.

—Vamos, abre. No sacas nada con evadirlo; yo estoy aquí para apoyarte, no lo harás sola, no podrá hacerte daño. Sabes que te amo y no dejaré que te lastime.

—No quiero, ya forma parte del pasado. —Miré de reojo a mi peón.

—Si no lo haces tú, lo haré yo y no me responsabilizaré de mis actos —dijo serio.

—Hazlo tú —le pedí angustiada y temerosa, girándome hacia él—, pero no le hagas nada.

¿Por qué estaba aquí? ¿Cómo supo dónde vivía? Lo había borrado de mi vida.

Luca abrió, pero antes me besó la frente con gesto de cariño y contención, queriendo decir que todo estaba bien.

Abrió la puerta, molesto, enfadado.

—¿Qué quieres? No eres bienvenido y nunca lo serás.

—No he venido a hablar contigo, vengo a hablar con Macarena —dijo moviendo la puerta con brusquedad para entrar. Luca accedió, pero me abrazó con fuerza en señal de apoyo y contención.

—¿Quién te ha dicho dónde estoy? No hay nada que hablar —dije sacando la voz de no sabía dónde.

—Tenemos que hablar y no quiero que esté presente este tipo.

—No me iré —afirmó Luca—, hablas frente a mí o te vas.

—¿Por qué estás aquí? —pregunté—. Y Luca no se va a mover de mi lado.

—Tu hermana me ha dado tu dirección. Tu madre no quiso hacerlo, ni Joyce, ni tu grupito de amigos, que, por cierto, nunca me cayeron bien —dijo en tono burlesco—. Pero Gabriela me la dio. —Iba a matar a mi hermana, ¿cómo se le ocurría hacer eso?

—¿Qué quieres, Herman?

—Necesito hablar contigo, pero solos, sin interferencias —dijo fijando su mirada en Luca. Sus ojos reflejaban odio.

—No tenemos nada que hablar. Lo que hiciste es algo que jamás perdonaré. Sé que siempre me has engañado y ya no puedo permitirme vivir una mentira. Vete, por favor, no arreglarás nada con venir aquí. No es necesario hablar, ya no eres parte de su vida.

—Vengo a pedirte perdón, Maca. No he podido olvidarte.

—¿Olvidarme? Si nunca me has querido. Una persona como tú no sabe querer —dije de forma brusca.

—Te amo, Maca. Por favor, perdóname. Vuelve conmigo a Holanda. —Herman dio un paso hacia adelante, haciéndome temblar.

—Ya no es momento para declaraciones de amor —expresó Luca, furioso—. ¡Fuera! No quiero perder la paciencia y volarte la cara de un puñetazo.

—Yo no te quiero, Herman. Lo último que quiero es irme a Ámsterdam. Por favor, vete —ordené—. ¡Vete ahora! O no respondo de mis actos.

—Por favor, perdóname —pidió con los ojos llorosos y tratando de tomar mi mano.

—Herman, ¿qué te pasa? ¿Crees que las cosas son así de simples? Te encontré en nuestra cama follándote a otra y ¿crees que viniendo aquí voy a olvidarlo? Estás loco. Vete, yo no siento nada por ti. Necesito que te vayas y me dejes tranquila.

—Vete, Herman —dijo Luca con brusquedad—, ya la has oído, no quiere nada de ti.

—¿No hay ninguna posibilidad?

—Ninguna. Tienes que irte, por favor —supliqué. Luca comenzó a empujarlo a salir, ya estaba a un segundo de perder la paciencia.

—¿No la has escuchado? Vete —ordenó Luca furioso—. No quiero tener que sacarte de otra forma.

—Por favor, escúchame —pidió con un hilo de voz.

—Vete, Herman. No quiero verte, no siento nada por ti. Eres un mal recuerdo.

Herman dio la vuelta y se fue. En ese momento Luca me abrazó con fuerza, me decía que todo estaría bien.

—Menudo idiota —murmuró Luca haciéndome sonreír.

—Estuvo perfecto lo que hiciste —le dije con una sonrisa de agradecimiento—. Gracias por tu apoyo. Te amo.

—¿Sentiste algo al verlo? —me preguntó con voz ansiosa e insegura.

—Nada, Luca. Tú eres la persona a la que quiero. Este imbécil es pasado, no soy de las personas que miran hacia atrás para ver si puedes regresar, sino para observar sus avances y seguir adelante —repliqué con firmeza—. ¡Mira! —Le señalé al peón.

En ese momento, me fui a mi habitación a por el teléfono, furiosa, deseando una explicación inmediata de mi hermana.

Nos habíamos alejado y solo hablábamos por el chat familiar con mis padres. Varias veces la llamé, pero no cogía el teléfono y no me devolvía las llamadas, nunca lo hacía. Mi madre me decía que no insistiera, que no pasaba por un buen momento, no estaba muy convencida de seguir en Londres y se tomaría un semestre para pensar y decidir.

Después de mucha insistencia, logré que contestara.

—Gabriela, ¿cómo has sido capaz de hacer algo así? ¡Ha venido Herman! No tenías derecho a decirle dónde vivo. ¿Por qué? Que eres una persona adulta y soy tu hermana, por el amor de Dios.

—Tenía que hacerlo, perdóname. No quiero hablar de esto. De hecho, esperaba que me llamaras, sabía que llegaría el momento en que él fuera a tu casa. Me insistió tanto...

—Pero ¿por qué? No tenías derecho a hacer algo así. Ahora está en Milán. Menos mal que estaba con Luca cuando apareció. ¿Por qué lo hiciste? —grité furiosa—. No tienes derecho de meterte de esta manera en mi vida.

—Me chantajeó, Maca. —respondió llorando a mares. Sabía que Herman era capaz de hacer cualquier cosa por conseguir lo que quería.

—¿Qué? No entiendo nada. ¿Con qué te chantajeó? Si solo coincidieron en las vacaciones de Navidad del año pasado.

—Le pedí la dirección a mamá y le dije que te iría a ver de sorpresa, pero en realidad... perdóname, Maca, por favor, perdóname.

—¿Cómo has hecho eso? Decirle a mamá que querías venir a verme para darle la dirección a Herman. Gabriela, ¿qué te pasa? Tú no eres así.

—Maca, perdóname, por favor —su voz era un hilo y sus llantos eran desgarradores. ¿Qué pasaba? No entendía nada.

—Gabriela, ¿qué hiciste en Ámsterdam para que pueda chantajearte de esa manera? Vamos, habla —le grité—. Pasaste Navidad, Año Nuevo y volviste a Londres. No entiendo.

—Me dijo que, si no le daba la dirección, le contaría todo a mamá y papá —dijo en voz baja y melancólica, tratando de contener el sollozo que la abrumaba. Mi hermana no paraba de llorar al otro lado de la línea.

—Contar ¿qué? Vamos, Gabriela, eres mi hermana. Necesito saberlo. Tiene que ser algo muy fuerte para que le hayas dado mi dirección. Aunque de Herman no me extraña nada, no es un buen hombre.

—Algo pasó entre nosotros cuando tú no estabas en casa y nos quedamos solos... Pero ¡déjame que te explique! —gritó como si hubiese sido una olla a presión a punto de explotar.

—¿Qué has dicho? —Estaba superada y me caí al sofá al lado de Luca, tras caminar de un lado a otro mientras hablaba con ella.

—Él me buscó. ¡Perdóname! Tengo que contártelo, ya no aguanto más con esto dentro. Me quema hace meses, no aguanto más, pero tengo que explicarte, por favor.

—¿Cómo pudiste hacerme algo así? ¿Cómo fuiste capaz? Eres mi hermana ¡Mi hermana! —repetí con un dolor en el alma que no podría explicar.

En ese momento corté la llamada, no quise saber más de ella y no querría hacerlo por el resto de mi vida. Me había engañado. Quería explicar lo inexplicable. Me moría de dolor por lo que hizo.

No paré de llorar, Luca se acercó y me dio un abrazo de esos que vienen del corazón.

—Maca, tranquila. No me gusta verte así, no quiero que estés mal —pedía acongojado.

—Esto es demasiado. ¿Entendiste todo?

—Creo que sí, no lo escuché, pero puedo entender lo que pasó.

—Tuvo algo con él. ¡Mi hermana! No lo puedo creer —dije mientras lloraba en su hombro—. ¿Cómo me hace algo así?

—Este tipo es un hijo de puta —replicó Luca—, debí haberlo reventado.

En ese momento, el mundo se cayó a mis pies. Una cosa era que me fuese infiel un par de veces, otra era verlo con mis propios ojos, pero esto... esto ya no tenía nombre. Gabriela era mi hermana y solo fue a pasar unos días con nosotros. ¿Cómo pudo hacer algo así una de las personas más importantes de mi vida? Esto era terrible. Entiendo que la chantajeó porque jamás imaginó que Gabriela me contaría lo sucedido. Ahora, en vez de ver a la compañera de trabajo en la cama, mi cabeza imaginaba a mi hermana.

Esto era demasiado. Menos mal que estaba con Luca y que ver a Herman me hizo sentir rechazo. De él, nada me extrañaba, era mi hermana la que me defraudó; eso me dolía, una de las personas que más quería en mi vida, ¿cómo podía hacer algo así?

—Luca, es mi hermana. ¿Cómo pudo?

—Ojalá pudiese darte una respuesta, pero no la tengo. Ojalá pudiera sacar esta desilusión que tienes, pero no puedo y no sé cómo hacer. Te quiero.

—Lo sé. Yo también te quiero, te amo. No sé qué haría sin ti, Luca. ¿Para qué me sigue llamando si no quiero saber nada de ella? —El celular sobre la mesa mostraba como la llamada se repetía una y otra vez.

Cuando logré calmarme un poco, Luca me preparó un té. Una cosa era que él fuese un mujeriego y mentiroso, pero que se haya metido con mi hermana... Jamás podría olvidar algo así y comenzaba a entender aquellos distanciamientos entre hermanos. Había perdido una hermana, es más, ella me había perdido a mí.

Me acosté, pero no pude dejar de llorar. Luca se tendió a mi lado, sin decir nada. Se quedó ahí, acompañándome en la pena, quizás la más grande que había vivido.

Al día siguiente, Luca me despertó con el desayuno. Me había preparado hasta un zumo de naranja.

—Despierta, bella, te he traído el desayuno —me dijo con cariño, preocupado.

—Gracias.

—Come las tostadas y tómate el café, que te llevaré a la oficina. No te dejaré sola.

Esa mañana, menos mal que estaba con Luca. Salimos del apartamento y ahí estaba el imbécil de Herman.

—¿Qué quieres? ¿No te ha quedado claro que no quiero verte? ¿No fue suficiente acostarte con Gabriela?

—Jamás pensé que te lo contaría. —Estaba desorientado, su plan se había caído, no pensó que Gabriela me diría lo sucedido.

—Ya lo sé todo y no tengo nada que hablar contigo. Vete.

—Ya la has escuchado, agarra tus cosas y esfúmate. Solo le causas dolor. Ya es suficiente, no permitiré que le hables más. Vete de aquí o te reviento. Voy en serio, no soy capaz de controlarme si no te vas ahora —intervino Luca.

—Sé que no tengo ninguna opción de tenerte, Maca. —Herman bajó la cabeza, demostrándose derrotado.

—No sé cómo pude estar contigo. —Me acerqué y descargué toda mi rabia en un tremendo guantazo que me dejó roja la palma de la mano.

—Si no te vas de vuelta por tus medios, pondré una orden de alejamiento y no podrás acercarte ni a un metro de Macarena, por acoso, por llegar tarde de noche sin que ella te haya esperado y por esperarla a las siete de la mañana a la salida de su casa. Soy abogado especialista en abusos a mujeres, así que vete ahora mismo. —Mientras Luca hablaba, enfadado, agarró mi mano con seguridad. Me acercó a su cuerpo en acción de defensa y contención—. Además, Maca está conmigo y no dejaré que le pongas un dedo encima. ¿Me has escuchado? Coge tus cosas y lárgate.

—¿Qué te has creído, hijo de la gran puta? Macarena es mía, siempre estuvo enamorada de mí, incluso antes de que le hablara. Soy el hombre de su vida, ¿no lo entiendes?

—Parece que el que no entiende eres tú. Vete o llamo a la policía.

—Vete, Herman. ¡Ya es suficiente! No quiero nada contigo. Aléjate de mí y no me busques más. ¡Por algo me fui! No quiero verte más, eres un abusador y sabes bien por qué te lo digo. Vete y no me busques nunca más —exclamé con angustia—. No vas a entrar en mi vida nunca más. Es más, te perdono por lo que hiciste, pero déjame en paz.

En ese instante, Luca paró un taxi y nos subimos. En el camino, me abrazaba con su especial cariño que me hacía sentir protegida a pesar de pasar una desilusión que no se la deseo a nadie.

—Amor, desde hoy te vienes a vivir conmigo, no hay nada que discutir; no quiero tener a este loco cerca de ti. Aunque yo pueda quedarme contigo muchas veces, llego más tarde por temas de la oficina y no estaría tranquilo. Por la tarde volveremos a tu casa, recogeremos tus cosas y nos marcharemos. No hay vuelta atrás.

—Gracias, Luca. Estoy tan triste... me duele el alma. Todo lo de ayer fue demasiada desilusión. No sé qué haría si no estuvieses a mi lado. Te amo.

—*Rolita,* estoy para cuidarte y protegerte en todo momento. Agradezco que estemos juntos y que te pueda defender de este tipo. Es demasiado agresivo. Maca, te amo, no esperemos más.

—Hoy me quedaré en tu apartamento. —Me sentiría más segura, no cabía duda.

—No hoy, desde hoy —puntualizó.

—No quiero que esto te fuerce a algo que no entraba en tus planes.

—Claro que estaba en mis planes. ¿No te das cuenta que te amo? Te lo he dicho mil veces.

—Yo también te amo, más que a nada en el mundo.

Me besó como solo él sabía hacer y me dio esa paz que necesitaba. Su abrazo arrojó un rayo de luz a mi vida.

—Maca, le dijiste que no te molestara más. Lo amenazaste. Él sabía por qué lo decías. ¿Qué pasó? Necesito saberlo. Vamos a tomar un café antes de irnos a la oficina y hablamos. No quiero que te quedes con nada dentro, no es sano para nadie. Ya te he dicho lo de las relaciones basadas en la confianza. Sé que puede sonar un poco extraño, ya que yo también he fallado en no hablar, pero he aprendido mi lección. Solo quiero que trabajemos en eso y lo logremos.

Llegamos a la cafetería. La señora, al vernos, ya sabía qué llevarnos a la mesa. A pesar de haber desayunado, me sirvió un café con leche con un *muffin* de arándanos.

—Vamos, Maca. Necesito saberlo. Sé que para ti es complicado, pero tengo que entenderlo. Somos una pareja. Nos amamos, no podemos tener secretos. —Tuve que tomar aire, no sabía por dónde empezar—. ¿Abusó de ti? Amor, cuéntame. Soy la persona que más te quiere en este mundo. ¿Te hizo daño psicológico, físico, ambos? —preguntó inseguro.

—Creo que no es el mejor lugar para hablarlo, pero te lo contaré sin detalles. Es algo que aún me duele cuando lo pienso y no quiero que pase lo de ahora. —Solo recordarlo, hizo que derramase lágrimas, que me enfadara conmigo, que me dieran ganas de vomitar. Sentí un malestar que me recorrió todo el cuerpo.

Luca pagó la cuenta, tomó mi mano y me llevó a su oficina.

—No tienes reuniones hasta las once. Avisa a Pía de que llegarás un poco más tarde. No vas a tener problemas. Necesitamos hablar y esto no puede esperar; no entiendo cómo no me has contado nada —dijo molesto, aunque se esforzaba por no estarlo. A esas alturas podía entender qué le pasaba con solo mirar sus ojos.

Su oficina estaba cerrada, por lo que podíamos conversar tranquilos.

—Te escucho, amor. —Sentado, conmigo frente a él, tomó mi mano.

—Herman no se portó bien conmigo. Ya te he contado algo, pero no todo. Cuando fuimos a Colombia no fue bueno con mis padres, cuando fue mi hermana, se portó mal con ella hasta que se enrollaron, no le hizo caso en toda su estancia allí, no se interesaba por mis amistades, se enfadaba por mi ropa.... y hay más —expliqué llorosa y con la voz en un hilo, como si los recuerdos me sellaran las cuerdas vocales. Se abrían mis grietas, mis heridas más profundas y dolorosas.

—¿Qué más? Puedes contármelo. Nadie más que yo te va a apoyar y te va a amar.

—Tenía, o tiene, problemas graves de carácter. Muchas veces le pedí que se tratara, pero nunca quiso hacerlo. Le pedí hora al psiquiatra, pero nunca fue. Siempre acabé por pagar las sesiones y al final iba yo. Una vez me zarandeó tan fuerte que me tiró al suelo; en otra ocasión me pegó una torta. Yo llamé a la policía y dejé constancia de lo sucedido, pero después lo retiré. No podía con mi tristeza.

—Imbécil. Lo mataré, pedazo de mierda.

—Está enfermo. Tiene problemas. A veces se le pasaba la mano con los excesos, las drogas y una vez que estaba muy puesto... —no pude seguir, solo caían lágrimas y ya había soltado más de lo que tenía previsto hablar. Me prometí no decirlo nunca a nadie. Por más que ames a una persona, reconocerle y contarle en detalle cómo te dejaste humillar, no es fácil; es doloroso.

—Continua, ibas a decir algo más. Por favor, Maca —pidió mientras me recibía con un abrazo que era como un oasis en medio de la tormenta.

—Tienes que entenderme, Luca, es doloroso. Es una parte de mi historia que me ha dejado dañada. Ahora, al mirar atrás, no puedo dejar de ver todo el daño que me permití pasar. En ese momento no lograba ver la gravedad y creía en sus promesas: «Ya he cambiado, no soy la misma persona, contigo he conocido el amor verdadero, el sincero. Te amo».

—Sabes que quiero una vida contigo, pero no te hagas daño a ti misma, este tipo de cosas pasan, amor. El abuso está presente hasta en las mejores familias, cosas que uno no cree, pero hay que continuar. Vamos, dime, no dejes nada dentro. Yo te amo, pero necesito entender todo, son las bases para construir algo sólido, para que no nos derrumbemos nunca.

—En una ocasión, llegó drogado. Yo no quería estar con él esa noche, porque había llegado demasiado mal, no sé qué se había metido, le dije que no quería. Me levanté para ir al baño y después bebí agua que tenía en la mesita de noche. No sé qué pasó luego, desperté al día siguiente, sin ropa. No recordaba nada de lo sucedido. Eso fue tres días antes de salir de Holanda. —Estallé en llantos de recordarlo. Mi cuerpo tiritaba—. Estaba en mi cama, desnuda. Solo recordaba que llegó tarde con intenciones de tener sexo, de forma muy insistente.

—Lo mataré —dijo sincero—. Maca, ¿te obligó a tener sexo alguna vez?

—A veces, sí. Era insistente. Cuando yo no quería, me ofendía, era muy hiriente. Pero el no acordarme de nada y despertar así... fue la única vez. Él me aseguraba que había bebido demasiado esa noche cuando salí con Joyce y su novio, que estaba tan borracha que no me acordaba, pero yo estoy segura de que no fue así. Ese día salí con Joyce y su novio, ellos me acompañaron hasta la puerta del apartamento. Lo recuerdo a la perfección. Solo tomé una copa de vino durante la cena.

—Él no salió contigo y cuando llegó, comenzó a molestarte. Luego te levantaste al baño, bebiste agua y no te acuerdas de nada hasta que amaneciste sin ropa. Eso es, amor.

—No quería que nadie lo supiera. No se lo conté a nadie, traté de borrarlo de mis recuerdos.

—Lo voy a reventar, en serio. Hoy te vienes a vivir conmigo, ya te lo dije.

—No quiero que esto acelere las cosas entre nosotros. Es una situación que nos está llevando a tomar decisiones demasiado rápido.

—Bella *rolita*, sabes que no es así. Te amo y quiero que te quedes en mi casa, en nuestra casa, desde hoy. No te sientas mal por lo que te pasó. No te juzgaré. Ese tipo es un psicópata. Menos mal que saliste de ahí a tiempo. Por mi trabajo, me ha tocado ver cosas terribles. Solo agradezco que saliste de ahí, ahora estás conmigo y nada te pasará.

Después de la difícil y desgarradora conversación que nos llevó a desnudar los sentimientos más profundos y dolorosos, me acompañó a la oficina. Ambos estábamos mal y yo sentía el estómago revuelto. Había sido abusada.

—Amor, vengo a recogerte a la salida. Te amo. Nos iremos a mi apartamento. Mañana buscamos tus cosas. Por suerte, tienes algo de ropa en casa —recordó, tomó mi cara y me besó en la frente con delicadeza.

Me quedé en mi puesto de trabajo y se fue, demostrándome una vez más esa protección, el oasis que era estar con él, aunque pasase por una tempestad.

Estaba sentada en mi oficina, sin entender lo que había pasado. ¿Cómo pudo mi hermana dejar que algo así sucediese? Fui al baño a llorar, la desilusión era imposible de describir, mi cabeza veía las imágenes de Herman follándose a mi hermana, digno de una película de terror. Era terrible, me estaba muriendo. No entendía cómo mi propia hermana podía hacer algo así, mi única hermana, a quien quise con toda mi alma desde que éramos pequeñas.

No había mirado el móvil en horas. Tenía mensajes de Gabriela, imagino que los escribió desesperada. Pensé en bloquearla, tenía veinte llamadas perdidas de ella, a diferentes horas de la noche y por la mañana.

La odiaba en ese momento. No obstante, por Herman solo podía sentir asco, desilusión y pena, porque no lograba entender cómo un ser humano podía ser así. Más que una persona, me parecía un psicópata, manipulador, siempre lograba lo que quería.

De: Gabriela Del Pino

Para: Macarena Del Pino

Maca, por favor, necesito que me escuches, sé que no tengo perdón. Necesito que me dejes contarte. Estuve tantas veces a punto, pero no fui capaz.

De: Gabriela Del Pino

Para: Macarena Del Pino

Maca, por favor, te ruego que me escuches. Te he llamado tantas veces... Necesito explicarte, me siento muy mal. Estoy tan triste y desesperada... No sé qué hacer para que me perdones.

De: Gabriela Del Pino

Para: Macarena Del Pino

Maca, por favor, te lo ruego. No aguanto esta sensación de vacío, de dolor. Maca, necesito que hablemos, por favor.

De: Gabriela Del Pino

Para: Macarena Del Pino

Maca, por favor, te lo ruego.

De: Gabriela Del Pino

Para: Macarena Del Pino

Maca, te lo pido por los papás, necesito que me escuches. Sé que no hay excusa, pero las cosas fueron más complicadas de lo que piensas. Necesito que hablemos. Por favor.

De: Gabriela Del Pino

Para: Macarena Del Pino

No sé qué más decirte, llevo toda la noche escribiéndote, ya está amaneciendo. Necesito explicarte. Vamos, necesito hablar contigo.

De: Gabriela Del Pino

Para: Macarena Del Pino

Necesitamos hablar, Maca, por favor.

Me escribió durante toda la noche. Mientras leía los mensajes en mi oficina, invadida de emociones, sobre todo de tristeza, pero también de rabia y de ira. Ya sabía que él era un bastardo, me había costado tanto darme cuenta... me costó no seguir dándole vuelta al tema. En ese instante, sonó mi teléfono. Número desconocido. Sin pensar, atendí la llamada.

—¿Hablo con Macarena Del Pino? —me hablaron en inglés.

—Sí, soy yo. ¿Con quién hablo?

—La llamamos del Hospital St. Thomas de Londres, por la señorita Gabriela Del Pino. —En ese momento, mi corazón se paralizó, como si dejase de vivir, como si observase todo desde arriba, lejos de aquí. La voz del hombre se iba cada vez más, como si comenzara a escuchar solo murmullos lejanos y aterradores. Mis piernas se tambaleaban, y todo mi cuerpo estaba desestabilizado.

—¿Señorita? ¿Está ahí?

—¿Qué ha sucedido?

—Necesito que se venga, su hermana está en estado delicado y no le puedo dar más información. Por favor, llegue cuanto antes. Necesitamos tener un familiar directo aquí.

—Por favor, dígame qué ha pasado. Salgo ahora para allá. Cogeré el primer vuelo.

—Señorita, venga cuanto antes. La paciente llegó consciente y solo pedía que no llamáramos a sus padres. Solo repetía su nombre. No le puedo dar más detalles. Los procedimientos no nos permiten dar información por teléfono. La ha traído su compañera de residencia.

Llamé a Luca llorando. Escuchaba mis sollozos a través del teléfono, sin poder explicar lo que pasaba, ya que yo tampoco era capaz de entenderlo con claridad. De un momento a otro, estaba metida en medio de un torbellino, demasiada información que no podía procesar. Si los recuerdos me llevaban a un laberinto, con esto ya estaba perdida, todo era oscuro y aterrador.

—¿Qué sucede, amor? —Mi respiración estaba muy agitada y caían lágrimas sobre mi escritorio. No podía creer nada de lo que pasaba. Estaba asustada, angustiada.

—Es Gabriela. Me voy a Londres, me han llamado del hospital. No sé qué pasa. Me pidieron que fuera de inmediato, no pueden dar detalles por teléfono.

—Maca, no te muevas de donde estás, voy a buscarte y nos iremos juntos. No te dejaré sola.

Hablé con Pía entre lágrimas, le expliqué por qué debía partir a Londres. Ella se preocupó y me intentó tranquilizar.

—Ve tranquila, Maca. Piensa en positivo que todo saldrá bien. Tómate los días que necesites. Vamos, sécate esas lágrimas, que todo estará bien.

—Gracias, Pía. No sé qué le habrá pasado a Gabriela, pero anoche discutimos, me llamó decenas de veces y no atendí. Me siento tan culpable... me ahoga la culpa. ¿Por qué no respondí?

—Vamos, Maca, no es el momento para recriminaciones, pero sí para tomar acciones. Ponte en pie y ve a ver a tu hermana. ¿Vas a ir sola a Londres?

—No, Luca viene a buscarme e irá conmigo, dijo que no me dejaría sola.

—Qué bueno. Te acompañaré abajo hasta que pase a recogerte.

Así hizo. Bajó conmigo hasta que llegó a buscarme.

La secretaria de Luca se encargó de comprar los billetes, pasamos por su casa donde tenía algo de ropa y nos fuimos. No sabría decir cómo fue ese viaje hasta llegar al aeropuerto, estaba angustiada y desesperada.

Sentí que el viaje y los trámites en la ventanilla de la aerolínea, habían sido eternos, interminables. Mis manos traspiraban, estaba sumergida en mis pensamientos, preocupada como nunca había estado.

Subí al avión junto a Luca, quien me consoló con palabras de apoyo y cariño durante las dos horas de viaje. ¿Qué había hecho Gabriela? A pesar de todo, era mi hermana. Puede que la gente a la que más queremos nos falle, pero el sentimiento de amor hacia ellos es imposible de olvidar.

—Luca, estoy asustada. Me muero si le pasa algo. Siento un tremendo peso sobre mis hombros. No me lo perdonaría nunca.

—Tranquila, Maca. Todo estará bien. No va a pasar nada.

—No sé qué hubiese pasado si no estuvieses conmigo. No podría.

—Por algo estamos juntos. No te dejaré sola. Todo lo que es importante para ti, lo es para mí; somos un equipo.

—Gracias, Luca. Te amo.

—Yo más. Tranquila, todo saldrá bien. Piensa que está en las mejores manos —me aseguró.

Noticias inesperadas e impactantes

MACARENA

No sé cómo llegamos del aeropuerto al hospital, no lo recuerdo con claridad. Estaba con las manos húmedas, la cabeza abombada y el pecho duro. Nos bajamos del taxi con una mezcla de ansiedad, grotesca necesidad de verla y de entender qué era lo que sucedió. Necesitaba entender y saber que se mejoraría, que su ángel de la guarda la protegería y saldría bien de lo que fuera que había pasado.

No quise llamar a mi madre, primero necesitaba ver qué le pasaba a mi hermana, la que cuando éramos niñas, dormía en mi habitación, junto a mí, desde que tuve uso de razón hasta que partí a la universidad; la que jugaba conmigo; la que me quitaba la ropa. Me moría de pena con la situación que vivía en esos momentos.

—Señorita, por favor, avance conmigo. —Mientras el doctor me hablaba, tomé a Luca para que me acompañara.

—Disculpe, pero no puede entrar —informó serio—, lo siento, son los procedimientos.

—Mi amor, te esperaré aquí. —En llanto y sin sentir mis pies, entré. Estaba muerta de miedo.

—¿Puedo verla?

—Por el momento no, es mejor que primero hablemos. —Mi corazón se estremeció, mi alma no estaba, era como si me la hubiesen arrancado del miedo que sentía.

Caminamos hasta una sala donde me dijo que tomara asiento.

—Su hermana ha sufrido una autoagresión grave.

—¿Autoagresión? —le corté sin entender a qué se refería—. ¿Se trató de...? —No pude terminar la frase.

—Sí, lamentablemente. Menos mal que su compañera de residencia llamó a la ambulancia. Su estado es delicado, ha perdido mucha sangre. Se recuperará, al menos eso es lo que esperamos.

No podía procesar lo que estaba pasando, estaba en estado de shock. Mi hermana, mi dulce hermana, con quien había compartido los mejores años de mi vida, mi alma casi gemela, mi compañera de aventuras, mi confidente... ¿qué mierda estaba pasando? Mi cabeza daba vueltas, me iba a morir sin entender nada.

—¿Qué se ha hecho? Doctor, por favor, dígame. Necesito saberlo —hablé angustiada y llena de pánico.

—Su hermana se ha cortado las venas y menos mal que su compañera se dio cuenta a tiempo de lo sucedido, sino... no estaría aquí.

—¿No estaría aquí? —pregunté sin entender nada.

—Tuvo mucha suerte. Es lo único que puedo decirle, seño-rita. Si hubiese llegado un poco más tarde… no sé qué le estaría diciendo ahora.

En ese instante, se me pasaron todos los momentos vividos con Gabriela en cámara lenta. Mi hermana, no podía creer lo que escuchaba, solo me retorcía del dolor intenso y desgarrador. El corazón se iba de mi cuerpo, me abandonaba. Me dolía todo, cada célula, cada nervio, cada músculo. No había nada que me mantu-viese en pie. No entendía nada.

—¡Necesito verla! —grité con desesperación, como si fuese mi último aliento, mi última frase, mi última palabra en este mundo.

—Ahora no es posible, está en terapia intensiva en UTI. Dis-cúlpeme, pero necesitamos unas horas para que pueda pasar a verla. Vuelva mañana por la mañana.

—No, por favor, doctor. —Me arrodillé delante de él.

No sabía muy bien lo que hacía, mi cuerpo reaccionaba sin estar en coordinación alguna con mi mente. Mi estado de *shock* era terrible, era un ente, una *zombie*, me estaba muriendo de pena. Pensaba en mis padres, mis hermanos, en mi vida con ella; estaba desgarrada.

Rogaba que me dejaran verla, de rodillas, delante del doctor, en un arranque desesperado. La necesitaba, mi hermana no podía irse, no podía dejarme en este mundo. Necesitaba vivir, quería que conociera a mis hijos, quería que ella tuviese los suyos, que conociera a la persona indicada, saliera adelante, viviera, fuera feliz, ¡la necesitaba! No podía dejarme.

Estaba con una sensación desgarradora en el pecho, necesitaba verla con urgencia o me iría con ella donde fuese que debiésemos ir, pero juntas. Me caía en un pozo profundo y sin salida.

—Ya no es hora de visita; vuelva mañana. Tranquila, se recu-perará. Como le dije, ha tenido mucha suerte.

—Maca, mi amor, vamos, no podemos hacer nada. He reservado un hotel aquí al lado. Podremos venir andando mañana a primera hora. Ahora debes descansar y comer algo —dijo Luca.

No sé de dónde apareció, mi mente estaba nublada, solo pensaba en cómo llegar a Gabriela y ver por mis propios ojos que estaba bien... o por lo menos no... ni siquiera quería pensarlo.

—Cuando se pueda entrar a verla, lo hará, pero debe ser paciente y confiar en nosotros. Tenemos un gran equipo, saldrá adelante —insistió el doctor.

Me movía por inercia o todo el peso lo llevaba Luca, mis pensamientos solo estaban con mi hermana. Existía algo que atormentaba a Gabriela demasiado como para llegar a tomar esta decisión tan drástica, por lo que debía apoyarla y no juzgarla, darle amor y compañía.

—Por favor, necesito verla —supliqué—, es mi hermanita, necesito verla.

—Vamos a pasar, pero necesito que esté bien. No quiero llamar a su madre y decirle que sus dos hijas están en problemas. Sea madura y manténganse en pie, esto es lo que su hermana necesita —pidió tajante.

Entré a verla sumergida en lágrimas, como en el limbo, a punto de caer en un abismo sin retorno. Me abalancé sobre ella, estaba con suero, una máquina que marcaba los signos vitales y sus muñecas estaban vendadas. Era diminuta en un mundo que no paraba de girar. Mi hermana intentó quitarse la vida y yo no sabía qué hacer por ella. Me sentía miserable, humana y vulnerable; en el fondo, éramos parecidas, éramos hermanas.

Al salir, el doctor me habló:

—Debemos esperar, es joven y saldrá adelante. Ahora, por favor, ¿podría donarle su sangre?, la necesita.

Asentí sin palabras, volvimos a la sala de espera mientras el doctor me explicaba el procedimiento, transfusiones y esas cosas.

Solo ver a Luca volví a desfallecer en sus brazos, mientras me sostenía con fuerza y susurraba en mi oído.

—Amor, todo estará bien. Tranquila. Confía, está en buenas manos.

En ese momento se presentó a Kate, su compañera de residencia, quien llegó a tiempo y la sacó de la bañera. Su ropa estaba llena de sangre y sus ojeras eran grandes y moradas.

—Macarena, hice lo que pude —me dijo llorando.

La abracé como si la conociera de siempre, aunque era la primera vez que la veía. En ese momento, habló entre lágrimas y sollozos profundos que salían del alma:

—Me iba a duchar y la encontré allí, llena de sangre. Es lo más triste que me ha pasado en la vida. Gabriela es buena, es amable, un poco callada, pero desde que volvió de pasar las vacaciones en Holanda esa Navidad y Año Nuevo, cambió —nos contó desesperada, mientras Luca nos sostenía a las dos. Sus manos fuertes eran capaces de poder mantenernos a ambas con los pies en la tierra.

—Gracias, Kate. —Fue lo único que fui capaz de decir. Mi garganta estaba áspera y no podía hablar más que eso.

Luca me apartó de ella y me habló con su mirada trasparente y tranquilizadora.

—Vamos a donar sangre. Me han pedido que lo hagamos. —Me abrazó y nos fuimos a ayudar en la recuperación de mi hermana.

Subimos al cuarto piso del hospital, al banco de sangre. Nos hicieron las preguntas de rigor y comenzamos con la donación. Primero pincharon a Luca, mientras yo estaba sumergida en absoluto silencio; luego a mí. Cuando estaba donando, sentía que la habitación daba vueltas, no sabía qué me pasaba. Eran muchas emociones juntas. Me quedé en blanco y no recuerdo nada más hasta que desperté, no sé cuánto tiempo después.

Me había desmayado. Abrí los ojos y vi que Luca estaba a mi lado. Estaba tumbada en una camilla del hospital, sin entender qué había pasado. ¿Cómo podría estar en ese estado?

—Amor, solo has sufrido un desmayo. Te pondrás bien —me informó Luca con cara preocupada—. Ha sido demasiado.

—¿Gabriela está bien? —Solo pude decir eso.

—Sí, Maca, ya ha salido de la UTI. Está consciente y en una habitación.

—Iré a verla —exclamé segura, pero al tratar de levantarme, Luca no me lo permitió.

—Tengo instrucciones claras del doctor. No te puedes mover de aquí sin que antes te vea —me dijo serio y seguro—. Te han hecho unas pruebas y el doctor quiere asegurarse de que estás bien, aunque yo estoy seguro de que fue algo emocional; demasiadas cosas juntas, mi *rolita*.

—Estoy bien —exclamé segura—, necesito verla.

—No puedes hasta que venga el doctor y te lo permita. Yo he visto a Gabriela y está bien, saldrá adelante. He hablado con ella. Vienen tus padres en camino, los he llamado.

—¿Qué has hecho qué?

—Tienen que venir. Sus dos hijas están hospitalizadas. Hice lo que tenía que hacer. Hablé con tu mamá.

—Luca, ¿por qué los preocupas? —pregunté enfadada.

—No me odies, era mi deber. Has dormido casi veinte horas. Pronto vendrá el doctor y nos dirá qué te ha pasado; me dijo que el estrés fue demasiado, que es probable que tengas anemia. Debo cuidarte, mi amor. Aunque te enfades, sé que hice bien. Tu madre viene de camino, ya salió de Bogotá; hablé con ella hace unas horas.

Tras unos minutos, entró el doctor. No me había dado cuenta de que tenía una vía conectada a mi mano derecha y otra, abajo, para hacer pipí. Estaba sin bragas y con un camisón.

—Macarena, primero quiero que sepas que tu hermana está bien, ya ha salido de la UTI y ha pasado el peligro. Podrás verla ahora y luego tendremos los resultados de tus pruebas.

—Solo fue un desmayo por los nervios, la presión y el estrés.

—Es probable, pero quiero asegurarme —explicó, serio—. Ahora podrás ver a tu hermana. Pasaré a verte dentro de un rato. No te quites el suero, deberás ir con la vía puesta. Te sacaremos la otra sonda.

Llegó una enfermera y Luca salió de la habitación para que me sacaran la sonda y me ayudaran con el aseo.

Fui junto a Luca, a ver a Gabriela. Entramos a su habitación —a unos pasos de la mía—, y al llegar, la vi.

Solo dijo dos palabras. Estaba consciente y con ambas muñecas vendadas. Me dio tanta alegría verla despierta, pero tanta tristeza ver las vendas y lo que eso significaba...

—Maca, perdóname —pidió entre lágrimas.

—¿Cómo te sientes, Gaby?

—Mejor. Perdóname, por favor. Quise contártelo muchas veces, pero no pude. Puedes odiarme todo lo que quieras. Solo pido que me perdones. —Mantuve el silencio mientras mis ojos se inundaban en lágrimas.

—Pensé lo peor —dije sincera—, me moriría si te hubieses ido.

—Maca, perdóname. Soy una cobarde. —Guardé silencio—. Me drogó, Maca. Puso algo en mi bebida y no me acuerdo de nada, solo sé que desperté desnuda en tu cama. Me dijo que habíamos hecho el amor. No recuerdo nada, solo que estábamos desayunando. Tú te habías ido y luego desperté así. Nosotras ya nos habíamos despedido porque tú te fuiste a Bruselas por trabajo, ¿lo recuerdas?

—¿Qué?

—Vine directa al hospital porque me sentía muy rara. Me hicieron unas pruebas y sí, me había drogado. Aquí está el expediente. —Luca se lo quitó de las manos, comenzó a leerlo, detalle a detalle.

—Lo mataré cuando lo vea. Pedazo de mierda... te juro que le daré la paliza de su vida.

—Intenté decírtelo, pero no pude. Tenía tanto miedo... estaba bloqueada. Sé que lo que hice está fatal, pero me odio, odio mi cuerpo. Perdóname, Maca. No pude decírtelo, no me ibas a creer, ¡tú lo querías! Me muero si mamá se entera de esto. No supe cómo reaccionar, solo me alejé —hablaba Gabriela sin siquiera respirar—. Me chantajeó, me dijo que tenía fotos; me mandó unas donde estoy con él. No se me ve la cara, pero soy yo. Si no le daba la dirección se lo diría a papá y mamá; les mandaría el mensaje con las fotos y diría que fui a buscarlo, por eso se la di. Le mentí a mamá diciendo que iría a verte. —Rompió en llanto de temor.

No podía creer lo que estaba escuchando. Herman me había maltratado en algunas oportunidades con palabras hirientes, y sus amenazas eran constantes. Mientras pensaba en eso y estaba sumergida en un absoluto silencio, Luca solo repetía como un loco.

—Lo voy a matar. Iré a Ámsterdam a matarlo por lo que te ha hecho, Gabriela; por lo que te ha hecho a ti, Maca. Es un hijo de puta. Es un abusador.

La abracé y no sé cuánto tiempo estuvimos así, sumergidas en llantos, sollozos y diciéndonos que nos queríamos. En mi cabeza pasaban recuerdos de nuestra niñez.

—Maca, esta no ha sido la única vez que he hecho algo así. En Colombia también pasó algo.

En ese momento, llegó el doctor a verla, no permitiéndole terminar la frase. ¿Cómo era posible que mi madre no me haya contado nada? ¿Cómo esconder algo así? Estaba confundida, no entendía lo que pasaba.

—Gabriela, ya estás mejor, pero necesitamos que te sometas a un tratamiento psiquiátrico. Es importante. No te daremos de alta hasta que firmes un consentimiento donde te hagas cargo de tu recuperación mental. Has tenido mucha suerte, estuviste muy delicada. —Se giró en mi dirección—. Debes salir para que tu hermana descanse. Vamos a tu habitación y hablamos.

Nos fuimos a la habitación donde estaban mis cosas.

—Macarena, hemos hecho algunas pruebas médicas.

—¿Tiene anemia? —preguntó Lucas estresado por todo lo que pasaba.

—No exactamente. Pero tiene que cuidarse, tomar hierro y algunas vitaminas. Está muy débil y el estrés no le ha venido bien. Debe cuidarse —explicó, serio.

—¿Qué tengo, doctor? ¿Estrés? Han pasado demasiadas cosas.

Luca me acariciaba la mano con cariño y preocupación.

—Vamos a tener que hacer más pruebas.

—¿Qué está pasando, doctor? —preguntó Luca angustiado, sobrepasado.

—Macarena, ¿te has sentido bien últimamente?

—Solo un poco cansada. Un par de veces comí algo que no me sentó bien y vomité, pero fue solo eso. Hacía mucho tiempo que no comía marisco.

—Macarena, vamos a hacer más pruebas para asegurarnos, pero tu análisis de sangre me indica que...

—¿Qué indica? —Quiso saber Luca, asustado.

—Salió alta la gonadotropina coriónica, pero debemos volver a analizar.

—¿Qué es eso? —pregunté.

—Por favor, explíquenos —pidió Luca con una notable preocupación en su rostro.

—Es la hormona que se estimula en el embarazo. Pensamos que estás embarazada, Macarena. Bueno, estamos seguros, pero haremos una ecografía para confirmarlo.

—Eso es imposible, doctor, tuve el periodo hace unos días.

—El análisis de sangre indica que lo estás, no hay duda de eso. Estás de más de doce semanas; probablemente de diez o doce semanas y debes mantener reposo hasta que hagamos la ecografía. Macarena, no sé si estaba en tus planes, pero si las cosas van bien, serás madre dentro de poco.

—No me lo puedo creer, doctor. Si tuve la regla hace poco —insistí.

—Eso puede haber sido síntoma de pérdida. Debes guardar reposo y cuidarte.

Mientras el doctor terminaba de hablar, entró mi madre como una loca. Luca me cogía de la mano. El doctor me dijo que me vendrían a buscar en unos minutos, y luego, miró a mi madre para decirle, de forma clara y segura:

—Macarena estará bien, tendrá que tomar vitaminas y cuidarse. —Luego, se retiró.

—Me van a matar de un infarto. Llego y las dos están ingresadas. Me van a matar, de verdad. Gabriela está delicada, me prometió que seguía con sus sesiones de terapia, pero no lo estaba haciendo.

Ella estaba descontrolada, mientras hablaba y lloraba a la vez sin parar, sin dejar que nadie emitiera ningún tipo de comentario, mi mente estaba en estado de *shock*. Me acababan de dar una noticia que jamás había imaginado escuchar en esas circunstancias tan extrañas.

—Tú debes ser Luca —dijo al dirigirse a él y le abrazó con efusividad—. Gracias por acompañarlas. Papá está con Gabriela. —Volvió a dirigirse a mí—. Macarena, estás delgadísima, mira tus brazos. ¿Estás otra vez con anemia? Siempre te he pedido que te cuides con la comida. ¿Por qué no te has tomado el hierro? ¿Qué ha pasado? —Me abrazó y lloró con una sensación de angustia con la que jamás la había visto.

Todo pasaba demasiado rápido, no sé si era mi impresión o así sucedía todo. Mi hermana había tomado la peor decisión de su vida, pero tuvimos suerte y estaba a salvo. Por otro lado, la noticia de un embarazo, cuando ni siquiera me lo había planteado, era una sensación que jamás había sentido.

Mi hermana, por miedo a hablar, había tomado una terrible decisión en contra de todos mis principios. Me dolía el alma ver la falta de confianza, el dolor que había pasado sola sin ser capaz de contarlo, cuando siempre estuvimos para ella. Pobre Gabriela, Herman no solo me había manipulado, engañado y abusado, sino que también a una de las personas que más quería en la vida. Todo daba vueltas en mi cabeza una y otra vez mientras mi madre hablaba como una metralleta alocada.

—Mamá, ¿qué es eso de que no es la primera vez que le pasa? ¿Lo había hecho antes?

—No es el momento para hablar de eso, Maca.

—Para ti nunca es el momento. ¿Cómo es posible que no me hayas contado algo así? —pregunté furiosa—. Tú que siempre has dicho que hay que ir con la verdad por delante.

—Quise protegerla, estaba tan mal...

—¿Cómo dejaste que se fuera a Londres?

—Estaba bien, Maca, pero dejó el tratamiento y no quise preocuparte.

—Mamá, ¿qué sucedió? No puedo creer que me hayas ocultado algo así. Si lo hubiese sabido, podría haber estado más pendiente de ella. Pensé que teníamos una relación de confianza, que no nos escondíamos cosas así.

—Maca, perdóname. Gabriela tomó un frasco completo de Clonazepam. Por fortuna, llegamos a tiempo. No quise preocuparte, hija —dijo arrepentida.

—Mira a lo que hemos llegado. Me has ocultado algo demasiado grave.

—Es que había estado tan bien... Estaba muy controlada y había avanzado a pasos agigantados.

—Soy su hermana. Debí saberlo.

—Y yo soy su madre, Maca. Cuando seas madre me entenderás. Todo lo hacemos por protegerlos y pensando que es lo mejor para las dos. Puede que me haya equivocado. Perdóname —pidió mientras me abrazaba con fuerza y se limpiaba las lágrimas con desesperación.

—Vale, mamá, ahora nos enfocaremos en que ella salga adelante —pedí llorosa.

Mi madre no sabía el efecto que habían producido sus palabras en mí. Al escucharla, de forma inconsciente, acaricié mi barriga, sintiendo algo nuevo, sorprendente y milagroso. Es inexplicable. No podía ser que mi bebé se hubiese movido, pero el pensarlo, me llegó al corazón. Mis lágrimas cayeron. Sería un milagro. El nuestro: el de Luca y mío.

—Maca, no llores. Gracias por entenderme. Tranquila, todo estará bien con tu hermana. —Le sonreí. Ella pensó que era por Gabriela y no estaba equivocada del todo. Pero también era por lo que comenzaba a vivir y sentir dentro de mí.

Salió de la habitación para ir con Gabriela. Nos quedamos los dos solos con Luca. Mi corazón latía muy rápido, estaba en *shock*, sin entender lo que pasaba.

¿Sería real?

MACARENA

Miré a Luca. No sabía qué decir, por dónde comenzar, cómo ordenar las ideas.

Deseaba escucharlo a él. ¿Qué pensaría de la noticia que nos acababa de dar el doctor? Pero no alcancé a formular la pregunta cuando me besó. No había dejado de acariciar mi mano con amor y nervios mientras escuchábamos al doctor. No pudimos decir nada ya que entró mi padre, mucho más calmado. Me dio un beso, habló con Luca para entender qué me había pasado y le agradeció por estar con nosotras y llamar a mi madre.

—Maca, será el estrés. Estás muy delgadita —dijo con cariño. En ese momento tener a mi lado a los dos hombres más importantes de mi vida, me hacía sentir tranquila, aunque mis pensamientos daban vueltas sin parar.

—Sí, papá. Fue demasiado.

—Yo nunca quise que Gabriela estudiara fuera, pero tu madre insistió en darles las mismas oportunidades —explicó sincero—.

Tú llevas mucho tiempo fuera de casa. Gabriela estaba con tratamiento psicológico desde que estabas en Holanda y en los últimos meses no lo había seguido. Tiene que estar siempre tomando sus medicinas. Con la medicación correcta, está bien, pero no la puede dejar. Ella nos pidió que no te lo contáramos para no preocuparte, pero fue un error. Puede tener una vida normal, pero siempre debe estar controlada por un psiquiatra.

Llegaron a buscarme.

—Señorita Macarena, está todo listo para proseguir con los exámenes.

—Yo la acompaño y la espero mientras se lo hacen. Vaya con Gabriela, no se preocupe. —Luca, de forma inteligente, se libró de mi papá.

—¿Qué prueba le harán?

La enfermera, astuta, contestó:

—Un análisis de rutina, pero debo llevarla a otra parte, no se preocupe.

Me sacó la vía del suero.

—No se preocupe, de verdad, vaya con Gabriela. Yo acompañaré a Maca, puede estar tranquilo —dijo Luca a mi padre sin darle la opción de ir con nosotros.

Mi papá me dio un beso en la frente y salió. Me llevaron en silla de ruedas, en completo silencio.

Llegamos a una sala de ecografías. Me tumbaron en la camilla, me hicieron poner los pies sobre unas piezas metálicas y me taparon con una sábana. La enfermera hizo un comentario:

—Ha venido acompañada, doctor.

—Dígale que pase. —La enfermera fue a buscar a Luca y entró junto a él. Sus ojos me hablaron como tantas veces lo habían hecho. Se puso a mi lado y agarró mi mano.

—Macarena, la fecha de tu último periodo —preguntó el doctor.

—Fue hace pocos días.

—¿Cuántas?

—Tres, creo.

—¿Flujo normal?

—Sí, pero duró menos.

—Vamos a ver. Relájate y baja la pelvis. —Puso un preservativo sobre el instrumento y empezó la ecografía. Luca seguía sujetando mi mano y me besaba en la frente mientras el doctor me exploraba—. Tranquila, ya estamos. Veamos qué pasa aquí.

No lograba distinguir nada de lo que veía en la pantalla.

—¿Está bien, doctor? —Luca estaba preocupado.

—Estupenda, no se preocupe. —¿Qué quería decir? ¿Qué significaba que estaba estupenda?

—Miren, aquí está. —Nos mostró algo que seguía sin entender. Comenzó a hacer unas mediciones que dictaba a la enfermera.

Unos segundos después, oímos unos latidos más rápidos de lo normal, un bombeo mágico; era maravilloso. Estaba embarazada, llevaba una vida dentro de mí.

—Según las medidas del bebé, estás de unas doce semanas de embarazo. ¿Quieren saber qué es?

Luca y yo nos miramos atónitos sin saber qué responder él me besó en los labios y preguntó:

—¿Quieres que sea sorpresa?

—No sé si podremos esperar. ¿Tú qué dices? —Hablábamos sobre si queríamos saber o no el sexo del bebé cuando hacía diez minutos no sabíamos siquiera que estaba embarazada.

Me emocioné y lloré por oír su corazón, latía con fuerza.

—Yo quiero saberlo —dijo seguro.

—¿Se los digo entonces? Estoy casi seguro de lo que es.

—Sí, díganos, doctor —pedí.

—¡Es una niña! Felicidades a los dos. Está bien, pero debes guardar reposo. Trata de moverte lo menos posible, ¿vale?

En ese momento, nos miramos con los ojos brillosos, emocionados ante la inesperada noticia. Había sido el momento de mayor emoción en mi vida, la mayor sorpresa que podía haber imaginado y también el mayor miedo. De un momento a otro, comenzamos a hablar en plural, como una familia, porque eso éramos. Se me pasaban mil y un escenario por la cabeza mientras experimentaba una extraña sensación de paz. No me imaginaba de madre.

—Estarás bien, Macarena, pero debes cuidarte.

Por una parte, estaba la vida de una niña que crecía dentro de mí, un milagro de la naturaleza, una emoción inexplicable, por otra, solo pensar en lo que había tratado de hacer Gabriela por desesperación, era demasiado triste saber que su decisión fue querer cortar con todo, como si quisiera apagarlo todo.

A mi mente también llegó la mamá de Luca, con la pérdida de su única hija.

—Esto ha sido lo mejor que he escuchado en mi vida —dijo Luca sincero mientras acariciaba mi pelo con ternura.

—¿Qué has dicho?

—Que esto es lo mejor que me ha pasado, ser padre, y que seas tú quien me des un hijo. —En ese momento no pude dejar de llorar, mientras nos abrazamos. Subió a la cama, junto a mí, para acariciar mi barriga.

—Luca... yo...

—No digas nada, sé que estás feliz. Solo agradezco porque estoy contigo y por tener la oportunidad de ser padre —dijo visiblemente emocionado.

—Perdóname. Esto no estaba planeado, no sé cómo ha sucedido. Nos fallaron las fechas. Estoy impactada.

—Mi amor, ¿de verdad no lo sabes? No importa, es un regalo y los regalos llegan cuando no los tenemos planeados. Pero debes cuidarte, amor. Llevas una carga preciosa en tu interior. No importa como haya sido, tienes una vida en tu interior y es una niña. Mi mamá se pondrá tan feliz... Yo ya estoy enamorado de mis dos mujeres.

—Luca, no sé qué está pasando. Es como un sueño. No sé cómo ha pasado —insistí.

—¿Quieres que te lo explique? Es lo mejor que nos podía pasar. Tendremos a una *rolita*. ¡Te amo con toda mi alma!

—No sé qué decir.

—No digas nada, solo abrázame.

Como el estado de Gabriela era aún delicado, decidimos con Luca que hablaríamos con mis padres cuando mi hermana estuviese mejor emocionalmente.

Mientras yo asumía la tremenda noticia del embarazo, mi hermana estaba hundida en la mierda absoluta.

También me costaba asumir lo que me había dicho mi madre. Éramos *la familia perfecta*, ¿cómo podía ocultarme algo así? Me di cuenta de que no lo éramos y tal vez nunca lo fuimos.

Sonó mi móvil. Era Joyce.

—Maca, ¿cómo estás? —Su voz estaba extraña, no era la Joyce de siempre, se notaba alterada, ¿qué estaba pasando?

—Joyce, ¿cómo estás tú?

—Maca, no sé cómo contarte lo que ha sucedido. Es Herman. Él... ha fallecido de una sobredosis. Tenía que avisarte, Maca. Lo siento. Sé que fue alguien importante en tu vida, lo lamento. El funeral es mañana. —No podía creer lo que escuchaba. Tenía una sensación extraña en mi interior, una pena que no podía explicar. Me quedé en blanco y mis lágrimas comenzaron a descender despacio por mis mejillas. Era algo que no esperaba.

—Joyce... —No pude hilar frase alguna para continuar la conversación. Aunque cometió errores tanto conmigo como con mi hermana, en ese momento solo vinieron a mi mente buenos momentos.

—Maca, sé que es una tragedia, yo tampoco lo puedo creer. No sé qué decirte.

En ese momento, Luca me quitó el teléfono de las manos. No podía con tantas cosas a la vez; fue un impacto muy fuerte. Podía odiarlo, pero jamás deseé su muerte.

Me desmayé de nuevo y no sé cuánto tiempo pasó, estaba en completo estado de shock. Desperté confusa, sin entender dónde estaba, qué había sucedido. Tenía sentimientos encontrados, estaba enfadada con la vida, no entendía nada.

Mi madre y Luca estaban conmigo cuando desperté. Me miraban con tristeza y preocupación. No entendía nada, solo recordaba dos palabras: «Ha fallecido». ¿Cómo era posible que en un par de horas hubiese vivido todas estas situaciones? Era como si la vida me hablara, como si me quisiera dejar una enseñanza, como si tuviese que aprender algo que no había hecho.

Luca me vio despertar y lo desorientada que estaba. La vida y la muerte se cruzaron de la forma más inexplicable, jamás hubiese querido un final así para él. Entendí que estaba enfermo. Una sobredosis. Parecía una historia de terror. Puede que haya sido una pésima persona, que no quisiera verlo nunca más, pero no que se fuera de esta vida, son cosas distintas.

—Mi amor, tranquila. Has sufrido demasiadas emociones y debes mantener la calma. No puedes estar con este nivel de estrés. Necesitamos que estés bien.

—He tenido un mal sueño, donde Herman se moría y me angustió. —Vi cómo mi madre y Luca se miraron sin decir ni una sola palabra, pero como si la conexión entre ambos dijese algo más.

—Mi amor, no ha sido un sueño. Te has desmayado de la impresión. Sé que debe ser doloroso saber que una persona a quien le dedicaste tantos años de tu vida y a quien quisiste con intensidad, ya no esté entre nosotros. —Comprendí que no había sido una pesadilla y que simplemente había sucedido. Era terrible. Empecé a temblar, el miedo me invadió, la pena me llenó los pulmones, que se apoderaron de todo el oxígeno existente.

—¡No puede ser! —exclamé.

No podía irse una persona de la noche a la mañana de esa forma, aunque en ocasiones hubiese sido un completo demonio en mi vida, aunque me hubiese alejado de mis amistades, aunque hubiese sido el culpable de la mala decisión de Gabriela, aunque... ¡Todo! No era posible.

—Maca, amor, lo siento. —Luca me beso la coronilla.

—Está muerto, no lo puedo creer.

—Maca, por favor, necesitamos que te calmes. Sé que han sido demasiadas cosas. Necesitamos que te pongas bien —dijo mi madre llorosa.

—*Rolita,* por favor, no puedes decaer ahora —me pidió Luca—, te necesitamos bien. Todos: tus padres, tu hermana, yo... —Luca no mencionó nada de nuestro bebé, pero sus ojos me hicieron entender que llevaba un milagro en mi vientre y debía ser responsable con eso.

—Es que no lo puedo creer —dije angustiada.

—He hablado con Joyce, Maca. Lo siento, pero no te puedes estancar. Te amo y te necesito. Te necesitamos bien.

—Mamá, ¿puedes dejarme sola con Luca, por favor? Tenemos que hablar de lo ocurrido. Ve con Gabriela, que ahora ella te necesita más.

Mi madre se fue a la habitación de Gabriela, que estaba con mi padre. Ella siempre fue la mimada y yo lo sabía hacía años, por lo que no me extrañaba que estuviese con ella, no me importaba.

—Maca, tienes que estar tranquila. Eres quien lleva uno de los mayores regalos de nuestra vida. Necesito que estés bien.

—Luca, perdóname, pero fue mucha impresión.

—No te voy a cuestionar que estés impresionada. Una muerte así siempre impacta y más aún si se trata de una persona joven. Independientemente del tipo de vida que haya elegido tener.

Herman tuvo siempre dos polos: el positivo y el negativo, con todas sus intensidades y dolores. Ya no estaba en este mundo.

Se me vino a la mente el peón; había que avanzar. Cada uno es libre de tomar sus propias decisiones y él había tomado las suyas. Todo cambió cuando cayó en la droga, de la que no logró salir nunca, a pesar de mis insistencias y mi tremendo deseo de ayudarlo. Si uno no quiere ayudarse a sí mismo, no hay posibilidad de que la gente que está a tu alrededor lo haga por ti.

Luca fue a ver a Gabriela cuando mis padres salieron a tomar un café. Le contó lo sucedido con Herman y Gabriela le pidió que hablara conmigo para que no le contáramos nada a mis padres de lo sucedido con ella en Ámsterdam.

—Maca, es lo único que me pide tu hermana. Creo que tenemos que apoyarla y esta es la forma de hacerlo. Me prometió que lo hablaría con el psiquiatra. Ella necesita tranquilidad para salir adelante.

—Ahora lo más importante es que podamos hablar de lo que nos pasa a nosotros. No quiero que te sientas presionado a estar conmigo por la llegada de nuestra niña —dije con emoción. No quería que Luca se sintiese presionado.

—Maca, yo ya te amaba y ahora te amo el doble, más de lo que puedas imaginar. Estaremos los dos juntos y luego los tres. Estoy enamorado de ti y solo quiero que lleguemos a Milán para estar tranquilos.

—Yo también te amo, Luca. No sé cómo lo lograremos. El doctor dijo que debía guardar reposo.

—Ya veremos cómo hacerlo, no te preocupes. Ahora necesitamos estar tranquilos y tomarnos las cosas con calma. Lo más importante es que te recuperes.

—Lo haré, por esta bebé soy capaz de todo y más.

No quise juzgar a mi madre por lo que había sucedido con Gaby, por no haberme contado de la gravedad de su condición y no fue nada fácil. Era como si una parte del cerebro me llevase a encararla y odiarla. Pero no la juzgaría. Yo tampoco había confiado en ellos, les había ocultado la drogadicción de Herman. ¿Quién era yo para juzgar? Ni yo ni mi familia éramos perfectos.

La mejor sorpresa
de la vida

MACARENA

Siempre había sido una mujer muy planificada, tal vez demasiado, y esta noticia no me la esperaba ni en el mejor de mis sueños.

Desde niña quise ser madre. La crianza de mis padres, bastante tradicional y orientada a la familia, me lo fue inculcando desde pequeña. Desde que jugaba a las muñecas, no eran mis hermanas, eran mis hijas: las cuidaba y bañaba. Recuerdo que cuando nació mi hermano, con Gabriela acompañábamos a mi madre mientras lo cambiaba, imitándola con las muñequitas a un lado.

Ahora, sin planificación alguna, me dijeron que estaba embarazada de doce semanas. Yo sangré un par de veces y pensé que era la regla. No tomaba pastillas, las dejé al llegar a Milán porque quería desintoxicarme de tantas hormonas. Luca siempre tomó precauciones. Dicen que es seguro el uso del preservativo, pero siempre hay una pequeña excepción que confirma la regla y esta vez fuimos nosotros.

Di gracias a Dios que haya sido con él, con el hombre con el que tenía una química, que incluso me llevaba a ver la vida de colores a pesar de la oscuridad.

LUCA

La noticia del embarazo fue la mejor de hacía mucho tiempo. Recuerdo la cara de Maca cuando el doctor nos habló de la hormona que estaba alta y que indicaba que estaba embarazada. Estaba aterrada, sus ojos la delataron.

No tenía dudas que ella era la mujer de mi vida. Era un regalo del cielo y comenzaríamos una familia los tres juntos.

Maca debía guardar reposo y estábamos en Londres, lejos de nuestra casa. Aún no vivíamos oficialmente juntos, era mi intención pedírselo luego de que su exnovio apareciera en su departamento, pero todo cambió inesperadamente.

Recuerdo las muchas veces que mi madre nos lo dijo mientras estuvimos en Roma, posiblemente muchas más cuando hablamos por teléfono. Ella siempre hablaba más de la cuenta, pero a pesar de eso, siempre la perdonaría; ella perdonó todos los errores que cometí.

Aún quedaban demasiadas cosas que arreglar. Lo primero era que Macarena subiera de peso y que guardara reposo para que el embarazo avanzara sin problemas. Además, necesitaba que su hermana se recuperara; estaba mal con el intento de suicidio. Al salir del hospital, la internarían en una clínica para que se estabilizara psicológicamente.

Por otra parte, estaba lo sucedido con Herman. Aunque Maca recibió abusos de su parte —cosa de la que tampoco se habla—, saber que había fallecido no era algo fácil para ella. En algún momento, quise matarlo por lo que le hizo a Macarena y su hermana, pero a pesar de todo, nunca le desearía algo así. Todos teníamos manchas en nuestro pasado que nos llevan a ser quienes somos. No soy la persona indicada para juzgar, en ningún caso. Solo puedo estar seguro de que cada acción, tiene consecuencias y debemos asumirlas.

Si algo aprendí con esta experiencia, es que en la vida siempre hay lugar para más besos y demostraciones de cariño y que nunca son suficientes. Fue lo que vi hacer a los padres de Maca cuando llegaron a ver a Gabriela que estaba tan mal.

La fragilidad de los seres humanos nos sorprende; ojalá no tener cosas pendientes. Suena tan lindo, pero es imposible llevar todo en completo orden, siempre hay un pendiente que resolver, ese que no hemos sido capaces de hacernos cargo.

MACARENA

Pasé tres días más en el hospital. Me derivaron al ginecólogo, quien me dejó viajar a Italia, bajo algunas restricciones. Tenía que llegar al avión en silla de ruedas, no podía cargar maletas y tuve que salir de la misma forma.

No fue fácil hablar con mis padres. A pesar de ser una adulta, estaba muy nerviosa. Luca dijo que debíamos hacerlo antes de salir hacia el aeropuerto.

Él fue quien habló con ellos, yo permanecí en completo silencio observando las reacciones de todos a mi alrededor. Recuerdo que ese día llovía y el viento londinense pegaba con fuerza en mi ventana. Fue el mismo día que llevaron a Gabriela a un centro psiquiátrico. Una opción era que volviese a Bogotá con mis padres, pero eso se evaluaría más tarde, cuando se asentase todo un poco.

Mi madre entró a la habitación para contarnos algunos detalles de cómo se había quedado mi hermana. Se la notaba tranquila, ya que tenía muy buenas referencias del lugar y ella misma también se quedaría en Londres, en casa de mi prima, a pesar de que mi hermana vivía en la residencia. Estaría cerca para ver sus avances.

—Queremos hablar con ustedes —empezó Luca al dirigirse a mis padres.

—No me digas que vas a tener que quedarte más días ingresada, Macarena. —De nuevo comenzó a hablar como una metralleta. Actuaba como era y mi padre, callado y pensativo sin entender lo que pasaba.

—No es eso —dijo Luca. Yo estaba muda, no era capaz de decir nada. Podían pasar años y ser adulta, pero ¡eran mis padres! No podía dejar de estar nerviosa, acaba de recibir esta sorpresa de golpe. Me traspiraban las manos y sentía ahogada. Luca acababa de conocer a mis padres hacía tan solo unos días.

—Mamá, por favor, déjanos hablar —pedí, aunque no fui capaz de seguir.

—Macarena está embarazada —soltó Luca de golpe— y quiero que sepan que estamos muy felices con la noticia.

—¿Qué has dicho? No estoy para bromas —le cortó mi madre, impactada—, ya he tenido suficiente. ¿Crees que es como comprar un perro o algo de eso?

—Mamá, es verdad. No estaba planeado, pero ha sucedido.

—¿Cómo es posible que a tu edad no sepas sobre los métodos anticonceptivos?

—¡Basta! No sigas con tus tonteras, por favor —le dijo mi padre, serio. Muy pocas veces le hablaba así a mi madre. Me gustó porque supo pararla—. Estoy impactado, pero feliz. La llegada de un hijo es siempre un motivo de alegría. —Se acercó a acariciarme con ese cariño tan característico suyo. Siempre con pocas palabras, pero las justas para hacerme sentir bien y animarme.

—Perdóname, por favor. No me ha pillado en el mejor momento. He estado muy nerviosa —se disculpó mi madre con los ojos llenos de lágrimas—. Carlos tiene razón, cuentan con todo mi apoyo. Ya me muero de pena de saber que tendré un nieto o nieta a tantos kilómetros de distancia. —Me abrazó mientras mi padre me acariciaba. Me sentí afortunada, como cuando era niña. Sabía que todo estaría bien. Necesitaba ese apoyo de quienes amaba.

—¡Nieta! —exclamó Luca—. Es una niña. Maca tiene que cuidarse mucho porque hay riesgo de aborto. Está de doce semanas.

—¿Nieta? —preguntó mi mamá con los ojos vidriosos.

—Solo quiero que sepan que estoy enamorado de Macarena, que esto es un gran regalo para mí. Seremos una familia, viviremos juntos y cuidaré de ambas. Maca es lo mejor que me ha pasado en la vida —explicó Luca.

—Sé que no es tan fácil de digerir, que no llevamos tanto tiempo juntos, pero yo siento lo mismo que él. Por otra parte, ¿no les parece increíble? Ver la muerte cerca de Gabriela, sumado al fallecimiento de Herman y yo trayendo una vida al mundo. Quiero que esta pequeñita se agarre bien a mí, que todo salga de maravilla. Solo le daremos amor, amor del bueno. Quizás no era el sueño que tenían para una hija, que lo ideal hubiese sido estar más tiempo con Luca, tener la oportunidad de conocerlo mejor. Mamá, sé que te hubiese gustado antes verme casada, pero ha sucedido así y...

—Y estamos muy felices, Maca. —Mi padre terminó la frase—. Además, para mí, como buen ingeniero que soy, el orden de los factores no altera el producto. Solo quiero que seas feliz, que sean felices los dos.

—Lo somos. Me encargaré de cuidarlas, a mis dos mujeres. Y tú, Maca, no debes tener miedo, ¡estás conmigo! Estamos juntos y comenzamos un camino nuevo. Se ha adelantado un poco, pero soy feliz.

—¿Qué tienen pensado? —preguntó mi padre.

—Seguir como estamos, papá. Cuidarme para que todo vaya bien.

—No, no seguiremos como estamos —interrumpió Luca con el ceño levemente fruncido—, te vendrás a vivir conmigo, cuidaré de ti y nos casaremos. —Lo miré extrañada.

—¿Cómo? No es bueno tomar decisiones así por un bebé. No tenemos prisa.

—No se trata de tener prisa, *rolita*, se trata de amor. Para mí, el amor es la libertad de volar acompañado y lo haremos juntos... si tú quieres, mi amor. —Luca pidió permiso a mi padre, se puso a mi lado y me besó en la frente—. ¿Quieres hacerlo?

—Sí, Luca, quiero.

—Salgamos, dejémoslos solos. Maca, este chico me gusta —dijo mi mamá mientras guiñaba un ojo a Luca, justo antes de salir de la habitación.

Cuando nos quedamos solos, no hablamos, solo nos miramos. Su mirada llegó a mi alma, al fondo de mi ser. Me di cuenta de que el amor era el secreto que las miradas intensas y sinceras no sabían guardar.

Era increíble ver la cantidad de cosas que pasaron de un momento a otro, como si todo se hubiese alineado para que los acontecimientos se dieran al mismo tiempo. Si me lo hubiesen dicho, no lo habría creído.

Después de salir del hospital, estuvimos unos días en un hotel. Era muy incómodo no estar en mi casa, con mis cosas. El doctor quería asegurarse que todo estuviese bien, antes de poner rumbo a Italia.

Era terrible. No podía visitar todos los días a mi hermana, así que venía a estar conmigo. Amaba a mi mamá, pero era agotadora. De alguna manera, Luca y yo necesitábamos estar solos, mi mamá era demasiado cariñosa. Estaba feliz y ansiosa, como es ella y quería comenzar a tejer ropita para mi bebé.

Esos días en los que no podía ni moverme, fue una tortura. Estaba en una de las ciudades que más me gustaban y no podía salir a hacer turismo. Además, entre mi madre y Luca, me metían comida hasta que no podía más. Ambos estaban obsesionados con el tema de mi bajo peso. Eran demasiado exagerados.

¿Familia?

MACARENA

Nos fuimos a Italia.

Mi hermana se quedó con mi madre hasta saber si podía salir del centro y coordinar con su psiquiatra en Bogotá; todo dependía de los avances que tuviera. Me preocupaba mucho su bienestar, deseaba verla bien y, al mismo tiempo, todavía me dolía que mis padres no me hubiesen contado nada de su estado de salud.

Durante la estancia en Londres, en uno de los pocos momentos que estuvimos solos Luca y yo, hablamos de no contarle nada aún a Dante, mi jefe, sobre mi embarazo. Lo haríamos cuando llegáramos a Milán. En la oficina sabían que estaba en Inglaterra por el estado de mi hermana. Pía y mis amigas me llamaron para saber de ella y estuve a nada de revelarles mi estado; moría de ganas de contarles la noticia.

Al llegar, nos fuimos a la casa de Luca. Después de muchas conversaciones hasta la madrugada y el poder de convencimiento de mi novio, teníamos incluso planes para casarnos antes de que naciera la bebé, ¡todo iba demasiado rápido! Estaba ansiosa, preocupada. Todo podría pasar. ¿Nos llevaríamos bien al vivir juntos?

El día que entramos a la casa de Luca, tuve una sensación extraña; ya no veía ese apartamento como una visita de un par de horas. Me quedaría ahí.

—Maca, esta es nuestra casa. Podemos decorarla como quieras. Dime qué necesitas para poder traerlo.

—Ropa y mis cosas. Por favor, lo que hay en el baño: cremas, champú, secador de pelo, cepillos... todo. Ropa para estar en casa. Y no te olvides de mi peón, lo necesito, por favor. —Luca sonrió, sabía lo que representaba para mí.

—Será lo primero que guarde. Ya no es algo solo tuyo, es nuestro. Llegaremos al final del tablero —exclamó sonriente y pensativo—. Ahora guarda reposo, tengo la esperanza que no será por mucho tiempo.

—Ojalá, Luca, porque esta situación es muy extraña. Venirme a vivir contigo así, de golpe, es extraño.

—Pero *rolita*, no existe un procedimiento específico para el amor. Tenemos que dejarnos llevar los dos.

—Tres —aclaré con emoción en los brazos de Luca.

Me sentaba bien volver a casa, estar por fin los dos solos, en nuestra ciudad, nuestra vida, sin interferencias. Dormí como una niña pequeña, me sentía protegida a su lado. Si antes lo admiraba, ahora lo hacía más. Todo lo que Luca superó, me fascinaba. Con todo lo que había pasado, estaba muy sensible; sumado a la revolución de hormonas por el embarazo. Valoraba cada instante el haber encontrado a Luca en mi camino. Coincidir con una persona así fue extraordinario.

Al día siguiente, vinieron Francesca e Isabella a verme, preocupadas por mí, sin saber que estaba embarazada. Solo les conté que el doctor me pidió que descansara unos días debido al estrés.

Llegaron con regalos para mí: una caja de bombones y una planta. Ambas vinieron en un hueco que tenían y como se quedaban a comer, pedimos comida china y comenzamos a ponernos al día.

—¿Cómo está Gabriela? —Fue lo primero que preguntó Isabella, preocupada.

—Menos mal que todo fue muy rápido. Por suerte, la rescató a tiempo su compañera de piso y llegaron pronto al hospital.

—¿Qué le pasaría para tomar una decisión así? —preguntó Francesca, impactada con la noticia—. Es muy fuerte llegar a ese extremo.

—Han sido muchas cosas, amigas. Primero, que ya pasó por algo parecido una vez en Colombia y mi madre nunca me lo contó. Estaba en tratamiento psiquiátrico, pero lo dejó. Eso, sumado a que Herman... —mi cuerpo se tensó, me paralicé, era impactante que ya no estuviese en este mundo—. Bueno chicas, cuando Gaby me visitó en Navidad, Herman la drogó y abusó de ella, le hizo fotos y la chantajeó con eso para que le diera mi dirección; ella no aguantó más y se la dio. Herman llegó a mi apartamento, me contó que Gaby le había dado la dirección, la llamé, me enfadé mucho y creo que eso fue lo que gatilló que estallara. Y bueno... —expliqué llorosa.

—¿Herman estuvo aquí? —Quiso saber Isabella, sorprendida.

—Sí, menos mal que yo estaba con Luca y le pidió que se fuera. Me dijo mil cosas, quería que volviera a Ámsterdam. Al día siguiente, me llamaron del hospital y nos fuimos. —No podía controlar mis lágrimas.

—Ese tipo es una miseria, una rata —dijo Francesca, furiosa.

—Chicas, él ha muerto. Al llegar a Holanda tuvo una sobredosis y ha fallecido. Es terrible, a pesar de que no fue una buena persona.

—¿Qué? —ambas se sorprendieron y reaccionaron a la vez.

Me abrazaron y no dijeron nada más. Lloré junto a ellas. Lo había odiado. No podía explicar la rabia que me daba, pero ya no estaba.

—Lo perdoné. No puedo guardar rencor por él —admití sincera.

—Ahora entiendo por qué te han dado unos días de descanso, Maquita. Es demasiado, muchas cosas en muy poco tiempo —dijo Francesca.

—No lo puedo creer —dijo Isabella. Estaba impactada.

—Ha sido muy intenso todo, amigas. Aún no lo puedo creer. Es impresionante, me muero de pena.

Hubo un silencio, ninguna teníamos palabras, solo me abrazaban para consolarme, para que pasara mi tristeza.

—Maca, ¿has escrito a sus padres? —preguntó Francesca.

—No, nunca los conocí. Herman nunca me los presentó. —Ahora miro hacia atrás y me doy cuenta de que había tantas cosas extrañas que no noté o no quise ver en ese momento. Estábamos pensativas, era un momento de dolor—. Hay más, chicas. En el hospital me desmayé.

—Bueno, serían los nervios. Estabas con la responsabilidad de lo de Gabriela —comentó Isabella, segura.

—Fue mucho, pero a raíz de eso, me hicieron unas pruebas y.... —No terminé la frase.

—¿Tienes algo grave, Maca? —exclamó Francesca asustada.

—No, Francesca, si hubiese sido grave no estaría aquí —indicó Isabella.

—No, no estoy enferma. Estoy embarazada.

—¿Cómo? —preguntaron al unísono.

—Estoy de doce semanas y es una niña. —Lloraba, pero ahora de emoción al darles la noticia—. Ha sido una sorpresa. Luca está feliz. No lo supe porque pensé que me había bajado la regla, pero fue amenaza de aborto en más de una ocasión.

Ambas sonrieron y demostraron su completa felicidad.

—Qué alegría que esa niñita se haya agarrado con todas sus fuerzas. ¿Hasta cuándo estarás en cama?

—Tengo control la semana que viene. Ahí veremos cómo sigue todo. Esta mañana Luca fue a hablar con Dante para contárselo. Es probable que no te haya dicho nada para que te lo contara yo.

Francesca era muy sentimental y lloraba más que Isabella. Entre llantos y abrazos dijo una frase que jamás olvidaré: «La vida es maravillosa, Maca, es mágica a pesar de sus matices, de los dolores y las alegrías. En solo instantes estuviste con los contrastes de esta, la vida de tu hija y la muerte».

Estuve en reposo hasta que fuimos al doctor. Me leí varios libros y mi compañía fue Netflix. Hice varias maratones de series mientras Luca trabajaba, aunque todos los días venía a almorzar conmigo a excepción del miércoles, que fue a ver a los muchachos del centro. Para él era una prioridad y para mí había pasado a ser lo mismo. Lo entendía a la perfección y me hizo ver que era su forma de pedir perdón por los errores del pasado. Las pocas veces que pude ir con él, me demostraron que era su terapia para tratar de redimir lo que no era posible cambiar.

No pude dejar de pensar una y mil veces que Luca podría recaer. Aseguran los especialistas que uno nunca está recuperado por completo, que siempre hay que estar alerta. Cuando me enteré, el miedo a que algo así pasara se apoderó de mí.

El miedo condena y el amor pendona. Cada vez que llegaban esos sentimientos, recordaba esa frase, la cual me acompañaría para siempre. Y digo para siempre porque lo que quería era estar con Luca hasta el último día. Me había enamorado perdidamente.

LUCA

Estaba preocupado por Maca, aunque había recuperado un poco de peso, pero no estaría tranquilo hasta que la viera el doctor. Los días se me hicieron eternos, solo quería saber que el embarazo y mis mujeres estaban bien. Ellas eran mi razón de vivir. Ya quería comprar cositas a nuestra pequeña. También tenía que tomar decisiones con Maca sobre dónde vivir, quizá deberíamos ver la opción de cambiarnos a un lugar más grande. Quería hablar con mis padres, pero decidimos esperar para ver cómo iban las cosas. Debía tener paciencia.

Llegamos al ginecólogo. Estábamos nerviosos, más cuando me hicieron esperar fuera mientras Maca se preparaba para la ecografía. Yo intentaba parecer tranquilo delante de ella, pero se notaba que Maca estaba ansiosa y angustiada. Varias veces la vi tocarse su barriguita con la mirada perdida, como si estuviese en otro mundo. A pesar del miedo que ambos teníamos, estábamos felices. ¡Sería papá!

Me traspiraban las manos, estaba más nervioso que cuando hice mi examen de grado.

Me levanté de un salto apenas me llamó la enfermera. Vi a Maca en la camilla y me puse a su lado y le agarré la mano mientras el doctor hacía la ecografía. No tenía duda alguna de que era la mujer de mi vida.

—Macarena, relájate. Ponte un poco más adelante y baja la pelvis. Tranquila.

Hubo un silencio y Maca estaba con los ojos cerrados hasta que hablé.

—¿Cómo va todo, doctor? —La ansiedad me delataba. Mientras hablaba, apretaba con cariño la mano de Maca, entrelazando nuestros dedos.

—Espera un segundo —murmuró el doctor.

Me asusté. Besé a Maca en la frente, sabía que ella estaba igual o peor que yo. Embozó una sonrisa nerviosa para luego volver a cerrar sus ojos y volví a besarle la frente antes de murmurar.

—Tranquila, mi amor. —No pude decir más, no sabía qué decir. Estaba de los nervios.

—Todo va bien. No hay nada preocupante —interrumpió el especialista. Miré los ojos de mi *rolita* se iluminaron como estrellas—. ¿Saben qué es?

—Sí, una niña. Eso nos dijeron en la ecografía anterior.

—Así es. Y parece que va a ser gimnasta, porque no para de moverse.

Reímos de alegría; ya imaginábamos una pequeña saltarina. Era la mejor noticia que había recibido.

—¡Gracias a Dios! —Fue lo único que Maca exclamó relajándose al instante. Sus hombros bajaron de alivio.

Me volvieron a decir que saliese de la sala de ecografías, mientras mi novia se arreglaba; lo único que quería era darle a Macarena el beso más apasionado del mundo. En cuanto salió, nos fundimos en esos besos que solo eran posible entre nosotros, con la química que nos llevaba lejos, muy lejos de aquí. Estábamos dichosos con la noticia.

Estuvimos unos minutos en la sala de espera hasta que nos llamó el doctor con el informe completo. Pasamos, llevaba de la mano a la mujer que albergaba en su vientre a mi hija y nos sentamos con él. Nos lo explicó todo: las medidas, las semanas —que ya eran dieciséis—, los órganos que se iban formando...

—Macarena, ya puedes hacer una vida casi normal. Pero no debes sobre exigirte. Ante cualquier síntoma de sangrado, me llamas de inmediato. —El doctor nos dio su teléfono personal, cosa que demostraba preocupación. Ambos tomamos nota.

—¿Podré trabajar?

—Sí, pero no quiero que vayas en metro, lo ideal es que lo hagas en taxi. Si eres una mujer muy activa, debes bajar las revoluciones. Nada de hacer esfuerzos, nada de cargar con bolsas de supermercado... Que tu esposo haga eso.

—No estamos casados —confirmó Maca.

—Aún —aclaré con firmeza—. ¿Vida normal? —pregunté.

—Sí, normal, pero tranquila. —No me aclaró la duda.

—¿Podemos tener relaciones? —Me volvía loco sin poder estar con Maca. Habían sido más de tres semanas y ya era demasiado.

—¡Luca! —Maca me regañó.

—Sí, pueden, y no pasa nada, no se asusten.

—¿Podríamos viajar a Roma?

—Sí, pero preferiría que fuera en coche o en tren. No debiese haber problema al hacerlo en avión, pero mejor ser cautelosos.

Agradecimos al doctor y nos fuimos felices a casa.

MACARENA

Fue como si me hubiese vuelto el alma al cuerpo, no podía explicarlo de otra manera. Estábamos ansiosos y asustados. Salimos de la consulta felices, dichosos, alegres y sobre todo ilusionados, soñadores.

De camino a casa, Luca me dijo que haríamos una parada. Pensé que compraríamos algo en el supermercado, pero no fue así. Me llevó a una tienda de bebés.

—El primer regalo para nuestra pequeña, a quien necesitamos encontrarle un nombre pronto. Lo elegiremos los dos, sus papás, juntos. —Sus palabras me emocionaron.

Nunca había estado en una tienda de bebés, era preciosa, estaba llena de detalles. Sin dudarlo, agarré un vestidito de color blanco, bordado y delicado. Imaginé a mi bebé en el. Salimos con nuestra compra y fuimos a casa, su casa, que ya comenzaba a sentir como mía.

Estaba tranquila, en paz, en un estado de agradecimiento completo.

Luca no esperó ni a que me lavase las manos. Con delicadeza, se abalanzó sobre mí y me comió la boca. Lo noté desesperado, dándome risa. Esos días no había pensado en hacer el amor, estaba como en otra frecuencia, pero no era lo mismo para él, ya me había quedado claro con la pregunta que le hizo al doctor, esa que me dio un poco de vergüenza.

Sus manos se entrelazaron por mi cabello, el que masajeaba con exigencia mientras me besaba; me sentí levitar. Luego, me llevó de la mano a la habitación, me acostó en su cama, ahora nuestra cama. Me miró con esa potencia que solo él sabía alcanzar que me dejaba loca. Me quitó la ropa con calma: primero, la camiseta, el sujetador, luego los pantalones y las bragas. Me acarició desde la cabeza hasta los pies.

Recorrió mi cuerpo con sus manos, en círculos, mientras me besaba. Era como si me descubriese por primera vez. Besó por todos lados con delicadeza, y no tardamos mucho en encendernos los dos. Luego, le quité la camiseta y con cierta desesperación, se bajó los pantalones y los bóxeres que llevaba.

—*Rolita*, estamos formando nuestra familia. Te amo.

—También te amo, Luca, más allá de la razón. Estoy loca por ti.

Estar con Luca era sorprendente. Se introdujo y sentí ese alivio, esa sensación de querer estar con él, en esa posición por el resto de la vida. Sus movimientos fueron más lentos. Habíamos tenido encuentros más salvajes y lujuriosos, como cuando dejamos un completo desastre en el cuarto de revelado. Esta ocasión fue más pausada, pero muy intensa; sentí hasta el último músculo de su cuerpo, cada respiración, cada movimiento que me llevaba al más allá. Fue la primera vez que hicimos el amor sin preservativo y se sintió más, mucho más. Lo besé tanto que podríamos alcanzar un número periódico o por qué no decirlo, el infinito.

—Amor —Luca habló—, quiero pedirte un gran favor.

—Dime.

—Además de que no cambies nunca porque me vueles loco...

—En poco tiempo mi cuerpo sí que cambiará. —No lo dejé terminar.

—No me refiero a eso, me refiero a como eres tú. De todas formas, con barriguita igual te amaré. Eso sí, tendremos que buscar algunas posturas para que no incomode —dijo entre risas.

—¡Luca! —exclamé entre risas coquetas.

—Respecto al favor... Quiero que Andrew sea el padrino de nuestra pequeña. No te pediré que sea junto a.... —No lo dijo—. Pero quiero que él sea. Es como mi hermano y lo han pasado tan mal con el tema de que es muy difícil que puedan ser padres, que quiero que él esté presente en la vida de nuestra hija. Me da mucha pena lo que han pasado. Nosotros tenemos que agradecer, *rolita*, imagínate la suerte que tenemos, cuando hay tantas parejas que les cuesta o que simplemente no pueden.

—Claro que sí, Luca, encantada de que sea Andrew. No lo conozco mucho, pero si es alguien importante para ti, por supuesto.

—Tú puedes elegir a tu hermana o a alguna amiga, Joyce, Francesca o Isabella.

—Sí, amor, alguna de ellas.

—Quiero llamarla por su nombre —me dijo mientras acariciaba mi barriga—. Tú puedes elegir el nombre, yo ya estoy feliz de que dejes que mi amigo sea el padrino. A pesar de que no somos muy religiosos, sé que para ambos es importante que la bauticemos.

—Absolutamente. Tenemos que bautizarla —dije emocionada.

—¿Qué nombre te gusta?

—Me gusta Carla.

—Me encanta. Nuestra pequeña se llamará Carla. Nuestra Carlita.

—Significa *mujer fuerte*, y mi abuela se llamaba así.

—Me encanta. Carla Zambelli, maravilloso... Otro favor, amor.

—Depende de lo que sea —dije coqueta.

—¿Podría ser Carla Luciana?

—Obvio, mi amor, ¡cómo tu hermana! Así tendrá una angelita que la cuide siempre.

Me quedé dormida en su pecho, abrazada a él, en el mejor lugar del mundo. Sin darnos cuenta, habíamos comenzado a escribir nuestra historia.

A la mañana siguiente, nos quedamos un buen rato en cama. Luca me trajo el desayuno, y no salimos de las sábanas hasta pasadas las dos de la tarde. También hablamos mucho, y es que no nos faltaba tema de conversación, desde cosas divertidas y anécdotas hasta temas profundos.

—Amor, quiero saber cómo estás por lo de Herman. Sabes que no era santo de mi devoción, pero quiero saber cómo lo llevas. No me has dicho nada. Debes tener confianza en mí, no te guardes las cosas.

—No ha sido fácil. No te voy a negar que he pensado en él. —Tomé aire—. Ha sido muy impactante, pero lo he perdonado. Estaba enfermo, la droga hace que las personas no razonen y las lleva a cometer errores garrafales. No voy a vivir con odio.

—Está bien, amor. Me enamoro cada vez más de ti. Perdonar es difícil y coincido contigo, la droga es una mierda, hace perder el juicio.

Lo abracé con fuerza para que no hablase más. Luca había estado ahí y podría haber terminado como Herman o incluso peor.

Retomé mi vida y mi trabajo, y estaba feliz, aunque seguía cada recomendación del doctor al pie de la letra. No era solo por mí, era por ambas, por nuestra familia. Reconozco que la vuelta a la oficina fue espectacular. Pía me recibió con un delicioso desayuno y me demostraban su cariño a través de la comida.

LUCA

Una noche, cuando cenábamos una deliciosa paella que habíamos encargado, le pregunté. Teníamos que comenzar a tomar decisiones como ir a contarles la noticia a mis padres, dónde viviríamos y cuándo nos casaríamos. Yo quería que fuese cuanto antes, aunque no pretendía someterla a ningún estrés.

A veces notaba que Maca se sentía culpable de estar embarazada sin haberlo planificado. Le dije una y mil veces que no se sintiera mal, que estaba feliz y eso era lo importante.

—Amor, necesitamos ir a Roma, para contárselo a mis padres. No podemos esperar más; podríamos ir este fin de semana.

—Me parece genial, pediré permiso en la oficina. Hablaré con Pía.

—Perfecto. También me gustaría saber si quieres que nos quedemos a vivir aquí, o buscamos algo más grande.

—Creo que por el momento aquí estamos bien. Deberíamos traer algunas cosas de mi apartamento.

—Quiero que estés tranquila y con el menor nivel de preocupación.

—Gracias por ello. De verdad me siento en casa.

—Es tu casa, nuestra casa, de los tres —dije con emoción, como si mi alma se hubiese inflado de felicidad.

No le pusieron ningún problema a Maca para ir a Roma. La querían mucho en la oficina.

MACARENA

Los nervios me consumían. Solo había estado una vez con los padres de Luca, aunque a veces hablaba con Bianca. Le contamos por qué tuvimos que partir a Londres: lo de mi hermana y la dolorosa situación. Respecto a ella, todo avanzaba bien y solo teníamos noticias favorables de su recuperación. No tendría opción de dejar la medicación, debería acompañarla de por vida.

La madre de Luca era de esas mujeres que se preocupaba más de las personas que la rodeaban que de ella misma. Este tipo de actitudes eran las que daban esperanza a la vida y te enseñaban a verlo todo de colores.

Me sentía bien y ya estábamos en la semana diecinueve. Una pequeña barriguita comenzó a asomarse y ya notaba sus movimientos. Luca tomaba las recomendaciones del doctor al pie de la letra: durante el viaje paramos varias veces y nos bajábamos a mover un poco las piernas. Italia es maravilloso en todos sus aspectos, estaba enamorada del país y de mi italiano sobreprotector. Más de una vez tuve que decirle que estar embarazada no era estar enferma; al contrario, era estar más viva que nunca, con dos corazones que latían en un solo cuerpo.

En Roma, los padres de Luca nos recibieron muy sorprendidos, ya que no quiso avisarles de que iríamos. Para ellos fue una completa sorpresa.

Llegamos el viernes justo para almorzar, la cara de Bianca reflejaba felicidad, se abalanzó sobre su hijo, lo besó y lo abrazó como si fuese un niño pequeño. No paraba de decir «*¡Mi niño! ¡Qué sorpresa me has dado!*».

El padre de Luca era mucho menos extrovertido y daba la sensación de que le costaba un poco más mostrar sus sentimientos. Era más serio, callado y observador.

Bianca me abrazó y me recibió de forma muy acogedora, como si fuese alguien a quien quería hace años, a pesar de que solo habíamos estado una vez juntas.

—¡Que guapa que estás, Maca! —Cuando me dijo eso, pensé en aquella frase popular que dice que una mujer embarazada luce especial, más bonita, radiante. Pensé que lo había notado.

Nos sirvió unos refrescos y un aperitivo que ayudé a preparar. Cuando estábamos ya instalados, Luca fue directo al grano.

—Hemos venido a darles una noticia...

—¿Se van a casar? —Su madre no lo dejó terminar y luego se tapó la boca dando a entender que su transparencia no era lo adecuado, al menos en ese momento. Su marido la fulminó con una dura mirada.

—¡Bianca, no saques conclusiones apresuradas! —Sentí que ella se incomodó, no sé si por lo que escuchó por parte de su marido o por su impulsividad.

—¡Sí, mamá! Nos casaremos. —Nos abrazó a ambos a la vez, alegre, contenta. Pensé que Luca contaría primero lo del embarazo.

Mi suegro, mientras Bianca lloraba, se marchó. Me incomodé al sentir que no le había gustado la noticia, pero para mi sorpresa, llegó con una botella de *champagne* que tenía guardada.

—Salud, chicos. —Abrazó a Luca. Luego a mí, con cariño, más de lo que me imaginé tras ver la relación con su hijo.

—Estamos muy felices, ya vivimos juntos desde que llegamos de Londres, hace unas semanas. Y sí, nos casaremos.

—¿Cuándo? —interrumpió Bianca.

—No lo sabemos aún, pero esperamos que sea muy pronto. —Luca me miró y me dio la impresión de que soñaba con nuestro futuro—. Además, queremos contarles que estamos embarazados. —Me pareció divertido escucharlo en plural, como si él también lo estuviese—. Y es una niña, se llamará Carla, Carla Luciana. En pocos meses serán abuelos otra vez.

—¡Esto es un regalo! —exclamó llorosa Bianca—. Estoy muy emocionada, sorprendida, pero tan feliz... Por fin una niña para nuestra familia. Se extrañan las niñitas por aquí —dijo sincera—, además, el nombre me ha emocionado. Llegará la nieta que me acompañará y no será un torbellino como mis nietos. Le compraré vestidos, le enseñaré a pintar. ¡Vengan a vivir a Roma! —Le salió del alma.

—¡Mamá! Por ahora debemos ir con precaución, ya que Maca estuvo con riesgo de aborto al inicio.

—No pasará nada, chicos. ¡Estoy muy emocionada!

—¡Felicidades! —Esas fueron las escuetas, aunque sinceras, palabras de mi suegro.

Comimos un delicioso pollo con patatas y ensalada. El almuerzo fue ameno, encantador. Mis suegros se veían muy contentos. Mi suegra invitó esa noche al hermano de Luca y su familia, para contarles la noticia. Esto significaba que no me dormiría temprano, por lo que Luca decidió que fuéramos a descansar a su habitación. Ese lugar me hizo conocer al Luca que cantaba y movía sus manos en la guitarra. Era feliz, pero tenía una pregunta que me atormentaba.

—¿Cómo es la relación con tu padre? —pregunté mientras estábamos acostados en su cama tras el delicioso almuerzo.

—No es muy cercana, la verdad.

—¿Siempre fue así?

—No, éramos muy cercanos, tengo los mejores recuerdos de él cuando era pequeño. Me llevaba al fútbol, al rugby, tenis... Íbamos al cine, a veces con mi hermano y otras veces solos. Estábamos muy unidos, pero el accidente con mis amigos de esa época nos distanció. No fue a verme nunca al centro. No lo culpo, pero le costó demasiado y mi padre ya se culpaba por la muerte de Luciana. Me imagino que también se cuestionó como padre después de todo lo sucedido. No tuvo la culpa, ni él ni mamá, pero de alguna forma nos separamos más de lo que hubiese querido.

—Lo siento, amor.

—Una parte de él, cambió con la muerte de mi hermana y luego, lo mío. Las cosas cambiaron. No es una persona que se abra, que hable, que saque lo que lleva dentro. No es como yo; yo soy más como mi mamá.

—Aún puedes retomar la relación de siempre, Luca.

—Sí, es una de mis cosas pendientes. Creo que todos tenemos algo que mejorar. Pasó el tiempo y no volvimos a ser como antes. Fue todo muy fuerte. No quiero recordar eso ahora.

—No lo haremos. —Nos abrazamos y nos quedamos dormidos.

Tras una merecida siesta, desperté y Luca seguía dormido. Lo dejé descansar. Salí de la habitación y justo estaba Bianca en su taller. Me oyó por el pasillo y me invitó a acompañarla. En su sala de arte tenía una cafetera y un pequeño frigo bar. Me ofreció un café descafeinado y feliz, lo acepté.

Recordé la vez que me había mostrado su rincón tan especial cuando la conocí, el lugar seguía igual de bonito y había más cuadros.

—¿Nunca has pensado venderlos o exponerlos en una galería? —pregunté admirando las obras.

—Nunca lo he hecho. Me lo han ofrecido, pero quiero que quede este legado en mi familia y mis amistades más cercanas. Lo que sí he hecho es regalar varios a un hogar de jóvenes con problemas.

—¿De adicción? ¿Al centro donde estuvo Luca?

—Sí, es que siento tanto agradecimiento... Hicieron una tremenda labor y lo sacaron adelante. Es para estar eternamente agradecida. Fueron momentos espantosos. Siempre fue un chico demasiado listo y nos engañó —dijo sin mirarme, aunque podía ver algo de tristeza en su expresión.

—Me lo ha contado todo. Es una espina que aún tiene clavada en el corazón. No fue fácil para él hablar del tema, incluso estuvimos peleados unos días —comenté.

—¿Te desilusionó su pasado?

—No, no fue eso. Cuando supe que tuvo un año oscuro y le pregunté, no me lo quiso contar. Hasta unos días más tarde.

—No quiero justificarlo, pero fue terrible —contestó mirándome por fin—, murió una chica inocente y buena. Fue todo tormentoso e impactante; Luca lo pasó muy mal. No sé cuántas veces me pidió perdón por lo sucedido. Lo vi realmente arrepentido. Yo accedí y es que una madre siempre accede al perdón para estar cerca de su hijo, para que no se distancie. Para mi marido no fue así, conocía a la mamá de la chica desde que era joven y hasta el día de hoy se siente culpable por eso. Se pone en el lugar de su amiga y sabe lo que es perder una hija; se siente horrible.

—Lo siento mucho por él. Luca debe sentirlo también —dije sin pensarlo.

—Se han alejado después de eso. Para mí fue muy difícil, nunca lo fue a ver al centro, nunca, aunque se lo pedí tantas veces... Muchas veces los que más amamos, nos sorprenden. El amor no es perfecto. Esta situación dio pie a varias peleas, y él no quiso ceder. Mi marido no es perfecto, y cuando amas a alguien...

—¡Amas también sus imperfecciones!

—Sí, aunque cueste hacerlo. Fue una lucha durante mucho tiempo, pero no siempre se ganan las batallas. Entendí que mientras más presionaba era peor. Con los años, las cosas han estado mejor entre ellos, pero aún queda camino por recorrer.

Los ojos de Bianca se llenaron de lágrimas. Cuando uno forma una familia, lo que más quiere es que se mantenga unida; pero quizá hay situaciones que llevan su tiempo. La abracé con cariño, sin decir una sola palabra.

Estuve mucho tiempo con mi suegra. Me gustaba estar con ella y recordamos a su hija. Era una parte de ella. Comencé a entender que todo le recordaba a su pequeña.

Abrió uno de los cajones del escritorio y sacó unas carpetas y cuadernillos. Eran los de su hija Luciana. La carpeta estaba llena de dibujos, de colores, magia, sintonía con el pasado que ella tanto extrañaba y que tanta falta le hacía. Verla reflejada en sus dibujos era una especie de conexión que me hizo ver a la hermana de Luca en mi mente, en mis sueños, despierta, como si hubiese podido llegar al alma de esa pequeña que hoy en día tendría mí misma edad y tal vez viviría una situación parecida a la mía. Era desgarrador.

—Quiero que tengas este dibujo de Luciana. —Me sentí alagada y se me saltaron las lágrimas. Estaba compartiendo conmigo uno de los objetos de mayor valor, mucho más que unas joyas.

—¡Gracias, Bianca! Me has emocionado. No sabes cómo valoro este gesto —agradecí, llorosa. Era de los regalos más significativos y llenos de sentimiento que había recibido en mi vida. Era afortunada.

—No lo hago porque lleves a mi nieta, lo hago porque veo a Luca feliz y porque desde que entraste a esta casa, sentí algo especial.

—¡Lo enmarcaré y lo pondré en la habitación de la pequeña!

—Siempre le he pedido a mi hija que cuidara a sus hermanos, que les ayudara a encontrar una buena chica para caminar de la mano por esta vida —dijo tomando mis manos, con una gran sonrisa.

—Me siento muy honrada, muy feliz.

—Agradezco que lo pongas en su habitación. De esta forma simbólica, la estará cuidando, guiando sus pasos desde el cielo. Gracias por ponerle el nombre de mi ángel a la bebé.

—Fue idea de Luca. Tu hijo la lleva en su corazón y considero que es una preciosa forma para que ella sepa que será siempre importante en la vida de nuestra hija.

Al decir estas palabras, me sentí llena de sensaciones desconocidas, fuertes y potentes que me hicieron feliz. Era afortunada.

Al día siguiente, llegaron los nietos a almorzar. Les sacaban sonrisas a sus abuelos a pesar de la locura. Lo mismo que la otra vez, parecían un terremoto de amor, y no les importaba que dejaran la casa desordenada, con leche desparramada por el sofá y trozos de comida en el suelo. A pesar de la corta edad de los pequeños, los abuelos tenían una conexión con ellos. Fabio y Franco volvían locos a sus abuelos, era literal. Me acordé del matrimonio que me acogió para trabajar en el restaurante cuando llegué a Milán. Al parecer, ser abuelos era lo máximo.

Traté de no prestar mucha atención a las ojeras de la mamá de los pequeños, pero no fue posible, era demasiado evidente. Sin embargo, hablamos un buen rato. Estaban todos felices con la noticia y esta chica me dijo que ser mamá era lo mejor que le había pasado en la vida.

Me sentí muy cómoda en casa de los padres de Luca, como si hubiese estado en ese lugar muchas veces antes. Estaba con el corazón lleno.

Noticias que alegran

LUCA

Mis padres ya sabían la gran noticia, la más importante de mi vida hasta ese momento. Tuvimos un encuentro familiar muy agradable, lleno de anécdotas y de planes de futuro.

Quise hacer algo especial para Maca, por lo que la llevé a recorrer Roma, ciudad que tanto le gustaba. Quise programar algo diferente y pasear por lugares que no visitamos juntos la última vez, por falta de tiempo.

Decidí llevarla al mirador de Garibaldi. Quería que viera la ciudad completa, que pudiese tener esa mirada diferente de Roma en su totalidad, aunque Maca no estaba en las condiciones ideales para caminar tanto. Ese era uno de los miradores más codiciados de la ciudad. El Gianicolo se encontraba en el barrio de Trastevere y tuvo un papel fundamental en la proclamación de la breve República italiana.

No sé cuánto tiempo observamos el lugar en completo silencio, juntos de la mano, abrazados y besándonos. Era un atardecer maravilloso con vista a mi ciudad, una de las más lindas que existen, esa ciudad llena de historia que cautiva a tanta gente. Fue la tarde perfecta.

—¿Te ha gustado este pequeño regalo?

—Esta vista es majestuosa; Roma es una completa belleza —respondió maravillada.

—No quería que recorriéramos toda la ciudad, por eso he pensado que la mejor opción era traerte a este lugar.

—¡Gracias! —exclamó antes de robarme un beso. Podía robar cuantos quisiera.

—Cuando amas a alguien, son los gestos pequeños y no los grandes lujos los que marcan la diferencia. ¡Esto es para ti!

Saqué de mi bolsillo un pequeño obsequio. Ahora iba a ser la madre de mi hija y no había tenido la oportunidad de hacerle un regalo simbólico, por eso pensé que este era el momento preciso. Puse la cajita en sus manos y la abrió.

—¡Es preciosa! ¡Es una niñita con un vestidito! —Se emocionó al ver el detalle. Besó el colgante como si fuese nuestra Carla a quien no conocíamos, pero que ya amábamos.

—Me alegra que te haya gustado. Cada vez que te sientas mal mírala y recuerda este momento, quiero que lo grabes en tu mente para siempre.

Saqué mi cámara e hicimos un par de fotos de ese atardecer perfecto que nos había regalado mi querida Roma.

Tras la puesta del sol, fuimos a cenar al restaurante Antico Arco, que estaba a solo unos pasos. La especialidad de la comida era italiana, mediterránea, europea, romana; disponía de un menú bastante extenso y rico.

MACARENA

En 1996 se abrió este hermoso restaurante, en la cima de la Colina del Janículo, justo frente al Museo Garibaldi, a pocos pasos del jardín botánico. La vista era maravillosa, lo que hacía que la velada fuese más romántica. No me importaba la comida, aunque estaba deliciosa, era la compañía, la conversación, la calma... era Luca. El lugar era elegante y los platos estaban muy bien servidos y decorados, era fantástico.

—Espero que te haya gustado la cena —comentó Luca besando los nudillos de mi mano.

—La comida ha estado deliciosa, pero lo más importante es estar contigo.

—Y para mí es estar con ustedes dos. —En ese momento, se levantó de su asiento para besarme y acariciar mi barriga—. He buscado algo que te haga feliz. Te mereces lo mejor, Maca.

—Tú eres lo mejor, Luca. Eres tú.

—Aunque suene cursi o sacado de alguna película, creo que nos hacemos bien y eso es la base de las buenas relaciones. ¡Saca lo mejor del otro! Somos un equipo, Maca, y somos tres.

—Estoy muy feliz a tu lado y no cambiaría nada de lo que hemos vivido, nada —dije muy segura.

—Aunque hemos tenido momentos duros. Nunca olvidaré tu cara de angustia y preocupación cuando subimos a ese avión camino a Londres para ver a tu hermana.

—Tú me cuidaste en todo momento. No será todo maravilloso, seguro que tendremos desafíos a los que enfrentarnos.

—Y lo haremos juntos —confirmó con determinación que me hizo sonreír aún más—. Si estoy contigo, Maca, todo estará bien. Te amo mucho y ya quiero que pongamos fecha.

—Luca, ha sido todo tan rápido... No hay que seguir con prisas —comenté.

—¿Qué es rápido para ti? —me preguntó serio—. ¿Acaso hay tiempos definidos para el amor? Creo que, si lo sentimos, debemos hacerlo. ¿Qué sientes?

—Siento que te amo, que me haces feliz, me siento protegida y amada.

—Entonces, amor, ¿para qué posponer lo inevitable? Yo me encargaré de todo, tú solo tendrás que dar tu aprobación, no quiero que te estreses, quiero que disfrutes del proceso, que lo disfrutemos juntos.

El viaje fue maravilloso en todos los sentidos. El magnetismo nos unía y el estar juntos era una necesidad fisiológica, hacíamos el amor una y otra vez sin cansarnos el uno del otro. Lográbamos esa conexión de otro mundo. Pensé que embarazada se me pasarían las ganas, pero ¡no! Por el contrario, era más que antes.

En casa de sus padres me complicaba tener relaciones, era como ser una adolescente sabiendo que mis suegros estaban a solo unos pasos de nosotros. Más callados que de costumbre, nos sumergimos bajo las sábanas de la cama de Luca y en silencio, viví orgasmos plenos.

Estar con Luca era amor del bueno, ese amor que todo lo puede, que quiere explorar y que ama a pesar del pasado, de los errores; ese que a pesar de los tropiezos es capaz de visualizar el futuro con optimismo y con alegría.

Volvimos a Milán y con ello llegaron las decisiones. El mismo día que llegamos a casa, cansados, decidí tomarme una ducha para luego acostarme y dormir como tanto me gustaba. Al salir del baño, me acerqué a la cama, Luca estaba viendo las noticias. Me extrañó que no me dijese ningún piropo al verme en toalla y más aún, que no me la quitase para estar juntos. Siempre fue muy sexual y no se resistía al verme con poca ropa.

Fui a sacar mi pijama de debajo de la almohada. Al levantarla, me encontré con una flor, una margarita. A su lado había una carta, en un sobre del mismo color amarillo. Lo abrí sin entender qué era. Fue una gran sorpresa leer: «¡Nos casamos! ¡Te amo!».

En ese momento, me acerqué para besarlo, quería que la toalla cayera al suelo para comenzar ese contacto que necesitaba, ese que mi entrepierna pedía. Lo besé salvaje, pero Luca me correspondió muy tranquilo, sin revoluciones hormonales.

—¿No quieres? —No me contestó la pregunta.

—¿Te ha gustado la flor?

—Claro que sí, amor, me ha encantado.

—¿Sabes qué simboliza el color amarillo?

—No, no lo sé.

—Amarillo es sinónimo de energía, alegría, felicidad, riqueza, poder, abundancia, fuerza y acción. Si te ha gustado tanto, ve a ponerla en agua. —Sin pensar, me puse el pijama de pantalón ancho para que no me apretara la barriga. Fui a la cocina, saqué el florero y comencé a llenarlo. Al abrir el grifo, vi un *post-it*:

Debes ponerle un poco de
estimulante para que dure más la flor.
Está a tu izquierda.

Cuando miré a la izquierda, había una caja, la abrí para sacar el fertilizante. Me acordé de mi abuela, que ponía aspirinas porque aseguraba que así durarían más. Al abrirlo, me encontré con un anillo, un medio cintillo de seis diamantes. Detrás de mí, sentí el *clic* de la cámara de fotos. A Luca le encantaba la fotografía y no iba a dejar pasar ese momento sin sellarlo con una foto. Fue solo una y dejó la cámara. Agarró la mano en la que me puse el anillo y sonrió. Luego me besó como yo esperaba que hiciera cuando salí de la ducha. Intenso, como él.

—¿Te ha gustado, *rolita*? ¿O preferías una esmeralda colombiana?

—Es maravilloso —dije entre lágrimas—. No me lo esperaba y menos aún en la cocina buscando un fertilizante.

—Este anillo representa cuánto te amo. ¿Recuerdas la última palabra de la definición del color que te he dicho antes?

—Sabes que tengo mala memoria, Luca, y embarazada peor aún.

—Energía, alegría, felicidad, riqueza, poder, abundancia, fuerza y acción.

—¿Acción?

—Sí, eso es lo que quiero ahora con mi novia, que será oficialmente mi esposa en tres semanas.

—¿Qué? —pregunté sorprendida—. ¿Tres semanas?

—Sí, ya está todo listo, solo tienes que decir...

—Digo que sí, no me importa dónde, cuándo o cómo sea. Me caso contigo.

—¡A la acción, entonces!

No sé cómo se pudo preparar una boda en solo tres semanas. Aunque para Luca nada era imposible cuando algo se le metía entre ceja y ceja.

Estaba de veinticuatro semanas de embarazo cuando nos casamos. Siempre le había dicho a Luca que me gustaban las ceremonias íntimas y tranquilas. Nunca fui de las que querían tirar la casa por la ventana, lleno de lujos.

De lo que sí me preocupé fue de mi vestido. Cuando me dijo que solo tenía tres semanas para encontrarlo, me agobié un poco, no solo por encontrar algo en tan poco tiempo, sino que tendría que ser para que mi barriga no estuviese apretada bajo el vestido. Llamé a su prima, la hermosa novia que conocí el día de su boda con ese vestido romántico en tonos marfil, de crochet, que me llamó tanto la atención.

—Hola, Macarena. ¡Claro que me acuerdo de ti! Estamos todos muy felices por la boda y la noticia de tu embarazo. —Su prima era muy cariñosa y dulce.

—Me encantaría saber si tienes algún vestido para una embarazada. Tengo barriga, pero no excesiva.

—Suelo tardar unos meses en hacer un vestido, pero tengo una falda que está lista y podríamos adaptarla. Tendrías que venir a probártela. Además, debo hacer un esfuerzo ya que te casas con uno de mis primos favoritos —bromeó.

—Voy hoy mismo a tu casa. ¿Estás en Milán?

—Sí, aquí tengo mi taller, aunque ha aumentado tanto la demanda que he dejado de trabajar como empleada y me estoy dedicando al cien por ciento a esto.

—¡Qué buena noticia! Imagino que estás muy contenta.

—Estoy feliz. Es la mejor opción, aunque cuando estaba en la universidad, nunca pensé que acabaría aquí. La vida da muchas vueltas.

Apunté su dirección y fui allí directa, para ver qué alternativas tendría para encontrar un vestido. Antes de partir, llamé a Francesca e Isabella para que me acompañaran y ambas accedieron.

El taller era acogedor, pequeñito, delicado, lleno de telas, encajes y fotografías de novias a las que había vestido ocupaban una de las paredes principales y llenaba el lugar de una preciosa armonía. Me gustó mucho ese detalle, marcaba la diferencia.

Veía a las novias, con tantos estilos diferentes, cada una con una esencia especial. ¿Cuál sería la mía?

Sofía, nos recibió cálidamente y nos ofreció café o té. Comencé a sentir las manos sudadas y sentí un movimiento en mi barriga; Carlita notaba la emoción de su madre.

—Esta es la falda que tengo, te la podrías probar. La podemos adaptar si es necesario. Esta iba a ser para mí. Ves que soy bastante más ancha que tú y creo que podría funcionar. Podemos ver una alternativa para la parte de arriba. Eres pequeñita y tu barriga no es la de una mujer que está en la mitad del embarazo.

—He subido muy poco peso. Me tienen muy controlada.

—Qué suerte la tuya, Maca. Me imagino a Luca atento a cada caloría que comes. Debe ser muy estresante.

El trabajo de la falda era asombroso. Solo había visto algo similar en la boda de Sofía, pero ahora podía verlo al detalle y tenerla en mis manos, tocaba cada punto, era una belleza, un trabajo digno de admiración, de esos que ya no se ven.

—Te queda increíble, Maca. No pareces embarazada. Solo tendremos que ver algo para la parte de arriba, pero eso no es complicado.

Sacó un trozo de tela de raso, color marfil y especificó que debía verse el lado opaco.

—Es una maravilla. Me encanta.

Las chicas estaban asombradas, mis amigas me miraban boquiabierta, encantadas con la situación, como si estuviésemos en una película de Disney.

—Me encanta —exclamó Francesca con fuerza y convicción.

—Es totalmente de tu estilo —dijo Isabella.

—Te queda perfecto, pero si quieres, podemos ver otras opciones.

—¡No! Este es. No necesito ver más.

—Normalmente las novias se prueban varias alternativas.

—Solo quiero este.

—Nunca me había tocado una chica tan decidida. Estarás preciosa para el loco de Luca.

Luego, me tomó las medidas y su asistente anotaba lo que ella le indicaba.

Nos invitó a otro café para mis amigas e infusión para mí. El taller lo había cerrado para atendernos en exclusiva. Nos pidió que no nos fuéramos, ya que había anulado las citas del resto del día.

—Me tienes que decir cuánto es el vestido.

—Somos familia, no tienes que pagarme nada. Será nuestro regalo de boda. Lo hago porque Luca es un primo muy especial para mí y se merece ser feliz. Es un chico muy bueno que arrastra mucho dolor de su adolescencia. Yo lo vi muy mal en momentos que no quiero recordar. Debes sentirte orgullosa de él. En un momento pensamos que no quería seguir viviendo. Las primeras semanas en el centro estaba perdido; entre la desintoxicación y la culpa... no podía más. No fue fácil. La chica que murió era una de mis mejores amigas.

—Sí, me lo contó todo. No me lo dijo desde un principio, pero lo hizo.

—Hablar de ello debe ser como revivir cada momento de dolor, de pena, de frustración... no debe ser fácil.

Al final decidimos quedarnos en el apartamento de Luca. Él se encargó de vender algunos objetos de mi casa y llevar otros a la nuestra. Isabella puso el apartamento en alquiler. Jamás pensé que en ese mismo lugar terminarían viviendo Bruno y Anaí. Eso sí, mi amigo no quería quedarse con un lugar de aspecto tan femenino. Compraron sus cosas y construyeron su propio hogar. Nos invitaron a comer una vez para celebrar el inicio de su vida juntos, entre risas y brindis (los míos, con agua), fuimos parte de ese momento del nuevo capítulo de ellos, de mi amigo, del que me llevó a conocer a Luca.

Siempre le estaría agradecida. Los jueves de póker se trasladaron a ese lugar. Luca comenzó a venir más a las partidas. No sé si lo hizo por mí o porque de verdad lo pasaba cada vez mejor. Se puso hasta un poco competitivo, lo que me generaba risotadas al verlo.

Para toda la vida

MACARENA

Me fui con mis padres a pasar los últimos días como soltera. Estaba tan acostumbrada a estar con Luca, que sabía que lo echaría mucho de menos, y así fue, aunque estar con la familia fue genial. Me sentí muy querida esos días; estar con mi familia era energético. Agradecí ver a mis hermanos, ¡estaban enormes!, ya eran unos hombres; incluso habían cambiado la voz. Me lo había perdido todo por estar lejos; era el precio por irme a estudiar lejos. No podía tenerlo todo.

La mañana de mi boda, me desperté —sin necesidad de despertador— a las 5 de la mañana. La ansiedad me consumía. Era la única novia del mundo que no sabía dónde se celebraría el evento. Me levanté en silencio, ya que mi hermana Gabriela seguía dormida. En esas últimas semanas, ella había avanzado, era la misma que recordaba, risueña, alegre y con energía. Había regresado el brillo a sus ojos. Su tratamiento hacía efecto y ya había tomado decisiones respecto a su futuro. Se quedaría en Londres, pero una vez al mes tendría una sesión con mis padres y el psiquiatra de seguimiento, como una forma de control.

A las 7 de la mañana tocaron a la puerta, era el servicio de habitaciones. Un chico sonriente llegó con un desayuno completo para mí y mi hermana, con comida dulce y salada, zumo de naranja, café descafeinado para la embarazada y uno normal para Gaby. Pensé que sería mi papá que nos tenía esa pequeña sorpresa, pero no era él. Era Luca.

El chico del servicio me entregó un ramo de rosas precioso. Y una tarjeta.

Mi *rolita*, ha llegado el día. Lo he esperado hace semanas. Solo quiero decirte que eres la mujer más perfecta del mundo. Para mí eres la más especial. Te amo.

Hoy comenzaremos juntos un nuevo capítulo, un nuevo paso, nuestro matrimonio. Lo mejor es casarnos en el mismo lugar que te conocí.

¡Ya sabes la sorpresa! Espero que tu cara esté esbozando la hermosa sonrisa que me vuelve loco. Nos vemos en unas horas. *Love you*.

Luca me pedía que riese, pero yo lloraba abiertamente. Qué gesto más bonito tuvo al organizar todo y casarnos en el mismo lugar que hace unos meses nos habíamos conocido. Cuando llegó para sacarme a bailar, ese día que de alguna forma cambió mi vida, para mejor.

LUCA

Siempre había sido obsesivo, si se me metía algo en la cabeza, no había quien me lo sacara de ahí. Solo quería casarme con ella, sabía que solo eran papeles, pero era por la seguridad de Maca y de nuestra hija. ¿Qué pasaba si algo me sucedía? Debía ser previsor y pensar como un padre de familia.

Lo preparé todo. Mi *rolita* solo debía preocuparse de su vestido.

Por suerte, mi madre me ayudó; su ayuda era fundamental. Vino a Milán a casa de su hermana y me ayudó con todos los preparativos. Ni siquiera se lo conté a Maca. Solo se lo dije una semana antes y la invitamos a comer a casa. Maca preparó una maravillosa cena para agradecerle por todo. Le preparó arepas, esa debilidad que mi madre tenía desde que vivimos en Colombia.

Pensaba que la mejor opción era celebrar nuestra boda en la casona de mis abuelos, tal como lo hizo Sofía. En este caso, hacía frío, por lo que tuvimos que poner una carpa en el jardín y algunas estufas para que subiera la temperatura.

Mi prima había estado siempre cerca, me ayudó con algunos detalles. Contraté la misma empresa encargada del banquete y el mismo tipo de la música.

Mis suegros llegaron tres días antes. Mi suegra estaba a mil por hora, no se cansaba nunca; su intensidad era agotadora. Tres días antes de la celebración, me pidió que Maca se fuera con ellos para disfrutarla como si fuese una niña. Debo reconocer que no me gustó tanto la idea, pero considerando que vivían tan lejos, accedí.

No fue fácil para mí, ya estaba acostumbrado a estar con mis mujeres al lado día y noche. Sí, soy un poco egoísta con lo que me pertenece, con lo que es mío y con lo que más quiero. Por último, si hubiese sido idea de Maca, no me hubiese importado tanto, pero mi suegra y sus ideas e imposiciones me agotaban. Menos mal que no vivían en Italia, punto a favor.

La familia de Maca que llegó para el evento era un grupo grande; vinieron varios familiares a los que conocí en el hotel donde se hospedaban. Algunos se quedarían en el pueblo para el evento y otros volverían en autobús.

Tuve que pedirle a mi suegra que por favor no se dijera nada de dónde sería la celebración. Tenía que ser una sorpresa para mi *rolita*, se lo merecía.

La mañana del día de la boda, estaba dormido y sonó mi teléfono, era mi *rolita*.

—Amor, me has hecho llorar.

—*Rolita* linda, no llores, tienes que estar radiante para esta tarde.

—Pensé que sería en cualquier local por aquí cerca, no en ese lugar donde me robaste las miradas, donde conectamos, bailamos, donde todo comenzó —dijo entre sollozos.

—Cuando uno ama a una persona como yo te amo a ti, buscamos alternativas para sorprender, para dar regalos, esos que nacen desde el fondo del corazón. Solo quería algo especial para ti. ¡Te amo! No llores.

—Yo también te amo.

—Te veo en unas horas, guapa.

MACARENA

Leí varias veces la notita. La besé y me la pegué al pecho. ¡Qué sorpresa tan bonita!

Nos fuimos en minibús hasta el lugar donde se quedarían mis padres, en el acogedor pueblo de Bérgamo.

Al llegar, me esperaba Sofía, que tenía todo coordinado. Me dieron una habitación preciosa, y al entrar, estaba el vestido colgado del techo. ¡Qué maravilla! Se notaba toda la dedicación y paciencia en la producción del vestido. Sus manos hicieron magia.

Sofía llegó con la maquilladora y la peluquera. Me haría una coleta suelta, romántica, con unos pequeños rizos y algunos cabellos cayendo por la cara; algo natural, no exagerado. En la coleta llevaba una cadena de florcitas de color beige, que caían como si fueran parte de mi cabello. El maquillaje, en tonos rosa pálido y por primera vez, opté por ponerme pestañas. Se veían los ojos brillantes y expresivos. Quizá no era producto de esas pestañas que llevaba, sino de la emoción y alegría de haber encontrado a Luca para que me acompañara en mi camino, para que navegáramos juntos los mares, los tranquilos y las tormentas.

Mi madre estaba atacada de los nervios, como loca. Se veía preciosa con un vestido de color verde musgo a juego con sus ojos.

Mi padre iba con su calma de siempre. Me acompañó en el coche de Bruno a la iglesia. Miraba por la ventana y veía cómo la vida continuaba, a pesar del frío. Mi padre, cariñoso, me tomó la mano y me habló.

—Maca, aún estás a tiempo de arrepentirte. No me importa si quieres salir corriendo, solo quiero que estés decidida. ¿Lo estás?

—¡Es *now or never*! —dijo Bruno—. Quiero mucho a mi primo, pero apoyo a tu padre.

—Estoy segurísima. Nunca había estado tan convencida de algo en mi vida. Luca no solo es el padre de mi hija, es el amor de mi vida.

—Fantástico, Maca. Se nota que es un buen chico. Has escogido bien, hija.

Al bajar del coche, tenía una sorpresa inesperada. Joyce me esperaba para darme el mayor de los abrazos, ese que tenía un sabor dulce a amistad, recuerdos y emoción.

—He venido para acompañarte hasta la entrada. Luca es muy amable, me ha pedido que cumpla esta función, me dijo que sabía que te haría feliz. ¡Estás preciosa, Maca!

Comencé la entrada llena de emoción mientras mi amiga Joyce, esa amiga que me acompañó en todos mis años universitarios, me arreglaba la cola del vestido para que estuviese perfecta.

Al entrar, sonaba *El lago de los cisnes* de Tchaikovsky. Mientras caminaba, recordaba a mi abuela; había escuchado tantas veces esa melodía con ella... De niña, sentada en sus piernas; ya más grande, compartiendo una taza de té. Apreté con fuerza el rosario de mi abuela que llevaba en la mano.

Luca se acordó de una conversación que tuvimos hacía mucho, consiguiendo llevar a mi abuela al día de nuestra boda. Quizá no era una música para entrar a una iglesia, no era lo común, pero era de gran significado para mí. No había que seguir las modas, tenía que hacer lo que nos llenaba, lo que nos llevaba a soñar y a tener esos momentos llenos de felicidad.

Al entrar, lo vi. Estaba tan guapo... siempre elegante, con esa mirada que lograba penetrar incluso a metros de distancia.

Entré de la mano de mi padre. Al llegar al altar, Luca me besó y me habló al oído.

—*Rolita*, estás más bella que nunca. ¿Te ha gustado la música?

—Me has emocionado, te amo.

—Yo también.

La ceremonia estuvo preciosa. Me besó en más de una ocasión en la mejilla y en las manos mientras nos casábamos. Fue emocionante e inolvidable.

Llegamos a la casona de los abuelos. Estaban nuestros amigos y familiares más queridos. Cuando uno vive lejos de los suyos es casi imposible poder disfrutarlos a todos de una vez y esto era una alegría.

Como no somos tradicionales, firmamos los documentos del matrimonio civil en el lugar de la fiesta. El testigo de Luca fue Andrew y el mío fue Isabella. Mi gran amiga, quien hacía meses me tendió su mano sin saber qué me pasaba, el pilar principal en los inicios de mi nueva vida en Milán. Lo que hace la mayoría de la gente es comenzar por el civil y unos días más adelante, hacerlo por la iglesia, al menos así era en mi país. Con nosotros, las reglas no funcionaban, pero ¿qué importaba? Como había recitado mi padre: «El orden de los factores no altera el producto».

La decoración era parecida a la de la boda de Sofía, pero esta vez, estaba con una carpa, ya que hacía un poco de frío. Las mesas estaban decoradas con velas y flores de colores claros. Todo estaba en su lugar, bien puesto montado, con delicadeza, como si yo misma lo hubiese elegido. Al entrar, me impresioné, ¡qué bien me conocía mi marido! Dio en el clavo, estaba todo espectacular.

Al llegar, había unas cajas de madera decoradas con floreros, hechos de botes forrados de tela y flores blancas. Había un cartel con letras blancas que decía:

AMIGOS & FAMILIA
Gracias por estar aquí. Ustedes son nuestras
PERSONAS FAVORITAS
EN EL MUNDO
Bienvenidos
Luca & Maca

La entrada me encantó, qué bonito mensaje para recibir a esas personas, a quienes más queríamos, las más importantes, que marcaron nuestras vidas, en distintas etapas.

Los centros de mesa estaban decorados de las mismas florecitas, junto a velas, sobre unas pequeñas bandejas de madera. Los manteles de las mesas eran blancos y tenían un camino de mesa de tela de saco. Un toque romántico y sencillo a la vez.

La fiesta estuvo llena de risas y bailes. Las instrucciones del doctor eran que descansara entre baile y baile. La noche fue fantástica de principio a fin.

Uno de mis hermanos bailaba con nuestra asesora del hogar de toda la vida y el otro vino con su novia Emma, una chica preciosa. Gabriela estaba con su supuesto amigo, un chico inglés con el que solo llegué a compartir unas palabras en el hospital, y que la visitaba todos los días. Mi madre bailaba con mi padre como unos dioses. Mis suegros bailaban abrazados, aunque todo el mundo estuviese saltando a su alrededor.

Andrew y Antonella, a pesar de que sabían que no podrían tener hijos, disfrutaban juntos y se besaban en todo momento. Mi querida Isabella, igual de embarazada que yo, junto a Dante, disfrutaban y coreaban cada una de las canciones, se las sabían todas. Mi cuñado y su mujer bailaban entre risotadas junto a los pequeños terremotos, antes de que los venciera el sueño. Bruno bailaba con sus tías y Anaí lo acompañaba. Renzo y Francesca seguían los pasos de mis suegros y optaron por abrazarse románticamente en la pista. Y mi querido amigo Paulo acaramelado con la chica de turno. Era una maravilla verlos a todos felices por nosotros, era el mejor regalo.

Lo más importante fue ese hombre que me robaba todos los suspiros, Luca, que me abrazaba y besaba con cariño.

LUCA

Solo verle la cara de sorpresa y alegría, me hacía sentir satisfecho. Sabía que la entrada con esa música la conectaría con su abuela, deseaba que fuese algo especial, darle pequeñas sorpresas ese día... nuestro día; desde que despertara hasta que se quedara dormida en mis brazos.

Por suerte, todo salió de maravilla y lo más importante es que disfrutamos de la celebración. No fue estresante, no pasamos por las mesas saludando a gente que no conocíamos por compromisos de nuestros padres. Estaban los que debían estar. Para mí fue un regalo que viniesen tres chicos del centro de rehabilitación con sus parejas. Al verlos disfrutar, me sentí orgulloso de ellos.

Fui el encargado de hacer el brindis y no había planificado nada, pero las palabras volaron solas.

—Quiero darles las gracias a todos por estar aquí. Estamos rodeados de gente importante en nuestras vidas. Tal y como dice el cartel de la entrada: «Son nuestras personas favoritas». Quiero agradecer a Maca, mi *rolita* colombiana, a quien conocí en este mismo lugar. ¡Gracias, Bruno! Tu buena decisión de ir a bailar con las tías hizo que ella me esperase sentada. —Risas y aplausos otra vez—. Maca, te amo y soy el hombre más feliz junto a mis mujeres: Maca y mi Carlita, que viene en camino. ¿Cómo no voy a estar agradecido? Gracias a todos por venir. ¡Los queremos!

Lo pasé muy bien en la celebración. Disfruté de principio a fin, pero ya quería irme; no había sido fácil estar lejos de Maca esos tres días.

MACARENA

Nos fuimos de la fiesta más temprano de lo que se pretendía, queríamos estar solos, juntos, pegados y abrazados. Nunca podría explicar lo que me pasaba con Luca.

Nos quedamos en un lugar maravilloso: La Casa dell'Architetto. Tal y como lo dice su nombre, la casa era espectacular, con una decoración auténtica y encantadora, los jardines con un colorido y una tranquilidad estupenda, ideal para una luna de miel. Esta casa elegante estaba fuera del ruidoso centro, a unos diez minutos. Las habitaciones eran bastante grandes, con un diseño interior muy delicado y muebles viejos pero elegantes. Se lograba disfrutar de mucha privacidad, eso que justo buscábamos.

Llegamos a la habitación y vimos que nos dejaron sobre la cama una nota muy bella para los novios. No lo leí hasta la mañana siguiente junto a unos chocolates de corazones que disfruté al despertar.

Solo queríamos estar juntos. Entramos entre risas y besos, esos besos que tenían sabor a recién casados, a sueños, planes y esperanzas. Al entrar, Luca cerró la puerta con el pie, y dio un tremendo portazo.

—¿Quieres despertar a toda la casa? —pregunté sin evitar reírme.

—Vamos, Maca, estamos recién casados, esto acaba de comenzar. ¡Ahora sí que los despertaremos a todos!

Esta vez nos envolvía una burbuja especial: el matrimonio.

Tras varios besos apasionados, Luca empezó a intentar quitarme el vestido.

—¡Voy a matar a Sofía! Lo ha hecho adrede.

—¿De qué hablas?

—Te ha puesto un millón de botones y estoy desesperado por quitarte este vestido, ¡lo voy a romper! —gruñó y yo reaccioné intentando quitarme de su alcance.

—¡Estás loco! ¿Y si en un futuro Carlita quiere usar este vestido para su boda?

—¡Vamos, bella rola! —Resopló.

—¿Serás un papá celoso? —Me daba emoción imaginarlo de papá.

—¡Por fin! He estado más de diez minutos botón por botón. Le daré un *feedback* a mi prima, no puede ser tan mala con los novios. ¡Que estamos desesperados por llevarnos a la cama sin ropa a nuestra mujer! Y sí, seré un marido y un padre celoso.

Entre risas por sus alegatos por el vestido que en efecto tenía muchos botones, terminamos en la cama. Lo mejor de estar con él era que no existían los complejos, me sentía amada de pies a cabeza. Hicimos el amor no una sino varias veces. La energía de Luca era asombrosa, excitante y hacía perder la cabeza por completo.

Tras su guerra personal con el vestido y acabar desnuda, me puso en la cama y me besó por todos lados. Cada uno de sus besos era profundo, lleno de sentimiento, lleno de esperanzas y anhelos que comenzábamos a vivir ese día. Solo al tocarme con sus dedos podía lograr que tuviese un orgasmo. Éramos dos locos revolcándonos con toda la pasión que puedas imaginar. Sus fuertes brazos me apretaban más y más, hasta que tuve que recordarle que no podíamos estar tan juntos ya que había compañía en mi interior.

LUCA

Acabé agotado de tanto contacto físico, de tanta anatomía y hormonas revolucionadas. No sé en qué momento me quedé dormido, no me acuerdo.

No nos fuimos de luna de miel, haríamos un viaje más adelante, cuando ya estuviésemos con Carlita y fuese más grande.

Nos quedamos unos días en ese precioso lugar. Luego, volvimos a Milán.

Retomamos nuestros trabajos. Maca estaba muy contenta en el *headhunter,* y yo, como siempre, en mi estudio con varios casos, algunos más desafiantes que otros.

Fuimos a todos los controles médicos. Siempre la acompañé, nunca la dejé sola. En casa cocinábamos juntos, disfrutábamos de las series en Netflix y poco a poco fuimos montando la habitación para la pequeña.

La vida de casados

MACARENA

Compramos una cuna para su habitación, pero también otra para ponerla a nuestro lado, para cuando llegara y así estuviese más cerca. Elegimos una cuna de madera, siempre pensando que después podría venir un niño y preferimos un color neutro. La habitación la decoramos con mariposas y flores que yo misma bordé una a una durante mis tiempos libres. Había cojines en tonos verde con más mariposas y flores en tonos rosas, desde los más oscuros a los más claros. Mi suegra hizo unos cuadros con libélulas.

Hizo una serie de cuatro cuadros llenos de colores. Colgamos el dibujo de Luciana al lado de una ventana. Comenzamos a comprar ropa, pañales y todo lo necesario para la llegada de Carlita a este mundo. Mis padres avisaron que ellos nos regalarían la carriola y la silla para el coche.

Fuimos a la siguiente ecografía y seguía bien, estábamos contentos y felices.

LUCA

Maca estaba preocupada por no saber dónde dejaríamos a Carla cuando volviese a trabajar. La idea de la guardería le preocupaba por el tema de los resfriados y yo pensaba que sería bueno que generara anticuerpos.

Fuimos a la boda de Andrew y Antonella. Lo pasamos muy bien y disfrutamos del evento, lleno de buenos momentos en la mesa con amigos de la infancia. Ver a Macarena sin tener ningún problema hacia Antonella, me demostraba su nivel de madurez y de entendimiento.

Casi sin darnos cuenta, ya estábamos en el tercer trimestre del embarazo.

Las cosas fluyeron. Fui afortunado al encontrar una mujer como ella; me volvía loco. Era exquisita en todos los aspectos, desde ese loco amor físico y la necesidad de su cuerpo, hasta en las conversaciones, sueños e ilusiones. Conectábamos a la perfección.

Estaba seguro de todas y cada una de las decisiones que habíamos tomado, aunque las cosas habían ido más rápido de lo que esperábamos. Era la mujer de mi vida. Tenía una sensación que se me colaba bajo la piel, me dejaba casi sin respirar saber que la tenía a mi lado. En mi vida no había sido ningún santo, había estado con muchas mujeres desde muy joven. Sexo por diversión, por deporte, con algo de sentimiento, con algo de amor. Pero esto era completo. Total, y absolutamente deslumbrante.

Los días pasaron. Y yo solo me reafirmaba que las cosas tenían una razón de ser, que muchas veces aprendíamos de las experiencias de otros, por duras que hayan sido.

MACARENA

En la oficina, mientras hacía una entrevista a un ejecutivo, sentí un pequeño tirón, al que no le di mucha importancia. Al salir de la reunión, ya era un poco más intenso, mezclado con dolor de ovarios. Los dolores se hacían cada vez más fuertes y me comenzaba a faltar el aire. Fui al baño y me di cuenta de que estaba sangrando y no era poca sangre, era mucho más de lo que hubiese preferido ver.

No se cómo fue, como llegué al celular para llamar a Luca.

Asumir que no tienes el control

LUCA

Al escuchar su voz, supe que algo pasaba.

—¡Luca!

—Amor, ¿qué pasa?

—Luca... —Se quedó en silencio.

—¿Qué sucede, Maca? ¡Vamos, dime!

—Estoy sangrando. Estoy muy asustada.

—Voy para allá.

No sé cómo llegué a la oficina de Maca. Cuando lo hice, ya la habían bajado en la camilla de emergencias y pude subirme a la ambulancia con ella.

El trayecto fue terrible, el ruido de la sirena desgarraba mi alma, una y otra vez, mientras ella lloraba. Nunca la vi sufrir tanto, el miedo la consumía y a mí también. Los paramédicos me pidieron que no hablara, que ellos se encargarían; me sentí impotente. No había nada que yo pudiese hacer y estaba ahogándome, al igual que Maca. ¿Qué estaba sucediendo?

La ambulancia avanzaba rápido, pasamos por semáforos rojos, los coches se hacían a un lado para dejarnos pasar. Nunca me puse en el lugar de esas ambulancias que alguna vez vi en mi camino mientras me apartaba para darles espacio. Cuando lo vives, lo entiendes, como tantas cosas en la vida. Si solo fuera un susto o sería el fin. Todas las opciones pasaban por mi mente, una y mil veces.

Llegamos al hospital en cuestión de minutos. La bajaron y entré detrás de ella. La llevaron a una sala de urgencias. Me cerraron la puerta en la cara; la hemorragia seguía, estaba todo bañado en sangre y al ver la cantidad, comencé a perder las esperanzas, la ilusión de la llegada de nuestra hija. La pequeña de la que estaba enamorado, la que me hacía soñar... Me sentía vulnerable, no podía controlar nada, solo confiar en los profesionales para que mis mujeres salieran adelante.

Maca tuvo contracciones inesperadas, eso era todo lo que sabía. No tenía claro lo que significaba. ¿Pasarían con reposo absoluto? La sangre evidenciaba pérdida y no quería aceptar eso. Quería tener una luz de esperanza.

Estuvo mucho tiempo en la sala de urgencias, fue eterno. Sentado, comencé a rezar. Nunca fui muy religioso, pero en ese instante la necesidad de creer en algo más, me llevó a hacerlo.

El doctor salió de la sala y se dirigió a mí.

—¿Es usted el marido de Macarena?

—Sí, soy yo.

—Su señora está muy delicada. La operaremos ahora mismo.

—¿Operarla?

—Sí, una cesárea de urgencia.

—¿Puedo entrar? —pregunté desesperado.

—No, debe quedarse fuera. Es una situación complicada. Su señora ha tenido una fuerte hemorragia a causa de un desprendimiento de placenta, puede que la bebé no esté lo suficientemente madura y debido a la gran hemorragia, no podremos acelerar el proceso de maduración con corticoides.

»Puede que tenga complicaciones y que necesite desde varias horas hasta un par de semanas en la unidad de tratamientos intensivos neonatal, con incubadora, tratamientos especiales, alimentación con sonda e incluso ventilación mecánica. Mi compañero ya ha comenzado con la intervención, le avisaremos. —indicó el doctor con seriedad y rapidez.

Solo pensaba en esas palabras, «hemorragia», maduración del bebé, incubadora», el resto de los tecnicismos no parecía tener importancia.

Me daba vuelta y vuelta la cabeza, no podía pensar en nada más que eso. Estaban las dos en riesgo. Había encontrado a mi compañera para toda la vida, no podía perderla, no lo permitiría, aunque no había nada que yo pudiese hacer, se me escapaba de las manos. ¿Qué pasaría si Maca o Carlita no estuviesen a mi lado en esta vida? Me moriría. Eran mi razón de vivir. Mis pensamientos me desequilibraban y mi mente me traicionaba, el miedo me consumió y quedé paralizado.

Todo estaba en manos de esos doctores a los que no conocía. No era lo que estaba planeado, no estaba con ella, no estaba con la ropa del bebe esperando su llegada, con mi cámara de fotos para recordar el nacimiento de mi hija, mientras tomaba la mano de mi mujer, besándole la frente. No era la película que había soñado tantas veces despierto. Me sentía pequeño e insignificante sin poder tener el control de nada. El miedo me llevó a recordar los momentos de desintoxicación donde estaba con los mismos síntomas, traspiraba frío, sin poder contenerme. Pensé que nunca más pasaría por esa sensación física; esta no era la historia que quería escribir junto a Maca.

No controlaba nada, ni siquiera la respiración. Trataba de inhalar y exhalar como me habían enseñado, para poder mantener la calma, pero no podía. Me caía al vacío. Si me hubiesen ofrecido una raya de coca en ese momento, seguro que la hubiese aceptado. Mi debilidad era absoluta, mi estado era de completa vulnerabilidad. Solo pensarlo, me duele; podría haber caído después de más de diez años limpio. Pensé cómo un momento nos puede llevar a una mala decisión. Después de una larga y desesperada espera salió el doctor.

—Hemos realizado la cesárea de urgencia.

—¿Cómo están?

—Su señora ha perdido mucha sangre, una gran hemorragia debido al desprendimiento de placenta. Tuvimos que realizar una histerectomía total, le hemos tenido que extraer el útero. Lo lamento, pero no podrá tener más hijos.

—¿Qué ha dicho? ¿Cómo está Macarena? ¿Y mi hija?

—Su señora estará en la Unidad de Cuidados Intensivos, tenemos que monitorearla. La operación fue muy delicada; pasará la noche ahí. Y respecto a su hija, la neonatóloga hablará con usted, ella está en la UCI neonatales.

El hospital me daba vueltas. Estaba mareado, tenía ganas de vomitar, me sentía descolocado, inútil y pequeño. Cuando llegó la neonatóloga, una chica joven, me generó dudas. ¿Cómo una persona tan joven podía estar a cargo de mi hija?

—¿Usted es el padre de Carla?

—Sí, dígame por favor cómo está mi hija.

—La bebé es pequeña, pero está bien para sus semanas de gestación. Ha pesado 1 kilo, 940 gramos y medido 47 centímetros. Está en la incubadora, en este momento no está regulando la temperatura y debemos ver cómo sigue. La estamos monitoreando.

—¿Cuánto tiempo estará ahí?

—Eso no lo sabemos, espero que sea solo un tema de regulación de temperatura y no se complique, pero no puedo asegurarle nada. Esto es paso a paso, es un proceso lento.

Me llevaron a una sala de neonatología. Estaba muerto en vida, nadie podía asegurarme nada.

En ese instante, la vi, mi pequeña, el milagro de mi vida, a mi Carlita Luciana, tan chiquitita, con su piel fina, llena de aparatos en su pequeño cuerpo. Estaba viva, con nosotros.

Me iluminó un sentimiento de esperanza y de fe. Esperaba que saliera adelante, que se aferrara a la vida, a nosotros, a sus padres que la amábamos incluso antes de conocer. Esa delgada línea entre la vida y la muerte solo quería que la pasáramos, que saliéramos adelante, que fuera solo un mal recuerdo. El camino era lento, mucho más de lo que me hubiese gustado.

La doctora me informó que no se podía adelantar nada, que había que tener paciencia y esperar. Quería dividirme en dos para estar con las personas que más quería. Una parte de mí quería estar en la UCI de adultos y la otra, mirar durante horas a la preciosa e indefensa hija en Neonatología. Quería estar con las dos a la vez, tal y como lo había soñado: en mis brazos las dos, sanas y risueñas. Las cosas no fueron así, solo pude estar menos de diez minutos mirando a la pequeña Carlita. Lloraba impresionado de verla, de que estuviese ahí, entre nosotros, no como lo había imaginado, con ese miedo que me consumía por completo.

Me culpé. ¿Por qué la presioné para celebrar la boda? ¿Qué necesidad teníamos de casarnos tan rápido? Me sentí fatal. La había cagado, por más que haya querido hacer las cosas de la mejor manera posible. Maca no podría tener más hijos. Le habían sacado todo, incluso parte de nuestros sueños.

¿La esperanza o la resignación?

LUCA

No sabía qué pensar. Tenía un dolor que me recorría por completo. Solo debía esperar. Cultivar el don de la paciencia nunca se me dio bien.

Llamé a mis padres y a mis suegros. Ambas estaban en cuidados intensivos, estaban delicadas y yo no podía hacer nada al respecto.

Francesca e Isabella fueron al hospital con pañales y ropa para la bebé. Las mujeres siempre tienen esa capacidad de organización, incluso en los momentos difíciles y complicados. Antes de ir fueron a comprar ropa de talla prematura, unos camisones para Maca y algunas cosas de primera necesidad para que no tuviese que ir yo. A mí ni siquiera se me ocurrió pensar en la ropa de la bebé ni en las cosas de Maca.

El doctor me dijo que fuera a casa, que ambas pasarían la noche en la UCI. Las chicas me ofrecieron llevarme, pero les agradecí diciéndoles que no era necesario. No quise que me llevaran, quería estar solo.

En el camino, vi las luces de Milán, la noche de la ciudad, los movimientos de los coches y la vida, esa vida que estaba fuera del hospital y lejos de ellas. Me sumí en una profunda pena, sabía que no arreglaba nada con quedarme en el hospital, pues ambas tenían horarios de visita restringidos. Llegué al apartamento y se me vino el mundo encima. Entré a la habitación de la pequeña; no sé cuánto tiempo estuve allí.

Me sentí desolado al sentarme en nuestra cama y me sujeté la cabeza con las manos, no entendía qué había pasado en solo unas horas. Estaba todo como lo dejamos esa mañana. Ese día, al salir, jamás pensé que volvería a esas paredes solo, sin Maca, y con el alma colgando de un hilo. ¿Qué me depararía la vida? Quería pensar que estarían bien y que saldrían adelante, pero no sabía nada y no tener la certeza de lo que ocurriría era una mierda. Vivía un infierno de dudas.

Sonó el timbre y me sacó de mis pensamientos. Era Bruno. Me abrazó al verme, y así estuvimos un buen rato, en silencio.

—Voy a quedarme contigo, Luca. Eso sí, no vamos a dormir juntos, me quedaré en el sofá.

—No es necesario que hagas esto.

—Sí, lo haré, aunque no quieras. No te dejaré solo.

—Quiero estar solo, Bruno. Necesito ordenar las ideas —dije con sinceridad.

—La paciencia no es una de tus virtudes y me quedaré contigo hasta que sea necesario. Tienes que ver dónde has estado y cómo has logrado avanzar. —Al escucharlo y al recordar el peón, esa figura que a Maca le daba fuerza para mirar hacia adelante con optimismo, me dio fuerza para enfrentar lo que tuviese que llegar. Si lo miraba con optimismo, ambas estaban vivas.

—¿Y Anaí? —pregunté aún sumergido en mis pensamientos.

—Ella comprende la situación. No se hable más. Ya estoy aquí, no queda otra opción. Te parezca como te parezca, me quedaré —dijo sincero e intransigente.

No me quedó de otra, en realidad estaba agradecido por su gesto. Su ayuda fue fundamental, la compañía ayudaba.

No fui capaz de dormir nada, era imposible. Di vueltas en la cama de un lado a otro sin parar hasta que a las cinco de la mañana me fui al hospital. No fue posible lograr conciliar el sueño cuando dejaba hospitalizadas a las personas que más amaba.

Llegué y no sabía a dónde dirigirme, si a la UCI neonatal o a la de adultos. Estaba con el corazón dividido. Fui donde Maca, quería saber si era posible poder verla. Necesitaba saber cómo estaba. No me bastaba con las noticias del doctor, necesitaba verla con mis propios ojos, tocarla, sentirla; solo eso me haría pasar parte del terror. Los hospitales no me traían buenos recuerdos, sino los peores de mi vida.

Sentir el olor a hospital era demasiado para mí, me había pasado lo mismo en Londres, pero tuvimos las noticias de la llegada del bebé, que hizo que la felicidad me invadiera y se me olvidaran los malos recuerdos para enfocarme en la alegría de ser padre. Era completamente distinto.

Al entrar, sentí esa invasión de sentimientos por olores. Traté de sobreponerme, lo más importante era verla. Estaba dormida, sedada aún. Me puse a su lado. El panorama de la UCI era desolador, intenso.

Cerca de ella había gente que estaba en peores condiciones. Aunque estuvieran tapados por una cortina, siempre se lograba ver algo cuando entraban las enfermeras y aunque no quisiera, miraba y me daba cuenta de cómo había gente que estaba sufriendo, pasándolo mal, conectado a una maquina, para poder seguir con esta vida.

Le tomé la mano y traté de no moverla mucho, porque estaba con una vía puesta. Sentir sus finos dedos me hizo recobrar una parte de mí que estaba dormida. Lloré a su lado, recordé la noticia de que no podríamos tener más niños. Aún me preocupaba la salud de Carlita. Mi estomago se retorcía y me costaba respirar con normalidad. Pero debía ser fuerte.

Tras estar con Maca, fui a la UCI de neonatología y hablé con la doctora que estaba a cargo en esos momentos. Todo estaba bien con Carlita, había logrado regular la temperatura, por lo que, en unas horas, la sacarían de la incubadora.

Me dolió en el corazón ver a bebés conectados a muchos cables e incluso a respiradores artificiales para poder vivir. Me sentí agradecido de saber que no era de gravedad extrema, que podríamos irnos a la casa en poco tiempo, pero faltaba una difícil tarea: hablar con Maca y explicarle lo que había sucedido, que su hemorragia había sido tan feroz que tuvieron que extirparle todo el útero. Me ponía en su lugar y mi corazón se compungía en un dolor emocional mucho más fuerte que un golpe físico.

Me hubiese quedado más tiempo, pero me pidieron salir, justo llegaron mis padres. Lloré, con una mezcla de sentimientos, estaba débil como un niño en los brazos de mi madre.

—Mi amor, tranquilo. —Mi madre me consolaba. Me quedé pegado en su pelo, en sus canas, esas que demostraban sabiduría y que habían pasado por momentos de lo más complejos. Me cambió la perspectiva de todo, tal vez no tendríamos más hijos, pero al menos no habíamos perdido a Carlita y debía estar agradecido por eso, ya que las cosas podrían haberse complicado mucho más.

—Tengo que hablar con Maca. —Fue lo único que les dije. Mi madre me besó la frente y mi padre hizo lo mismo. Me dio un abrazo cálido que no había sentido de su parte hacía años. Mi padre nunca fue un hombre de muchas palabras, pero en ese gesto sentí que me había perdonado. Me sentí un niño querido por su padre. A veces, los abrazos dicen más que mil palabras y promesas.

Fui donde estaba Maca. La trasladaron a la UCI intermedia. Estaba mejor, afortunadamente.

MACARENA

Todo fue demasiado rápido. Recuerdo que sangré, Luca corrió a buscarme y me llevaron al hospital en ambulancia. Lo peor fue el dolor que sentía en mi interior, en el corazón, ese que me dejaba triste y entregada a la resignación, ya que no había nada que pudiese hacer. No tenía la capacidad de controlar mi cuerpo, de retener a mi bebé. Algo iba mal. No era normal sangrar y menos aún de esa forma. Sabía que algo no estaba bien, estaba asustada. Las cosas no fueron como esperaba, la ansiedad me comió y estaba dolida tanto física como emocionalmente.

Verlo entrar por la puerta me trajo esa sensación de tranquilidad, me reconfortó. Nos pudimos abrazar. Es que Luca era la tranquilidad que necesitaba.

Entró, no habló. Solo me abrazó y me besó la frente. Él sabía qué hacer en cada momento. Me sentía más tranquila, lo peor ya había pasado, aunque di a luz a mi hija y no podía estar con ella. Más tarde me avisaron que me pasarían a una habitación y que en vez de tener que estar estimulándome los pechos con un sacaleches eléctrico, lo haría por fin con mi hija.

A veces, las planificaciones no servían para nada, las situaciones podían sorprendernos, angustiarnos y removernos. El ver a Luca al fin, fue como si la vida volviera a moverse, como si continuara. Ya podíamos estar los tres juntos.

—¿Cómo estás, mi amor? —preguntó Luca, rompiendo el mutismo.

—No puedo creer que sea capaz de amar tanto. Es una bendición.

—Sí, es una bendición, Maca. Tenemos suerte que esté bien nuestra Carlita. En unas horas, si todo sigue bien, la sacaran de la incubadora.

—Qué susto hemos pasado. Lo bueno es que ya ha acabado. Verás que la sacaran de la incubadora y por fin la tendremos junto a nosotros.

Así fue, y al poco rato, por fin la tuve en mis brazos.

Nos quedamos los tres juntos por primera vez, juntos con nuestra bebé en mis brazos tomando de mi pecho, mientras Luca me acariciaba la cabeza. No podía pedirle más a la vida. Habíamos sido afortunados. Lo peor ya ha pasado.

Ver a Luca cuando tomó a Carla en brazos fue volver a enamorarme de él, a enamorarme de una nueva faceta que no conocía, pero que me hacía vibrar, amarlo más aún, mucho más de lo que ya lo amaba. ¿Cómo se podía amar tanto? ¿Cómo era posible que pudiese sentir de esa manera? Era lo mejor que me había pasado en la vida. Todo lo malo que me sucedió quedó atrás cuando vi a mi hija y a mi marido a mi lado. Éramos una familia.

LUCA

No sabía cómo hablar con Maca. No podría explicar la felicidad que irradiaba al tener a nuestra hija en sus brazos. Nunca pensé que sería así de mágico, porque de verdad lo fue. La emoción me recorrió por completo al ver a las dos personas que más amaba en la vida juntas, mirándose. Comprobé que estaba más que enamorado de Maca, que era la mujer de mi vida.

Se me apretaba el corazón, tenía que hablar de la hemorragia y de la acción que tuvieron que tomar los doctores y no sabía cómo. Maca ya había pasado por mucho, no quería romperle el corazón otra vez. No sabía cómo decírselo, pero no me quedaba otra y quería hacerlo antes de que el huracán de mi suegra pisara la habitación del hospital. No es que no quisiera a la madre de Maca, pero conociéndola, sabía lo que podía pasar.

Reconozco que estaba asustado, debía terminar con esto de una vez.

—Mi amor ¿te encuentras bien? —pregunté, reprendiéndome de la tonta interrogación.

—Sí, Luca. Poder tener a Carlita en mis brazos hace que cualquier dolor se pase. Además, por suerte todo salió bien. ¿Qué más puedo pedir? —Sus palabras me llegaban al alma.

—Maca. Hay algo más...

—¿Qué sucede, Luca? —preguntó asustada. Sus ojos se abrieron más que de costumbre, ese gesto que tenía cuando tenía miedo o ansiedad.

—Está todo bien con Carlita. Pero tú estuviste muy delicada, tuviste una gran hemorragia, incluso después del parto. Y todo se complicó.

—Sí, pero ahora estoy bien.

—Estás bien, pero los doctores tuvieron que tomar una decisión debido a la hemorragia. Maca, podríamos no haberlo contado, amor y yo me hubiese muerto sin ti. —Mis lágrimas comenzaron a caer y las limpié de forma dura con una mezcla de pena y enfado a la vez.

Porque sí, también estaba enfadado. No es que sea desagradecido, pero no podía poner freno a esa parte que me hacía enojarme con la vida, el no poder tener más hijos cuando éramos tan jóvenes. Suspiré hondo mirando el techo, intentando no trasmitirle aquello a Maca, aunque era imposible.

—¿Qué pasa, Luca?

—Maca, tuvieron que operarte y te han hecho una histerectomía.

—¿Me han quitado el útero? —preguntó con sus ojos bañados en terror.

—Sí, amor, pero lo importante es que estás bien. La recuperación será más lenta, pero estás bien. —Sentía tanto miedo en esos momentos. ¿Cuál sería su reacción? No quería que sufriera.

—No podremos tener más hijos. —Solo pudo decir eso, con una voz somnolienta, como si estuviese despertando de un sueño, de una pesadilla.

—No, amor —contesté.

Estábamos más que de la mano, más pegados que eso, no podíamos estar más cerca ya que Carlita estaba entre nosotros, pero a pesar de eso, sentí esa conexión como si hubiésemos estado realmente pegados, la conexión era completa. Sentía su dolor. Comenzó a llorar, pero no a mares; unas lágrimas bajaban por su mejilla. Me sentía podrido, estaba destrozándole el momento maravilloso.

—Lo siento, quizás con otra mujer esto no te hubiese pasado...

—Yo te amo a ti, a nadie más que a ti. —No la dejé terminar.

—Me duele el alma, Luca. Lo siento.

—Maca, es doloroso, pero la tenemos a ella y nos tenemos los tres, nosotros. Las cosas podrían haber ido peor y... no quiero ni decirlo.

—No lo digas, amor.

—Maca, sabes que estoy orgulloso de ti. Eres una mujer excepcional. Te amo, te amo, te amo. —La besé y luego besé a mi hija en la frente. Me sentí como si hubiese estado en una burbuja donde solo hay amor, donde el resto del mundo no importa, donde las faltas no existen, porque lo tienes todo para ser feliz.

—Luca, yo te amo más. Si estamos juntos, saldremos adelante. Al final no sabemos qué nos depara la vida, solo sé que quiero vivirla de tu mano y con nuestra hija.

Casi terminábamos de hablar cuando se abrió la puerta y pasó lo que pensaba, se abalanzó mi suegra a ver a su nieta. Decía que era preciosa y que se parecía a Maca cuando era pequeña.

Detrás de ella, un poco más tímidos, pero no por ello menos emocionados, mi suegro y mis padres. Ver la reacción de los abuelos ante la llegada de un nieto es emocionante. No me había detenido a pensarlo hasta que lo viví. Las abuelas estaban enloquecidas con nuestra pequeña Carla Luciana. Maca tenía razón, debíamos enfocarnos en lo que había sido y no en lo que no sería. En ese momento, recordé a Andrew, quien era probable que no tuviese la dicha de ser padre. Yo debía estar agradecido.

MACARENA

No podía decir que la noticia no fue como una jarra de agua fría, como si un iceberg hubiese caído sobre mí, sobre nosotros. No sé qué fue lo que me pasó. Para ser sincera, hasta me sorprendí de mí misma.

Había sido criada en una familia donde tener la mayor cantidad de hijos era lo que más se esperaba. Pero los últimos meses viví tantas cosas fuertes y dolorosas... Situaciones que me llevaron a madurar de golpe, a ver la vida de otra forma. No podía quedarme hundida en la pena, además, ya tenía a mi pequeño milagro. Las cosas podrían haber ido mucho peor. Los doctores me contaron que tuvieron que estabilizarme y en un momento estuve en riesgo vital, y tras escuchar algo así, solo agradecía que no hubiese pasado, que no dejé a mi hija sola en esta vida y que estaba con Luca. Estaba viva y estábamos los tres juntos.

Cumplí mi palabra, lo hice, aunque no fue fácil, pero me enfoqué en agradecer lo que tenía y solté lo que no tendría. ¿Tuve momentos de angustia? Claro que los tuve, varios, pero los superamos. No sé si lo hubiese logrado sola, pero de la mano de Luca, eso era posible. Juntos éramos todo y más; estábamos completos.

Me enfoqué en nuestra familia, en los tres, y en tratar de hacer feliz a las personas que más amaba en la vida. Muchas veces no fui capaz de ver el horizonte, pero me concentré en que luego acamparía y nuevamente estaría a mi vista.

20 años después

LUCA

Hoy cumplimos veinte años de casados. Ella no sabe nada, pero como he tratado en otras ocasiones, espero poder sorprenderla con algo distinto a las celebraciones de otros aniversarios. Lo mejor es que tengo a una excelente ayudante para poder hacerlo, mi hija.

Carla ya está en la universidad y se ha ido a estudiar diseño a Florencia. Hemos decidido regalarle un recorrido por lo que hemos vivido como familia.

Una vez que nació Carlita, Maca empezó a ser bastante sobreprotectora con ella. No fue fácil. A veces se me hizo cuesta arriba y sentí demasiada sobreprotección, pero traté de no cuestionarlo tanto, quise entenderlo. Mi mamá, al salir del hospital, decidió quedarse en Milán para ayudar a Macarena con la pequeña. Esto no hizo más que unirlas. Tanto, que a veces llegué a sentir que Maca la veía como una especie de madre adoptiva. Era a ella a quien le pedía los consejos respecto a la niña.

Maca se dedicó al cuidado de Carla y cuando la pequeña tuvo más de un año, volvió al trabajo. Estuvo unos años ahí, pero se fue involucrando tanto en el centro de rehabilitación, que decidió dedicarse por completo al servicio de los chicos con adicciones. No fue algo que planeáramos, al igual que nuestra historia. Lo planificado nunca se cumplía en nuestra vida. Si me hubiesen preguntado hace dieciocho años atrás si Maca dejaría todo por irse al trabajo social, jamás hubiese pensado que lo haría.

Este amor creció con el tiempo, primero me acompañaba a las mentorías del centro, luego ofreció ayuda y comenzó a apoyar en varios temas administrativos y luego se puso a estudiar. Macarena siempre me sorprendía.

Cuando Carla tenía cinco años, entró a la universidad y consiguió su título de psicóloga. Pero esto no le fue suficiente y a los tres años de haber acabado su nueva carrera profesional, decidió hacer una especialización en el manejo de adicciones. No sé cómo lo hizo, pero se le dio de maravilla. Solo puedo concluir que Macarena, mi bella rola, es una mujer digna de admiración.

Ya con su especialización, se metió de lleno en el centro. Juntos trabajamos haciendo talleres los fines de semana para los chicos y sus familiares. ¡Hacemos buen equipo! Yo sigo en el estudio ejerciendo la abogacía, pero con mucha dedicación al *mentoring* de los chicos. Hasta el momento, he logrado compaginarlo todo y me siento feliz por eso. He logrado aliviar el dolor de lo sucedido hace tantos años atrás. No es que ya no sienta culpa, pero el hecho de ayudar en el centro me ha ayudado a aliviar la carga del pasado o al menos a aprender a vivir con ella.

En estos momentos, me encuentro en plena organización de una sorpresa para ella. Recuerdo a mi madre, quien nos dejó hace tres años, producto de una enfermedad con la que luchó durante bastante tiempo. Al final, ya estaba cansada y sé que al irse estaba contenta ya que se reuniría con mi padre y con Luciana en un lugar mejor. Me acuerdo de ella porque cuando organicé la boda hace veinte años, ella fue quien me ayudó en todo.

La nostalgia se apodera de mí y, sentado en mi escritorio, saco la carta que me entregó cuando murió mi padre, hace más de ocho años. La leo una y otra vez y me conecto con esa hermosa madre que la vida me regaló. La he leído varias veces, pero esta noche, en plena organización con Carlita, quiero leérsela a ella.

—Papá, mi mamá va a estar muy feliz con esta sorpresa. El vídeo ha quedado hermoso. Ya está todo listo para que esta noche se sorprenda junto a sus amigas. No ve a Joyce desde hace más de diez años, espero que no le dé un infarto de la impresión —dijo riendo.

—Gracias por todo, Carlita. De no haber sido por tu ayuda, no lo hubiese logrado. El vídeo, la decoración, la cena... todo esta perfecto gracias a ti.

—No, papá. Es gracias a ti, a que la quieres sorprender una vez más y a que siempre estuviste con tu amada cámara de fotos y gracias a eso pudimos hacer este bonito recorrido por nuestra vida.

—Me gustaría leerte algo que la abuela me entregó cuando murió mi padre.

—¿La nona? Nunca me contaste de esta carta.

—Ahora quiero hacerlo.

Querido hijo,

Luca, mi niño, quiero decirte algunas cosas que es probable que ya las hayas escuchado a lo largo de tu vida, solo que ahora quiero que queden todas juntas en estas letras para que las tengas a tu lado.

Siempre has sido un niño especial. El amor que siento es imposible de cuantificar, es infinito. Vivimos momentos muy felices y otros demasiado duros, una combinación de extremos que, si los ponemos en una balanza, pesan más las alegrías y las risas.

Primero quiero que sepas que estoy bien, a pesar de que mi viejo me ha dejado hace unos meses. Me siento acompañada y querida, y así todo es más fácil en la vida. Además, estoy segura de que está con mi Luciana. Cuando yo me vaya de este mundo, hijo, alégrate, porque estaré feliz de poder reencontrarme con mi amada hijita.

Ustedes, mis hijos y mis nietos fueron el motor de mi vida. Me has dado dos mujeres excepcionales que he querido tanto como los quiero como a ustedes.

Cuando por primera vez llegaste con Macarena a casa, en Roma, supe que las cosas entre tú y ella eran serias. Era una joven preciosa, no solo por su linda belleza física, sino también, por su trasparencia, por su sonrisa, por sus arepas... Me dieron el mayor regalo que recibí tras la muerte de tu hermana. Ahora que eres padre, sabrás el dolor tremendo que queda como una grieta terrible y espantosa en el corazón, en el alma, en el cuerpo entero...

La llegada de Carlita iluminó mis últimos años de vida, gracias a que tú y Maca me la dejaban siempre que lo pedí. Me la mandaban los veranos cuando era pequeña, venían cada vez que podían a Roma y por eso les estaré siempre agradecida. Y no solo por eso, sino por haberla criado con esa empatía y amor que la caracteriza tanto.

A tu padre y a mí, su llegada nos marcó mucho nuestras vidas. No es que la quisiéramos más que al resto de mis nietos, pero el que haya sido así de apegada a nosotros, siempre hizo que pasáramos momentos de alegrías infinitas. De alguna forma, nos llevaba a Luciana. Estoy segura de que parte de su personalidad también era heredada de su tía. Desde que la vi en el hospital, me enamoré de ella. Era un amor que me recordaba a tu hermana, luego su amor por el dibujo igual que su tía, seguro que será una gran artista, una gran profesional, pero, sobre todo, una gran persona. Me siento orgullosa de ella.

Hijo, solo agradecerte por haber traído a esta pequeña a quien amamos tanto y también por Maca, quien para mí es como una hija. A ambas las adoro con todo mi corazón.

Estoy orgullosa de la familia que has formado. Tal vez no era lo que esperabas, pero tu mujer es un ejemplo y ha cumplido su rol de madre con Carla de una manera excepcional, y, además, se ha volcado con tanto cariño en los chicos del centro de rehabilitación, tanto amor, que siento que pasa a cumplir un rol parecido con ellos también.

La quieren mucho, y es que es una mujer que se hace querer, que abre horizontes, que hace que uno se abra con ella al solo conocerla y eso lo sabes. La primera vez que vino a casa, le enseñé mi taller, ese que para mí era el rincón más personal y que no estaba abierto para todos. Luego, con tu hija, pasamos horas allí pintando juntas.

Me has hecho muy feliz. Tu familia me ha hecho muy feliz, Luca.

Te amo con toda mi alma.

Mamá.

—Papá, esto nunca me lo enseñaste. Sabes lo especial que era la abuela para mí, cuánto me dolió cuando se fueron, en especial, ella.

—Carla, no era el momento. Hace unos años no tenías la madurez que tienes hoy y no te habías convertido en una mujer independiente. Creo que este era el momento. No es que lo haya planeado, pero es lo que siento. Por eso lo hago ahora; a veces hay momentos que tenemos que atesorar más allá de las fotografías —dije entre risas.

—Papá, me has dejado como impactada. La carta de la abuela es maravillosa y te agradezco que la hayas compartido conmigo. ¡Justo en este día tan especial! Me haces llorar más de lo que quisiera, papá. Te quiero mucho.

—Te adoro, hija. Desde que supe que sería padre, me alegré enormemente y doy gracias por tenerte. Ahora enfoquémonos en lo de la tarde. ¿Todo va bien?

—Antes de eso... papá, nuestra historia es digna de un libro. Cuando supieron que me esperaban, en medio de la emergencia de la tía, en Londres...

—Sí, fueron muchos sentimientos, pero de los más bonitos que recuerdo. Yo estaba feliz.

—No llevaban mucho tiempo juntos, podría haber sucedido cualquier cosa.

—¿Sabes qué? No es cosa de tiempo. Yo sabía que era ella y que lo nuestro sería definitivo. Estuve con algunas chicas, no te daré detalles —dije riendo—, pero no era lo mismo. Nada que ver. Con Maca siempre fue distinto. Desde que la vi en el matrimonio de mi prima, fue especial.

—Ojalá encuentre un hombre que hable así de mí, papá. Hablas de ella y se nota que aún la amas.

—Lo encontrarás cuando tenga que ser. Ahora nos enfocamos en lo de esta tarde, ¿te parece?

MACARENA

No puedo creer cómo ha volado el tiempo. A veces siento que ha sido un suspiro, así, hondo, corto e intenso. No sé cómo se ha pasado la vida.

Hace veinte años me preparaba para casarme con Luca, sin saber detalles de la boda, y como tantas veces hizo, me sorprendió. Aún recuerdo la entrada a la iglesia con esa melodía que tanto me gustaba, que me recordaba a mi abuela, *El lago de los cisnes*, una melodía poco convencional para una pareja poco común como nosotros.

Esta mañana me ha sorprendido con el desayuno, con mi zumo de naranjas y unas flores de colores, un ramo silvestre, colorido y precioso.

Por la noche saldremos a cenar, como lo hacemos casi todos los años.

Hemos tenido un bonito matrimonio, hemos sido un equipo, y hasta el día de hoy, solo sentir sus manos en mi cuerpo hace que me vuelva loca, como lo hacía hace veinte años.

Trataré de ponerme lo más bonita posible para estos veinte años. Aún no somos tan viejos y creo que cada día uno puede cultivar el amor y es lo que más me gusta de nuestra relación.

—Amor, apúrate, que he reservado una mesa.

—Voy, me estoy terminando de arreglar.

—Sabes que te quiero igual, eres preciosa sin arreglarte.

—Vamos, Luca, ya no soy la muchacha de veinte y tantos que conociste, necesito un poco más de ayudita.

Ambos estallamos en risas. Era verdad, el tiempo había pasado, ya no tenía la misma naturalidad y juventud, al menos por fuera, porque por dentro me sentía joven, con ganas de seguir explorando el mundo con Luca.

Nuestra hija estudia fuera de casa y no fue fácil la separación. El ser hija única hizo que estuviese muy unida a nosotros. Al comienzo de su adolescencia, sentí que la había perdido, pero después volvió a pedir el amor de mamá. Fue esa etapa que pasan las niñas cuando comienzan a crecer, y en momentos, el bombardeo de hormonas hace que ni ellas mismas logren entenderse.

Me pongo un vestido negro con un collar de perlas y tacones de siete centímetros. Mi vestido tiene un gran escote en la espalda, esos que siempre le han gustado a mi marido.

Él no me quiere contar dónde vamos, a pesar de insistirle todo el rato.

Cuando llegamos, me abre la puerta del coche y nos ponemos a reír.

—¿Y eso?

—Siempre hay una primera vez, aunque sea después de veinte años.

—Me estás sorprendiendo, ¿me estás tomando el pelo, Luca?

—Quiero ligar contigo esta noche y quitarte todo lo que tienes puesto —dijo con esa personalidad que siempre me encantó de él.

—No cambias.

—Hay cosas que no, y tú sabes que nuestra conexión en el sexo es...

—¡Impresionante! —contesto, muerta de risa.

Es verdad, creo que el sexo es muy importante en una relación. Recuerdo que mi abuela decía eso, una mujer bastante evolucionada para esos tiempos.

Caminamos de la mano, como siempre. Era un local ubicado en un sector concurrido por universitarios, esos lugares donde venden la cerveza de litro.

—Luca, creo que te has equivocado de lugar.

—Vamos, Maca. ¿No confías en mí?

—Aquí está bien para Carla y sus amistades, no para nosotros.

Me aprieta la mano, ese gesto que hace cuando necesita que confíe y no lo bombardee con preguntas. En veinte años ya había aprendido a entender sus señales a través de gestos y miradas.

Entramos por una puerta de madera. No hay ningún trabajador esperando para sentarnos en alguna mesa libre, y de pronto, alcanzo a ver unas pequeñas luces de colores cuando oigo gritos... ¡Felices veinte años! Mi hija Carla me abraza, creía que seguía en Florencia.

Casi me muero de la emoción. Todo es perfecto. Soy feliz. Un momento más para recordar hasta el último día en esta vida.

Francesca, Renzo, Isabella, Dante, Joyce con su marido a quien no conocía, mi hermana con su novio de turno, mi cuñado con su mujer, mis queridos sobrinos que conocí de niños, vienen con sus novias, Bruno con Anaí, Pía con su marido, algunos chicos del centro con los que tenemos más contacto, Nicoletta con su novio Peter, los socios de Luca, algunos primos de él... Lloro emocionada. Mucha gente piensa que los aniversarios hay que celebrarlos en la intimidad, pero esto es perfecto.

La emoción de estar con la gente a la que quiero puede más que las velas románticas o los centros de mesa. La celebración es con hamburguesas y pizzas, sencillo como siempre me había gustado a mí. La magia, la alegría y la felicidad tras unos años, entendí que estaban en los momentos más simples de la vida; en los viajes en furgoneta sin mucha planificación, en una puesta de sol tomando helado, en un baile improvisado al escuchar buena música, en la espontaneidad.

Luca me sorprende con un precioso vídeo con las mejores fotografías de nuestros años juntos, de esos momentos que nos marcaron, que nos llevaron a ser quienes éramos, de los que habíamos aprendido. Esos momentos mágicos. Lloro de alegría al ver ese vídeo con las fotografías y la música que me eriza la piel al recordar olores y colores de esos momentos que eran míos, nuestros, los que habían sellado nuestra vida.

Bailamos como cuando éramos jóvenes, después de tanto tiempo. Nos reímos y hasta nos emborrachamos tanto, que Carla se tiene que llevar el coche. Es una fiesta casi como si fuésemos universitarios, veinteañeros, hasta con cotillón y exceso de alcohol.

Bruno baila con una peluca azul que no se quita en toda la noche y Renzo con una de color naranja, todo el rato saltando y haciéndonos reír a carcajadas, tal como sucedía en los viejos tiempos. Sus esposas Francesca y Anaí a su lado, riéndose de ellos, dejándolos gozar de la noche como adolescentes.

Andrew, y su señora, la ex de Luca, bailan durante toda la noche, están felices. Ellos llevan una vida un poco más juvenil que la nuestra, ya que finalmente decidieron adoptar a una niña hace solo siete años. Cuando nosotros comenzamos con la crianza, ellos viajaban y disfrutaban, y cuando ya estábamos con hijos más grandes, ellos andaban con un bebé, carrito y biberones.

Nos volvimos en taxi a nuestra casa, a las afueras de Roma, el lugar al que habíamos decidido mudarnos cuando Carla tenía dos años. Una casa pequeña pero acogedora donde vivimos todo el crecimiento de nuestra amada hija, donde cada recoveco tiene una historia que contar o una canción que cantar.

—Sabes que estás preciosa, ¿verdad?

—Sabes que hemos bebido más de la cuenta, ¿verdad? —respondo igual que él.

—Ambas afirmaciones son verdaderas.

—Gracias, amor. Lo he pasado muy bien hoy. Ha sido espectacular.

—La noche aún no termina. Aún no ha comenzado la mejor parte —indica con una gran sonrisa.

—¡Siempre igual!

—Vamos, que tú también eres así.

—Sí. ¡Vamos! No perdamos el tiempo —digo mientras le quito la camisa brusca y desesperada.

—Estás ansiosa por lo que veo.

—Sí, lo estoy. Contigo, a estos pocos centímetros y sintiendo tu cuerpo es... ¡Normal!

—¿Te vuelvo loca?

—Siempre me has vuelto loca, Luca. Desde ese baile hace más veinte años en la boda de tu prima. Y ahora, con los años y la madurez, es... —No termino, no puedo seguir, paso a la acción.

Lo beso con todas las ganas. Lo toco por todas partes. Lo sigo queriendo y amando con la misma intensidad, a pesar de sus canas, esas que se ven en su barba y que hace que se vea aún más *sexy*. Es un cincuentón de esos que roban miradas y que confirman que los años habían jugado a su favor.

Nos fundimos en risas y mucho sexo. Los años nos han llevado a conocernos tan bien que podemos con solo una mirada o un pequeño gesto entender qué tipo de caricia o posición espera recibir el otro, si se quiere un sexo lento y placentero o salvaje y más rudo.

Veo una vez más las estrellas, su mirada, como de costumbre, se mete dentro de mí, tal como lo hace su cuerpo y me lleva por una montaña rusa de emociones, amor, orgasmo... todo a la vez.

Hay momentos en los que sí puedes sentir todo a la vez, cuando te faltan palabras, cuando no puedes explicar, cuando todo es plenitud, apogeo. Estamos en el aniversario número veinte, no sabemos qué nos deparará el futuro, pero sí tenemos la seguridad y convicción de que queremos fotografiar más momentos juntos, movernos como un peón siempre hacia adelante, con amor. Quizá en veinte años más, si aún estoy aquí, podré contarles cómo ha ido todo.

Lo que más deseo es seguir compartiendo con el hombre de mi vida, el que me ayudó a quererme, el que me impulsó en todo, el que me regaló una hija, el que me acercó a la rehabilitación de adolescentes, a mi pasión, al trabajo que me hace feliz, el que me permitió dejar una huella en otros, el que me hizo sentir que juntos lo somos todo y más... mi Luca, por siempre, mi Luca.

Agradecimientos

Quisiera agradecer a mi familia quienes siempre me apoyan incondicionalmente, entregándome energía y tiempo para poder avanzar.

Agradezco a Creativas Correcciones (Camilla y Karina) por su ayuda en las correcciones, ediciones y todo lo necesario para que esta obra esté disponible.

También a Ana González por su lectura previa y comentarios del libro.

Y finalmente, a la vida que nos enseña día a día nuevos pasos para poder ir bailándola y disfrutándola de la mejor manera posible.

Sobre la autora

María José Aguayo Bassi es Ingeniera comercial y mamá de tres niños. Nacida en 1976 en Valparaíso – Chile, pero ha vivido en otras partes del mundo como Israel, Paraguay y actualmente en Colombia.

Durante el año 2021 autopublicó sus primeras novelas románticas contemporáneas: *El destino del corazón. Saber amar* y *Un camino, varias vidas.*

Su afición por la escritura ha pasado a ser una de las prioridades en su vida y este año 2022 ha autopublicado *Sincronía en verano y Coloreando momentos.* Está muy emocionada y agradecida de la publicación con Mil Amores la novela *La vida es un baile.*

La autora espera lograr invitar a los lectores, soñar y recorrer distintos caminos a través de las huellas que dejan las combinaciones de sus letras.

También cabe destacar que es alumna de José de la Rosa, formando parte del primer grupo de Máster de escritor profesional, siendo la única alumna latinoamericana.

Querido lector:
Muchas gracias por leerme. Para mí es un honor
que hayas dedicado tiempo para esta historia.
Me encantaría que me contaras de ti y lo que te pareció la novela.

* * *

Te invitamos a conocer más de la autora a través de:
Instagram: @mjose.aguayo
Web: www.mjaguayobassi.com
Correo: mj.aguayo.bassi@gmail.com

Instagram @creativas.correcciones
www.creativascorrecciones.com

Índice

Primera parte
Aprendiendo algunos pasos

Segunda parte
Comienza el baile